U0740691

Media
TECHNOLOGY 写给未来的电影人·编剧系列
传媒典藏

THE STORY BOOK

A WRITER'S GUIDE TO STORY DEVELOPMENT,
PRINCIPLES, PROBLEM-SOLVING AND MARKETING

故事技巧
如何创作出引人入胜的剧本
（第2版）

[英] David Baboulene 著

王旭锋 侯克明 译 侯克明 审

人民邮电出版社

北京

图书在版编目（CIP）数据

故事技巧：如何创作出引人入胜的剧本／（英）大卫·巴波林（David Baboulene）著；王旭峰，侯克明译. 2 版. -- 北京：人民邮电出版社，2024. --（写给未来的电影人）. -- ISBN 978-7-115-64843-3

Ⅰ. I053.5

中国国家版本馆 CIP 数据核字第 2024RR2332 号

版权声明

THE STORY BOOK – A WRITER'S GUIDE TO STORY DEVELOPMENT, PRINCIPLES, PROBLEM SOLVING AND MARKETING By DAVID BABOULENE

Copyright: © 2010

This edition arranged with McSill Literary Agency & Management

Through BIG APPLE AGENCY, INC., LABUAN, MALAYSIA.

Simplified Chinese edition copyright: 2024 POSTS & TELECOMMUNICATIONS PRESS

All rights reserved.

本书简体中文版由 BIGAPPLE AGENCY 代理 McSill Literary Agency & Management 授权人民邮电出版社在中国境内出版发行。未经出版者书面许可，不得以任何方式复制或节录本书中的任何部分。

版权所有，侵权必究

◆ 著　　　[英]大卫·巴波林（David Baboulene）

　　译　　　王旭峰　侯克明

　　责任编辑　黄汉兵

　　责任印制　马振武

◆ 人民邮电出版社出版发行　　北京市丰台区成寿寺路 11 号

　　邮编　100164　　电子邮件　315@ptpress.com.cn

　　网址　https://www.ptpress.com.cn

　　北京七彩京通数码快印有限公司印刷

◆ 开本：700×1000　1/16

　　印张：16.25　　　　　　　2024 年 8 月第 2 版

　　字数：283 千字　　　　　2025 年 8 月北京第 2 次印刷

　　著作权合同登记号　图字：01-2024-2905 号

定价：69.80 元

读者服务热线：(010)53913866　印装质量热线：(010)81055316

反盗版热线：(010)81055315

版权声明

THE STORY BOOK - A WRITER'S GUIDE TO STORY DEVELOPMENT, PRINCIPLES, PROBLEM SOLVING AND MARKETING By DAVID BABOULENE

Copyright: © 2010
This edition arranged with McSill Literary Agency & Management
Through BIG APPLE AGENCY, INC., LABUAN, MALAYSIA.
Simplified Chinese edition copyright: 2024 POSTS & TELECOMMUNICATIONS PRESS
All rights reserved.

本书简体中文版由 BIG APPLE AGENCY 代理McSill Literary Agency & Management 授权人民邮电出版社在中国境内出版发行。未经出版者书面许可,不得以任何方式复制或节录本书中的任何部分。

版权所有,侵权必究。

Media TECHNOLOGY 传媒典藏 写给未来的电影人

THE STORY BOOK

A WRITER'S GUIDE TO STORY DEVELOPMENT, PRINCIPLES, PROBLEM SOLVING AND MARKETING

故事技巧

如何创作出引人入胜的剧本

[英] 大卫·巴波林（David Baboulene） 著

王旭峰 侯克明 译 侯克明 审

第 2 版

人民邮电出版社
北 京

内容提要

本书是一本全面的故事创作指南，旨在帮助作家、编剧等掌握故事开发、叙事技巧、问题解决以及市场营销的关键要素。

全书通过"故事之源""叙事与结构""情节和人物""故事创作过程""故事分析和难题解决""作者之日，推销之时""访谈""淡黑"8个部分告诉读者好故事的编剧原则和技巧是什么。每个部分聚焦故事创作的不同方面，从故事的灵感来源到叙事结构，从角色塑造到创作流程，从故事分析到解决创作中遇到的难题，直至最后的市场推广策略，本书提供了详尽的指导。

对于任何想要将创意转化为广受欢迎的故事的创作者而言，本书都是一本不可或缺的参考书，它不仅提供了理论知识，更充满了实践智慧。无论你是初学者还是经验丰富的作家，都能从本书中获得新的启示，提升自己的故事创作水平。

写作，像开车和恋爱一样，是每一个英国人都觉得理所当然就能做好的事。但结果却是糟透了。

——汤姆·马格里森（Tom Margerison，1923—2014）

献给我钟爱的妻子凯蒂（Katy），

这个世界上最优秀的司机……

鸣谢

本书来自我个人作为作者、编剧（scriptwriter）和故事医生的经验，以及这些年来对故事的学术研究。然而，从一开始，我就决定了本书应该是对有抱负的作家在现实世界中生存和呼吸有所帮助的书，因此需要足够的实用性。我开始跟成功的作家们研讨故事理论，我很幸运，跟下面列出的杰出人物进行了对话。

因此我想以最大的热情对下列人士的贡献表示感谢：

来自电影行业的：鲍勃·盖尔（Bob Gale）——《回到未来》（Back to the Future）背后的好莱坞传奇人物，他是十多部影片的编剧、导演或制片人。

来自戏剧领域的：威利·罗素（Willy Russell）——《教导丽塔》（Educating Rita）、《亲兄弟》（Blood Brothers）、《第二春》（Shirley Valentine），在过去100年中戏剧领域还有更有影响力的名字吗？

写长篇小说的：李·查德（Lee Child）——一部《侠探杰克》（Jack Reacher）在全世界43个国家和地区被译成29种语言、卖了1600万册——还用我多说吗？！

来自电视领域的：约翰·苏利文（John Sullivan）——《只有傻瓜和马》（Only Fools and Horses）、《仅仅是好友》（Just Good Friends）、《公民史密斯》（Citizen Smith）——电视喜剧领域的传奇。

来自表演领域的：马克·威廉姆斯（Mark Williams）——《快速秀》（The Fast Show）、《哈利·波特》（Harry Potter）系列电影、《恋爱中的莎士比亚》（Shakespeare in Love）、《101斑点狗》（101 Dalmatians）——在这个散发着魅力的男人身上有作为演员的深刻见解。

来自出版领域的：斯图尔特·费里斯（Stewart Ferris）——近40本书的作者，萨默斯戴尔出版社（Summersdale Publishers）——一家英国领先的独立出版社的前董事、总经理——斯图尔特告诉我们如何戴上销售员的帽子，包装我们的作品、接近媒体行业。

感谢这些优秀的绅士们给了我共处的精彩时光和深刻见解。

引言

在作者和成功之间隔着什么？

写作就像是在脑海的金山里提炼金子。年轻的作家意识到自己有精彩的故事创意，来到出版社指着金山喊："这座金山里面有金子！给我钱，我就给你大罐大罐的金子！"

出版社想要金子，但他们已经从成千上万的勘探者那里听到过同样的话语。他们都没有给出他们自己声称的金子。所以出版社的人甚至连眼皮都不会抬。

但这个作者决定证明自己。他买了一些工具，来到金山上，花了两年的时间，远离家人。他辛勤劳动，流汗流血，努力挖掘金块。随着时间的推移，他渐渐能够快速地找到金块的位置，也有了分类整理金块的敏锐感觉，有了挑选金块的眼光。他开始抛弃那些成色不好的，只留下最好的金块。他仔细地把最好的金块放在桶里，直到桶里的收获能让人印象深刻，变得沉甸甸的。

作者回到出版社，头发凌乱，衣裳破烂，声明："你现在必须感谢我了！我已经花了几年的时间从金山挖到了沉甸甸的金块给你。我告诉你！快来看看这些金子、金子、金子！"出版商眼也不眨地指指作者的两边，作者这才意识到自己身处一千多名饱经风霜的痴迷者的队伍中，这些痴迷者也同样带着沉甸甸的金块，向着这个能拍板的人大声念着同样的哀求的话语。

让自己站在出版商的位置来考虑一下：他知道命中率很低，自己先查看每一个装满泥巴的桶是不可能的，但他每天都必须应付这些勘探者，他的工作是找到可能有少量金子的那些桶。因此，你应该试着回答这个问题：在这一千多人中该选哪个作者？他们都有才华，他们都做出了牺牲、获得了技巧、给予了承诺并辛勤工作。但哪一桶里才是真正的财富？他怎么才能知道？如果是你，你会怎么做？想一想，稍后我们再来回答这几个问题。

言归正传。要获得成功，有四个步骤。

- 创造精彩绝伦的故事，然后引人入胜地把它讲出来。
- 按照行业推荐的形式包装故事。

- 把故事推销给经纪人或直接推销给出版社/制片人。
- 享受公众的赞美及来自各方面的尊重（虽然你没有时间享受，因为你在忙着后继创作和出席各种活动）。

不幸的是，大多数作者，匆匆忙忙地想获得反馈并向他们觉得应该知道的人宣示自己的才能，却把第一步匆匆略过了。不是"创造精彩绝伦的故事，然后引人入胜地把它讲出来"，他们最多只做到一半，然后就进入第二步，不断地在市场上散发作品，寻求买家，然后不断地遭到拒绝。在我开讲座时，他们问我最多的问题都跟第二步和第三步有关："能帮我找个制片人吗？我怎样才能获得出版合同？告诉我成功的秘密！"

然后我回答他们："重大消息！出版很容易！小菜一碟！你要做的只是创造一个精彩绝伦的故事，然后引人入胜地把它讲出来。赶紧去创作吧，我本人就会给你出版合同。"

他们从不问我这样的问题："我怎么样才能够把金点子完善为成熟、精彩绝伦的故事？我怎样才能改进已经完成的故事？我怎样才能知道我讲述的故事已经达到了最好的效果？我该怎样找出故事中的问题并进行修改？我该采取什么样的步骤才能掌握创造好故事的技巧？"这些是我们应该问的问题，这些也是本书想要根据你的具体情况帮你回答的问题。

本书的绝大部分内容都致力于最好地开发你的故事创意。从这个角度，好消息是：如果你有一个好故事，并且讲得很好，你会有出版社、经纪人、拍摄合同或者三者全有。毋庸置疑，看中你的好故事的出版社、电影公司和经纪人对于优秀、原创并且讲得很好的故事是如饥似渴的。

根据美国电影协会（Motion Picture Association of America）的数据，好莱坞每年大概拍摄600部电影，平均每部成本都超过1亿美元。但尽管得以发行的这600多个故事的每一个投资都大到令人惊讶，但有多少是真正的好故事？1%～2%值得一看的（让我们慷慨一点——假设每年有10部）故事中又有多少是真正优秀的呢？一部？两部？这些少量的金块是从每年正式提交给美国电影工业的10万个剧本中挑选出来的。这还只是那些获得版权的。

从那么多投入、那么多完成的剧本中挑选出来，每年却只有几部真正优秀的电影。就书籍而言，在英国每天有大约300本书出版（美国每天大概出版1000本书）。这其中有多少是好的？有多少作者从英国30亿英

镑、美国243亿美元的书籍消费市场中赚到了钱？❶

　　人们会觉得这些数据打击了他们，但毫无疑问的是，如果你能写出比绝大多数人都好的作品，你会得到合同的。成为这些特殊技巧的大师，你就会明白外面真正知道自己在做什么的作家是多么少。

　　那么我们再回到原来的问题：从这成千上万在队伍中拎着金桶并大声宣示着自己的价值的作者中，出版社会选谁？沿着队伍看看。他要合作的作者很好辨认，因为他没有拎着来之不易的金块——他拿着一根切割优良、抛光过的金项链。

　　他根本不需要喊。

---

❶ 数据分别来自英国出版协会和美国出版协会。

目录

第一篇

故事之源

——故事是人类思想的设计师

第一章　故事因何而存在

很久很久以前……

大概10万年以前，原始人的某个部位发生了显而易见、很平常的进化：相对于下沉的喉部，喉咙上前方舌骨的位置也发生了变化。这个星球因而发生了永久性的变化。

虽说黑猩猩与尼安德特人和早期原始人一样都能发出一系列的声音，这个喉部结构的细微差别却恰好使原始人能够发出复杂的声音。复杂的声音使得原始人发展出语言，而正是因为语言，人类达到了以前从不可能达到的协作水平。复杂而精准的协作意味着10个协同工作的原始人突然就成为地球上最强大的生物，而且文明社会的种子也就此播下了。想想所谓文明，其实就是合作发展到逻辑的极致，而语言正是让我们进步的基础。

讲故事（叙事）

虽然没有人能够给出人类第一次讲故事的确切日期，但人们都认为故事是在原始人时期出现的，而且是在语言熟练到能够承载故事之后不久。石窟岩画已经表明了人类与生俱来的述说事件的愿望，我们现在可以从中分辨出故事结构，但岩画是静态的，不能让人满足。对于原始人中的故事讲述者而言，语言是多媒体式的"跳跃"，对于人类而言远比过去50年间我们经历的电子通信革命有意义。

原始人完成这次"跳跃"的假定是合情合理的，但在学术上带来了一个棘手的问题：为什么原始人要讲故事？时间几乎是10万年前了，那是为生存而奋斗的年代，如果原始人有多余的能量，可以确定他们会为明天而努力，或者准备过冬。为什么原始人要花时间和宝贵的能量沉溺于讲故事呢？

答案就是：就像语言在建立高级社会的能力中，扮演了极为重要的角色那样，故事同样在维系和发展高级社会方面是有实际作用的。复杂的合作需要学习，因此讲故事有助于帮助他人明白该如何合作，高级社会也因此得以维系，这对人类在生存竞争中胜出非常重要。故事得到了精准的讲述，因为故事帮助原始人消磨时光，也帮助原始人为过冬做准备。由于文明发展得越来越复杂，教导人们在当时的社会中如何行为得体的故事也相应地变得复杂。在这个方面，故事不论对于今天的人们还是我们的祖先来说，都是有同样价值的。

人们需要学习——但为什么要通过故事学习呢？为什么不是其他形式的教学？

故事与学习

我们人类的学习方式主要有两种。

第一种，我们通过经验学习。当我们做事情时，现实世界会相应地有所反馈，我们就有了对现实世界实时、真实的理解。这是最有效的学习，但通常也是最痛苦的学习，因为实践中我们是"带情绪"地学习，学习中常会出冷汗。如果原始人决定猎杀剑齿虎为食，他会学到如何成功猎杀剑齿虎的惊险而严厉的一课。如果他生存下来了，以后猎杀剑齿虎时他会做得越来越好。这就是我们从经验中学习。

第二种，我们通过"分析"学习。在事情发生一段时间后，我们坐在一起回顾往事，可能在教室，也可能在实验室，排除情绪的干扰，对已发生的事情进行理性的分析。原始人可能会研究所捕杀的剑齿虎的身体特性，从而了解了如何更好地肢解下一只剑齿虎。

通过经验带情绪地学习与通过分析学习是相互排斥的。如果我们带情绪地学习，直觉占上风，没有进行实时分析；如果通过分析学习，就定义上来讲情绪是被排除在外的。所以说，我们不能带情绪同时又通过分析学习。

除非我们有这个能力。有一种情况下我们既能有情绪学习的原始力量，又能有理性分析学习的整体理解：专心听故事。故事把我们锁定于主角的情绪历程中。我们跟着主角跑，从他身上吸取教训，就像我们亲身经历事件一样。这就是故事能够吓到我们或让我们流泪的原因。但同时我们在书本前或电影院中还是安全的，而且我们的大脑能够同时自如地对事件进行分析。我们回顾已发生的事件，梳理因果关系，沿着形成的路线进行想象，天马行空，猜想此刻往后会发生什么事情。听讲故事学东西远比其他任何教学方式都学得更为透彻，这也是人类生命中没有其他更强大的学习工具的原因，这也是故事如此具有说服力和批判性的原因。自我们的原始人祖先最初讲述经验以来，这也是人类通过故事教育下一代如何生活以传播不断进步的、成功的人类文明的方式。

同样，这还是故事是人类心灵的建筑师的原因。

1.1 模型1——弗洛伊德

好吧，我知道事情现在有点学术化了，但请继续跟着我的思路走。我们很快会转到现实世界——你的故事以及货真价实的、实用的东西。无论如何，我相信你会发现这些东西对于你的写作是有价值的，所以忍耐一下吧!

假如故事有很强的感染力，并且至关重要，那这样的故事是如何成就的呢? 故事引起人类心灵共鸣的本质的东西是什么?

利用弗洛伊德的"心理结构理论（Structural Apparatus of the Psyche）"很容易理解我们的心理面具。弗洛伊德的"心理结构理论"把心理分为三部分，即本我（Id）、超我（Super-ego）、自我（Ego）。下面是弗洛伊德关于心理结构理论的阐述，我根据本书目的对其做了简化。

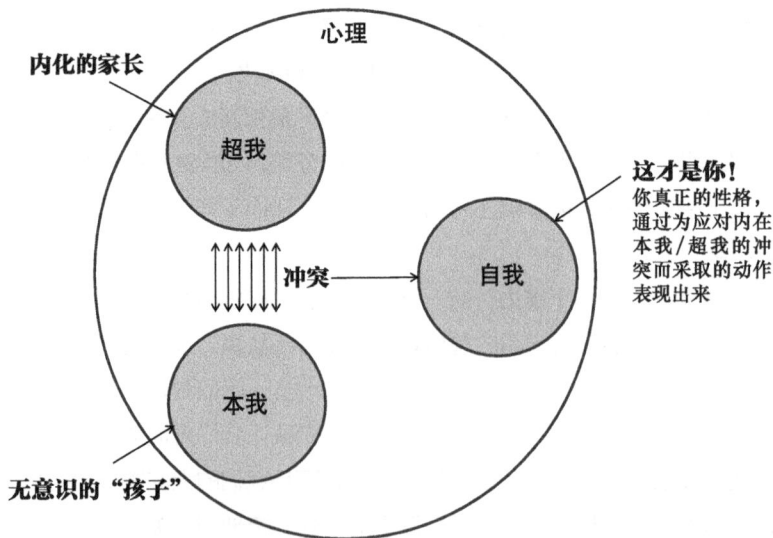

本我是我们所有人动物性的一面；我们中的这一面完全由本能驱

动。本我在无意识的层面起作用，不懂得说"不"，拒绝妥协并要求立即满足。本我使得本能的决定仅仅基于寻找快乐及回避痛苦。本我与自利的基本要素相关：吃、喝、性、安全和私密、温暖、呼吸等。新生的婴儿没有知识、意识或道德准则——完全是本我驱使的。新生的婴儿有本能，也仅仅有本能。这就是我们所有人的起点。

超我。 由于我们必须进入一个相互合作的世界，超我的发展方向与本我刚好相反。我们获得了社交知识，建立了道德准则。超我是我们学会文明时养成的道德准则。超我是我们的道德心——随着我们学会在自利的动物性本我需求之上相互合作，我们中的这部分（超我）会遵循道德准则。超我被称为"内化的家长"，经常与本能的本我需求产生冲突。本我说"我看到了巧克力！我想吃，且现在就想吃"，并且指示我们采取行动。然而，超我会说"不行！你还没付钱呢！不付钱就吃等于偷东西"。

超我明白随便拿东西是违背文明社会的利益取向的，并且呈现出违背本我本能自利反应的案例。

（超我）虽然被标以"家长"，我们在发展超我时内化的规则和社会道德还有家长以外的其他来源，尤其是生活经验、民间权威、文化参考（学校、教堂、团队、俱乐部及群体）、朋友、老师和亲属（这些家长以外的因素也被认为是"文化的超我"）。

要注意的是，你的小猫咪没有超我要考虑。它的心理差不多是这样的。

你的猫咪是本我驱动的。像其他所有的动物一样，它所做的所有决定都纯粹是本能的。它没有超我来控制本我，因此它的行为相当于是被本性所驱使的。它看到黑鸟就想扑杀。你没法跟猫咪评理。你不能以高级的道德水准来说服它："不要扑杀黑鸟！你甚至都不觉得饥饿！我每天喂你两次！你要继续这样的话，道德上会被人们所憎恶的！"

即使每次猫咪追小鸟的时候你把它踢开，它跑出去之后，一看到小鸟还会扑过去。猫咪与本性一致，生与死都受本我驱动，其所做的决定不会有其他思考。

人类独一无二地会控制本我的需求，由此发展出了处于控制地位的超我。由此所导致的本我与超我的冲突处于我们人类的基础位置。从正面来看，处于控制地位的超我的存在意味着我们生活在一个文明社会。从负面来看，在我们的基础位置我们有压力、困境和冲突，因为本能驱使我们走这条道路，而所学的社会要求的行为规范要求我们走那条道路。我们永远处于冲突中，因为每个决定都由本我本能地发起，然后由超我进行调和、调整甚至彻底改变。

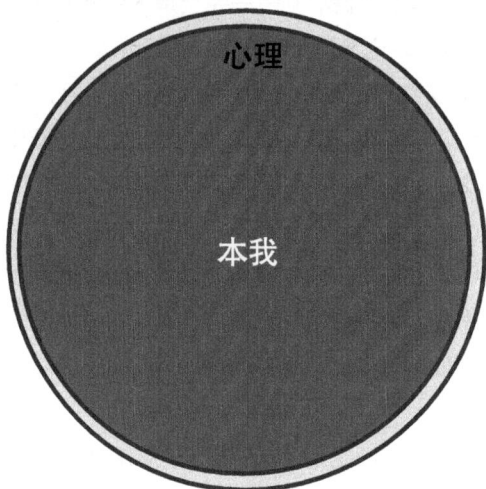

自我是由本我和超我冲突而形成的个体。自我（Ego）是我（I）的拉丁文，其确切表达就是：这个个体就是你；你平衡你的本我和超我间的冲突而做的决定界定了你。面对商店里的巧克力，本我可能选择偷巧克力；受本我影响的人如果觉得能侥幸偷盗成功就可能选择偷巧克力；受超我主导的人即使没有店主在场也会支付巧克力的钱，甚至还把零钱投进慈善箱里。你的自我是你，你由你所做的决定界定，你的决定是你的本我和超我冲突的结果。

本我和超我比自我更为广泛——所有人都由类似的本能驱动开始，然后渐渐学会相似地产生超我并管理文明社会的社会礼仪。然而，自我——这个由本我、超我冲突所导致的角色——作为一个个体对你来说是独一无二的，并随着时间的流逝、个人的发展而变化。

那又怎样？

此处要指出的关键点是早期的图解很像故事的表述。

故事源于"正义力量"做正面的事情往文明社会的方向走而产生的冲突（我们的主角代表超我）；损人利己的"敌对势力"（通常称为坏蛋）——做事以自我为中心，只对自己（本我）有利。主角和反面主角处于敌对的位置。他们进入冲突及他们经历冲突的旅程就是故事：动作以及真正的人物性格通过主角对冲突的反应揭示出来，最终导向冲突的解决及学到的人生经验。

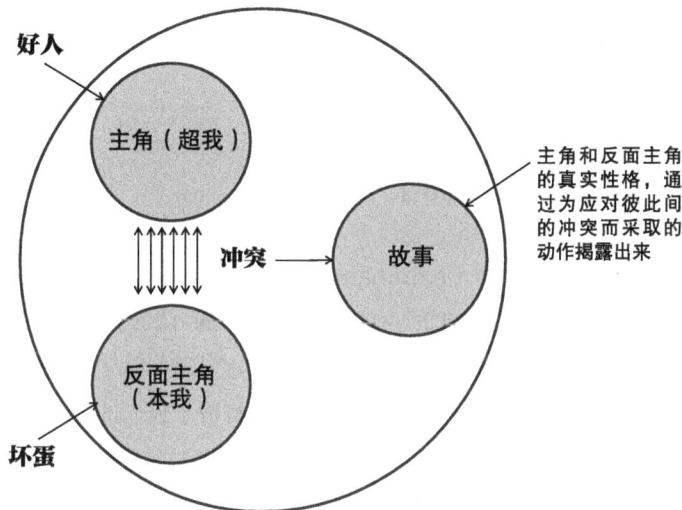

正如我们在本书主体部分看到的一样，冲突是故事的生命线，而我们作为人类，会因我们人类特有的具体类型的冲突而受到独特的拖累，而且不可避免地与我们自身本我/超我之间的"战争"相对应。

不论是直接表现还是隐喻，只要故事涉及我们所有人都会面对的冲突——本我与超我之间的冲突，就会引起我们的共鸣。好故事会包含这个冲突，并且指明我们在现实世界中前进的道路。

所有的好故事都会这么做，给定一个我们同情的主角。我们锁定主角，并跟他踏上了前述冲突的旅程。主角的行为引领我们走过整个故事，我们学到在我们自己的生活中面对有关冲突时该如何应对的教训。当然，这不是有意识的说教课。当我们两岁时，我们喜欢"龟兔赛跑"的故事。故事中从没有明确提出"缓慢而踏实会获胜"，但却能对一个人在社会中的进步有所裨益。同时当我们三心二意、没有耐心去完成任务时，我们就会失败。我们碰到了与任务的冲突，发现我们越急躁地想完成任务，就越不顺利，除非我们伤心落泪地汲取教训，脚踏实地。

"龟兔赛跑"故事中的冲突和教训会与我们在生活中的真理共鸣，因此我们从故事中有所收获。我们喜欢这个故事。这个故事听起来有道理，我们的自我因此变得更能适应这个社会。

很多其他故事具有相似的潜在信息，都说明了同样的道理，直到我们都知道"缓慢而踏实会获胜"。我们不知道我们如何明白这个道理，我们就是明白了。故事以意味深长的方式教会我们好的生活习性，远比某些老家伙站在我们面前指手画脚地说"缓慢而踏实会获胜"有效。

因此，如果所有好故事都在我们从本我驱动往正当超我前进的路线上点一盏明灯的话，这个旅程以我们都能明白的词汇来表述是怎样的呢？作为编剧，我们该如何来描述这个旅程呢？

1.2 模型2——马斯洛

亚伯拉罕·马斯洛（Abraham Maslow）向我们阐述了相同的从本我驱动的婴儿到社会化的成人的旅程。在他1954年的《动机与人格》（*Motivation and Personality*）一书中，他提出了"人的需求层次"理论，提出了个人成长的不同阶段的优先级，辨析了我们选择的道路——很自然地——在他所称的"自我完成（self actualisation）"［或"自我实现（personal fulfilment）"］中。

我们可以看到较低的层次非常符合本我的需求。生存的基本条件必须满足——水、食物、睡眠、温暖、健康、安全、避难所及逃离威胁。在这个需求层次中，每个连续的层次必须有最低限度的满足之后，人们的心理才会转而寻求更高级的东西。如果一个人吃都吃不饱，为了寻找食物，他会在社交事项上妥协，甚至在安全问题上也会妥协。然而，如果一个人觉得安全且受到保护，其焦点自然地会往前走，例如人际关系、爱、群体中的地位及归属感。

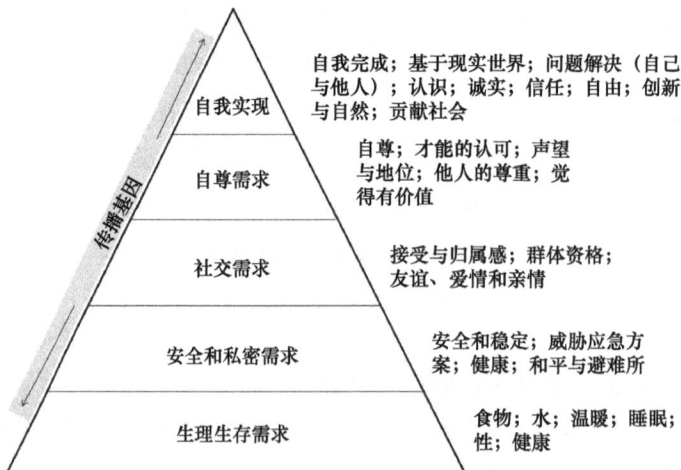

再往上层走，人们会希望得到尊重、认可，希望获得知识、自尊及地位，最终逐级到达"自我实现"。在这里，个人会很明显地调和他的本我和超我。他觉得达到自我实现了（不管那对他来说意味着什么），能够有自知之明，跟现实世界接轨，有创造性并且是自发的，形成了完全自觉的、免受外部压力的个人的道德体系（例如，他不需要"家长"告诉他不要偷盗或强奸）。注意，一个已经达到"自我实现"的人已经满足了他在各个层次的需求。他不用排除本我或动物需求，但他能够控制并协调对权利、性、安全等等的需求，来保证这些需求相容于社会。

贯穿所有这些层次的一个强大主题就是我们的基因发出的繁衍下一代的需求。我觉得有件很有意思、需要关注的事情，即在一个沉迷于性的社会，性是存在于需求层次中所有层面的因素：性是基本需求。它让我们在彼此的怀抱中感到安全与呵护；它给我们一种归属感、亲密感及人际关系上的成就感——甚至有可能是成员关系（！）；我们在同辈中赢得地位与自尊；我们有一种多难人生中简单的满足感和自我实现的感觉。性在各个需求层次中存在，在我们长大后所有时间段都存在。这就是我们喜欢性的原因。

我再问一次：那又怎样？

好吧，好吧。下面是编剧的金钥匙。正如我们所知，猫咪不需要培养恰当自我的指南书，因为它的一生都是本我驱动的。在这个方面，它不像我们，它跟其他所有动物一样与自我和平相处。它非常知道如何处理各种情况，它始终保持着天性，没有困境，没有艰难的抉择。每个选择对于本我驱动来说都很容易。

然而，我们人类从出生时本能的、本我的动物开始，成长为自我实现、符合社会价值观的个体，是一个漫长而曲折的旅程，而且更为重要的是在大自然中找不到地图。除了我们人类自己为应对文明化带来的困惑、困境、冲突、压力及紧张而发明的东西，也没有什么说明书。关于这个旅程，本我是没有用的；实际上，它是必须被克服的。只有一种方法来学习如何使行为符合社会价值观，那就是相互学习。

如果我们超出于本我之外创建的文明社会要繁荣、进步，那么每个人都往自我实现的方向发展是需要引导的。经过很多个世纪的人类文明之后，有远见的人们发展出了哲学来告诉人们该如何生活，来帮助我们向自我实现的层次攀登，为使支撑人类生命的社会永存而作贡献，做好下一代的家长（在这里指老师）。从定义上来讲，哲学是对于本我之外的世界的研究；哲学试图定义那本教导人们如何在本能驱动之上生活的规则手册（哲学试图阐明人类如何在本能驱动之上生活的方法）。

例如，在引导人类方面影响力巨大的宗教，是以何种方式呈现的呢？故事。所有的故事——包括宗教及其他——实质上都是一个象征或类似的表述：好人学会亲身登上需求层次顶峰的方法（即推进文明世界的需求），坏人以"本我为中心"，并且其自私自利、反社会的活动以失败告终。由于英雄和坏蛋面对挑战并分别获得成功和失败，我们会自己明白他们面对的冲突，并且知道对于我们自己来说什么样的行为会成功、什么样的行为会失败。就这么简单。圣经故事都和引导人们的思想、行为相关。故事——几乎唯有故事——提供了提升需求层次的路标，让人们知道往哪儿走可以改良社会，并在那个社会得到自我实现。

我们所听到的故事一次又一次地重复着同样的信息，从而塑造了我们的思想。一旦我们成长到高于故事所传达的信息的时候，我们就能够有意识地鉴别这些道德信息。从启蒙的高尚地位来看，我们认为故事反映社会。故事确实反映社会，但那只是对于那些从中学到教训的人来说的；只有那种情况下我们才能够看到反映的东西。对于所有人来说，在他们精通道德信息或面对内部冲突前，故事会对未来的行为起到指明灯的作用。***社会反映故事***。

1.3　请来点实在的

当你想把这个章节和你知道的故事联系起来时，我觉得你肯定会有所怀疑。故事真的在推动我们的社会和心理发展上起到关键的作用吗？我马上会拿出让怀疑者感到满意的故事实例，但故事对于文明精神的重要性的真正证明来自不存在的故事。

所有你听过的离谱故事，所有具有创造性的作者，所有趾高气扬地沉浸于自己多么具有话题性的马基雅维利（Machiavellian）❶式导演，你从中都看不到打破可承受文明行为底线的故事。你一般不会看到好人彻底输掉，但如果真看到好人输掉了，通常从好人的个

❶ 马基雅维利，意大利政治思想家和哲学家，主要理论是"政治无道德"的政治权术思想。许多世纪以来，人们把那些为达到自己目的，缺乏对常规道德的关心，而不惜在人际关系中使用欺诈和机会主义手段，审视和摆布别人的人称为"马基雅维利主义者"。——译者注。

人角度而言是悲剧，但对于大多数人来讲还是赢了。故事中不会出现的是真正的坏蛋赢了，例如：一个恋童癖者获得了一群两岁儿童的控制权，并且故事结尾这个角色得偿所愿了。这是因为我们作为人类，从根本上要求故事能够引导一个优良的社会。我们不会介意虚构的故事中坏蛋偶尔胜出——这只是用于突出好人的"迷失"及好人为了获胜将要选择的道路。但真正的坏蛋绝不会真正地胜出，因为这样的故事在道德上是可恶的，没有人想读到或看到这样的故事。实际上根本不需要那么极端。比如著名的动画长片《辛普森一家》（*The Simpsons*）❷，因为这个节目被认为美化了对于文明社会来说属于负面的行为。在我们心底深处，这是不能接受的。我们需要故事把我们的社会引向正确的方向。❸

回到真正存在的故事上，我们来看个例子。在这本书中，我的重点是鲍勃·盖尔和罗伯特·泽米基斯（Robert Zemeckis）编剧的《回到未来》，将其作为一个"标准的"、经典结构的故事案例进行研究。我的观点是，所有好故事都会描写人物通过冲突往自我实现的方向成长及进步，因此《回到未来》中的问题在于：一个轻松的、爱幻想的年轻人进行时间旅行的冒险故事，怎么可能跟生命旅程中灵魂的原则性进步扯得上关系？❹

《回到未来》——原始价值

很明显，表面故事是讲主角处理跟此处讨论的心理-社会问题没有明显关系的事件，但我们不需要挖太深就可以找到潜在的信息。纵观整个故事曲线，主角生活中发生了什么明显的变化？影片始于马蒂·麦克弗莱［Marty McFly，迈克尔·J·福克斯（Michael J. Fox）饰］的家庭，母亲在餐桌前喝伏特加酒，懦弱卑屈的父亲受同辈们的欺负，超重的姐姐找不到男朋友，哥哥工作于快餐公司。他们住着破旧的房子，生活中看不到出路。

---

❷ 《辛普森一家》是美国电视史上播放时间最长的动画片，到2016年5月为止共有27季，共590集，作为闹剧和讽刺剧，它用辛辣的讽刺展现了人类的生存状态。福克斯出品的同名电影《辛普森一家》于2007年上映。——译者注。

❸ 大多数文化认识到，不能美化社会不能接受的行为，观众会从对特定行为的错误程度的理解中学到恰当的行为。

❹ 顺便说一下，如果可以的话，看看《回到未来》这部影片，真的会有用。我的大多数例子都取自这个故事，其特点是具备了好故事应该具有的所有原则。

根据马斯洛的需求层次理论，看看这个框架中的价值观：在基础层面，我们看到了喝酒和肥胖——死亡的威胁。这个家庭受到了比夫·坦能［Biff Tannen，托马斯·F·威尔森（Thomas F. Wilson）饰］的欺负，因此经济保障和"解除威胁"已经迫在眉睫。姐姐"找不到男朋友"——高质量基因传递到下一代的机会受到威胁，并且在"爱情""接受度"以及"群体关系"的层次上都没有得到满足。母亲罗琳·本妮斯·麦克弗莱［Lorraine Baines McFly，莉·汤普森（Lea Thompson）饰］悲哀地看着父亲——显然尽管结婚了却没有伟大的爱情和夫妻感情。父亲乔治·麦克弗莱［George McFly，克利斯丁·格拉夫（Crispin Glover）饰］在"自尊"的层次上代表了他们所有人。他懦弱且充斥着自我怀疑，他缺乏威望和地位。甚至连马蒂也缺乏自尊：他怀疑自己的音乐才能，即便音乐是他渴望获得认可、赢得地位的领域。甚至连时间旅行本身——主要的冒险情节线（plot line）——都作为一种威胁而呈现，不仅仅因为时间旅行内在的危险，还因为时间旅行将把麦克弗莱基因库的未来置于危险中。由于马蒂干扰了过去的事件，他的兄弟姐妹会消失，更糟糕的是，比夫·坦能的基因库——生活中本我中心的黑暗面的代表——比夫·坦能的基因库将因马蒂的时间旅行而受益［实际上，这些观点对于续集影片（sequel）确实很重要］。

《回到未来》——最终的价值观（values）

看看故事的结尾发生了什么变化。马蒂的旅程，其经历和所选择的行为意味着这个家庭作为整体在马斯洛的需求层次理论的各个方面都上了一个层次。这个家庭在各个方面都声望在外并得到了自我实现。所有家庭成员都健康而苗条。父母亲从乡村俱乐部打高尔夫回来，散发着恩爱、感情、和睦及满足的气息。他们开的汽车及房子的装饰暗示着地位和成就。比夫被驯服了，现在他自己反而对马蒂坚强自信、自我实现了的父亲（他的第一本书出版了——一个明显的自我实现的象征）阿谀谄媚。姐姐穷于应付多个男朋友。马蒂得到了想要的汽车（故事开头就作为成功的象征予以表现了），追到了女孩［珍妮弗·帕克（Jennifer Parker），劳迪娅·韦尔斯（Claudia Wells）饰］，因而保护了下一代（在续集中我们确实看到了他们的孩子）。勇敢的骑士杀死了恶龙，在豪华的王宫中他拥抱着钟爱的公主结束了故事。

以这种方式分析所有好故事应该是可能的，故事也是通过这些机制触动我们所有人的心弦的。在开头可以判断其一系列的价值观，在经过整个故事历程之后，可以发现价值观象征性地或实际性地发生了变化，清晰地表明在需求层次上的提升。我认为在回答"哪些因素是所有好故事中都存在的"这种问题时，人物在需求层次上往自我实现方向的重大进步是一个共同的因素。顺便说一下，这就是很少有影片能够拍出成功的续集的原因。所有的人物都完成了精彩的历程，只要他们实现了自我提升，尤其是他们达到自我实现的层次了，他们就没有可以令人满意的、更进一步的历程可以走了，因此后面的故事就不能引起人们的共鸣了。《回到未来》通过往下一代转移来解决这个问题，30年之后，马蒂和珍妮弗的孩子们在通往自我实现的历程的较低层次上努力奋斗，这有助于回到正确的道路上并沿着正确的道路去经历所描述的冒险。

注意，这种转变不一定要像《回到未来》那样明显和广泛。优秀的长篇小说可能会花500页的篇幅把主角从迷惘状态转变为自信状态。实际上讽刺性的故事可能会把主角拉回到开始的起点。这也没有关系，这是对赋予故事讽刺性的正面历程的强调，因此基本原理是一样的。

故事就像我们的性格一样，生于冲突。我认为这不是巧合，人生历程是性格发展的故事，性格作为个体（本我）往自我实现的方向发展，故事历程是人物发展的故事，人物作为个体（主角的本我）往自我实现的方向发展。

1.4　一些引用

要点是，成长中的人会自然地去阐释这个世界并且学习使用故事结构的方法。故事是我们的大脑想要理解、组织事物的一个反应。这个问题上不要只听我的观点。下面是来自大学领域的一些观点。

布鲁纳❺在1990年提出："心理学家们已经了解到，从组织现实生活的角度来看，虚构小说的形式可以提供结构线。"

平克❻在1997年提出："'智力'是面对障碍通过基于合理规则做

---

❺ 布鲁纳（Bruner），美国心理学家和教育家，是认知心理学的先驱，1941年获得哈佛大学心理学博士学位，先后在哈佛大学、牛津大学、纽约大学任教，1962年获美国心理学会颁发的杰出科学贡献奖，1965年任美国心理学会主席。——译者注。

❻ 平克（Pinker），加拿大-美国实验心理学家、认知科学家和科普作家。1979年获哈佛大学博士学位，专攻实验心理学。任教于麻省理工学院。著有《语言本能》《心智探奇》等。其书籍获得众多奖项且不少是《纽约时报》的畅销书。——译者注。

出判断和行动来实现目标的能力。只有那些遵循故事结构的人才会获得高品质的智力。"

鲍金霍恩❼在1998年提出：叙事（讲故事）是一个计划，这个计划通过人类为自身经历赋予意义的方式实现。

博伊斯❽在1996年提出："……故事是用来过滤、吸收、理解、评价新的体验和信息的最基本的形式。"

肯德尔·海文❾在2006年提出："大脑倾向于以故事的方式思考。大脑的这种倾向不断增加、强化，直到12岁。成人能够实现通过具体的故事结构来阐释事件及他人的行为。"

你明白重点了吗？作为编剧，如果想要抓住观众、吸引观众，就必须确保故事——真实表现或隐喻地表现——和冲突共鸣，和人的真理共鸣。如果他们做到了，那么他们会被人们所欣赏，因为：

故事是人类思想的设计师。

---

❼ 鲍金霍恩(Polkinghorne)，国际知名的理论物理学家与神学家，曾任剑桥大学教授。——译者注。

❽ 弗兰克·科特雷尔·博伊斯（Frank Cottrell Boyce），英国著名作家和编剧。——译者注。

❾ 肯德尔·海文（Kendall Haven），毕业于美国西点军校，是资深的海洋学家，后成为专业的故事大师，其听众达400万之多，他写了27本书和数十篇论文，多次获得国际奖项。——译者注。

第二章　故事的定义

字典告诉我们故事的定义是："对为兴趣、娱乐或教育设计的一个事件或一系列事件的叙述。"

我觉得从故事消费者的角度来看这个定义很清楚。然而，作为作者，我们需要挖掘得更深一些才能够理解这些事件是如何"设计"的。

一个好故事会传达三个元素，通过三个基本机制来传达：

传达的故事元素	传达机制
结构化的叙事（故事的讲述）	故事事件的选择、事件的顺序、描述事件的词语
性格发展	冲突引发的动作导致至少一名故事参与者的变化、成长、学到生活经验（life lesson）
潜在故事[潜台词（subtext）]	认知差异（knowledge gap，认知缺口）；故事事件中的信息缺口为观众推测和阐释留下了空间

理所当然，我们后面将会讨论所有这三个方面的细节。目前只是个简述。

2.1　结构化的叙事

这里指的是故事的讲述；讲述时呈现的、顶层的故事，写在纸面上的实实在在的文字，它们字面上、表面的价值含义，以及所描述的故事事件。"结构化叙事"这个术语是精挑细选的，因为故事的结构也是由你选择讲述的事件及你安排事件的顺序形成的。

结构化的叙事——传达机制

一个想要讲好的故事必须由"有意义的"事件组成。通常，事件只有对你要讲述的故事有重要作用且事件本身就承载着力量的情况下才会有意义，因为这种情况下事件会影响主角情感定位的变化。我们马上就会对此进行探讨。

大多数好故事都局限于我们所研究的共同结构中的一小部分中，但其实没有必要这样。

2.2　性格发展

对于能有效引起观众共鸣的故事，在整个故事曲线（arc of the story）中，至少有一个故事中的人物会受到变化和成长的挑战。作为他们成功或失败的结果，至少有一个故事的参与者学习到生命及如何生活的"教训"。

在《回到未来》中，我们已经讲过这个家庭如何在整个故事叙事中朝着自我实现的方向攀登马斯洛的需求层次。这是个"成长"的极佳范例，但哪个人物表现出了这种成长呢？

乔治·麦克弗莱是变化、成长了的那个人，他从一个懦弱、受欺负的男孩成长为一个坚强自信的男人。他没有有意识地学习生活经验，因为对他来说他的行为就是那样发生的，但我们看到了他的变化和成长。从故事中学习到生活经验的是我们观众：命运掌握在我们自己的手中。我们选择的行为会确定我们的生命路线。

性格发展——传达机制

人物必须被迫在冲突中进行艰难的抉择。人物在困境的压力下，面对邪恶或冲突的十字路口，他们真正的性格会通过他们选择的行为揭示出来，观众也会从他们正确或错误的决定中学习到生活经验。

大多数好故事都会表现出某个故事参与者清晰的性格发展脉络，但并不绝对。

2.3　潜在故事（潜台词）

如果一个故事要和说明书及简单真实的日志区别开来，就绝不能止于表层的叙述。潜在的故事就是观众通过他们自己对叙事的阐释来感知的。他们在超出词句的表层含义外了解到的真相也是叙事的一部分。

潜在故事——传达机制

潜在故事的传达方法是通过"认知差异"。认知差异是指故事中不同参与者所掌握知识、信息的差异。参与者指主角、反面主角、其他角色、观众（audience）及作者（author）。例如，如果其中一个人物知道的比另一个人物多些，就会有认知差异。如果观众知道的比主角多一点，也会有认知差异。诸如此类。在《回到未来》中，马蒂是一个来自1985年的时间旅行者，影片中的生活场景是在1955年（即从1985年的未来穿越到1955年）。我们观众知道这点，但1955年的人物们，包括马蒂未来的父母亲都不知道。故事参与者之间存在的这种认知差异为所有事件赋予了含蓄的故事力量。这是一种认知差异的典型例子。

注意：大多数作者觉得为了传达潜在故事他们必须写潜台词。这是不对的。我们写认知差异就是为了传达潜台词。潜在故事就是潜台词，潜台词是嵌入认知差异的结果。

认知差异的类型不下10种，通过疑问、对话、动作、承诺、陪衬情节（subplot）、诡计、暗示及建议、误解、潜意识目标、隐喻等都可以创造认知差异。我们后面会对认知差异的整个领域做深入的研究。

如果故事是通过认知差异创造的，那么在潜台词中可以感受到整个故事。

这三种元素不一定在所有好故事中都存在，公平地讲，大多数好故事原则上都会具备这三种元素；当然，尽管某个故事可能侧重于实际叙事，有的侧重于潜台词叙事，有的侧重于人物和人生经验，但每个故事几乎不可避免地存在三种元素间的重叠，但**有深度、无孔不入的潜台词总是会在所有好故事中存在。**

作为故事的设计师，我们作者了解这些元素是很重要的，因此本书主要焦点集中于传达机制——故事事件、认知差异及冲突引发的人物动作。

2.4 故事之源——总结

好故事会引起人们内心的共鸣，因为好故事反映了我们生命里学习和成长过程中必须处理的内心冲突。

故事是最有效的教学和学习方法，因为故事把通过直接经验感性学习的力量和不带感情理性学习的客观性、精确性结合了起来。

　　故事由叙事（讲述）、潜在故事（潜台词）及通过学习生活经验获得的性格发展组成。传达这些元素的故事的组成部分是：

　　叙事结构（选择的事件及事件的排列顺序）。

　　人物通过冲突**成长和学习**。

　　认知差异（故事不同参与者之间拥有的知识、信息的差别）。

第二篇

叙事与结构

一个否认自己作品有结构需求的作者，就像回力球[10]运动员说自己的才华已经到了脱离对墙的需求一样。

——大卫·巴波林

---

[10] 回力球是国际公认的快速球，运动员在三面有墙的球场上，以长勺形手套将硬橡皮球掷向前墙并接住从前墙弹回的球。——译者注。

引言

叙事——所讲述的故事——只是冰山的一角。因为在写作时，我们创造了一个世界，我们创造了人物，我们选择并描述事件，我们激发影像，我们嵌入认知差异，我们捕捉冲突和反应，还有表面之下难以察觉的9/10的故事都产生于此的潜在的结构。

但是我们创作故事时，并不直接创造结构。结构是我们写作的词句的结果，而不是词句的模板。这是我努力想传达的信息：结构不是创作过程的一部分，结构是创作过程的结果。很多写作"规则手册"都由经典的三幕式结构开始，然后指示你用智慧才华去填充结构。"在第1页描述你的气氛（mood，情绪、心情、语境）和时间表"，"在第3页介绍主角"，"第25页在主角的生活中放置一个转折点（turning point）"，等等。胡说，完全彻底地胡说！不要被误导，这是荒谬的。结构是你选择叙述事件及叙述顺序的结果。一旦你把结构作为起点，你就在摧毁你的创造性、谋杀你的故事，进而在水中窒息了，那时你就只能打包回家了。

如果你要建造完美的房屋，你要从想象开始：你喜欢的厨房布局，规划整套洗手间设施，考虑色彩、装饰、居住空间、景观美化及内部设计，梦想着住在里面是什么样子。当然，一旦明白想要什么样子了，你就要从支撑梦想、实现梦想的潜在结构的角度考虑梦想的可行性。你要确保房屋有坚固的基础和墙壁、屋顶排水能力及天然气管道等，但这不是想象的起点，绝不是。你的想象推动最后结构的形成。如果你从已经存在的结构开始，你的想象力和梦想会为了适应结构而打折。故事也一样。从你的想象力和创造力开始，然后再考虑结构。如果你正思如泉涌、灵感爆发，你的故事正完美浮现时，谁去管结构怎么样？

也就是说，在对故事事件进行回顾分析及修改故事中存在的问题时，结构方面的知识就特别有用。当你知道故事有些问题，但你又不能准确找到问题所在时，反复研究故事并对结构进行分析，一般就能找到故事不如意的原因。这是因为结构的主要价值在于：完成灵感爆发的创作过程，并进入修改模式之后，找出故事中的不足并进行优化。

在本章，我们要明白结构是如何起作用的。这实质上意味着要识别作为故事顶梁柱的创造性的元素。我们下面将研究：

什么是结构？定义和阐释。

经典的三幕式结构。最常用形式的重要性及起源。

主角目标。明确故事和结构的事件。

转折点和冲突。

离开经典结构形式。我们都想与众不同——与众不同的结构的好处及风险。

我们要将以下内容作为咒语反复默念、铭记在心：

结构是我们的奴隶而不是我们的主人，结构不是创作过程的起点。要从灵感才思的自由表达开始。理解结构的价值来自原创阶段之后的回顾分析及对故事问题的修正。

第三章　结构

3.1　什么是结构

故事结构是你选择讲述的事件及讲述事件顺序的必然结果。当你设计安排故事事件时你就创造了一个故事结构。

3.1.1　什么是事件

故事事件是用于表示结构性元素的通用术语——场景（scene）、章节（chapter）、段落（sequence）、幕（act），甚至整个故事。当我提到"你选择讲述的事件"时，重点考虑的是所有事件都要跟你要讲述的故事相关，对故事来说应该是"有意义的故事事件"，这意味着事件会影响主角情绪位置的变化。

如果主角睡了8个小时的觉，然后吃了可可米麦片早餐，上完洗手间开车去上班，因为他没有情绪纠葛（除非上洗手间时出现什么糟糕的事情），所以我们没有兴趣。这些是我们不予讲述的事件。

3.1.2　经典的三幕式结构

经典三幕式结构始于原始的最简单形式：所有故事都有一个开端、发展（middle，中段）和结尾。虽然听起来有点老套，但这种三幕式结构是你听说过的最有效的结构。因为所有故事都别无选择，都必须有某种类型的开端、发展和结尾，这是故事发展中不可避免的因素，是结构的要求，这也是三幕式结构成为事实上的标准结构的原因。我们来看看标准故事结构的例子。

开端

开端，即第一幕，是故事的布局（setup，铺垫、设置）。我们知道了故事设定的世界，主角的本性和出场、反面主角的本性和出场，我们需要的所有信息要在**激励事件**（inciting incident）出现时让观众问出恰当的**关键问题**。

发展

激励事件动摇了原有的世界，使其失去平衡。激励事件是主角和反面力量之间在整个故事范围内的对抗（confrontation）的触发器。主角与反面主角之间的冲突在敌我两边都会发生，进一步的事件使冲突更加复杂化，通常由解决（resolution，决斗）的企图加剧、激化。事情总会有个尽头。终极战斗中主角和对抗力量汇聚到一起，以这样或那样的方式进行一场成王败寇的决斗来解决冲突。

结尾

主角和对抗力量之间发生高潮对决。一方胜出，另一方失败，形成一种定局，这意味着在这个故事中再也没有战斗了。在激励事件这个点上提出来的关键问题在此得到圆满的解答（这不一定意味着"解答好"，但通常是的）。

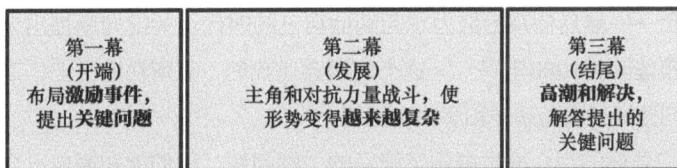

第一幕 （开端） **布局激励事件，提出关键问题**	第二幕 （发展） 主角和对抗力量战斗，使形势变得**越来越复杂**	第三幕 （结尾） **高潮和解决，**解答提出的关键问题

这是经典三幕式结构的界定。第一幕是布局—开端—持续到激励事件为止。一旦关键问题出现，我们就进入第二幕（发展），第二幕一直持续到标志着第三幕开始的高潮之前。第三幕通常叫作结尾，在第三幕中关键问题得到圆满解答，故事结束。

所有故事都有开端、发展和结尾。这是不可避免的，这就是经典三幕式结构存在于每个故事中的根本原因。你可能听到过其他结构形式——五幕、七幕、无结构——但实际上还是用三幕式结构最容易解释。三幕式结构在一定程度上是这个领域的唯一游戏，从2300年前亚里士多德的时代就开始了。是的，是有其他结构可用，但我建议你至少在你觉得可以出师前，采纳这种经典结构形式，除非你已经把这种结构形式吃透了，并要突破这种结构。

好的，我们来看看这些主要的创造性元素——激励事件、关键问题及解决——这些创造性元素界定了你的故事的顶层结构。

3.1.3　激励事件

激励事件之所以非常重要，是因为它在观众心里提出了定下故事基本方向的关键问题；激励事件指引观众瞄准主角的目标，抓住他们、引导他们长途跋涉，穿过整个故事曲线，因为他们会从"每个事件都必须在回答关键问题上有所意义的角度"来阐释故事。激励事件在观众心里提出了贯穿整个故事过程并且在解决（高潮）时得到令人满意的处理结果。

关键问题

问题明显是认知差异的一种基本类型，设定一个"宏伟"的、在整个故事讲述过程中曲线运动的关键问题，是一个保证普遍、持续认知差异的好办法，因而也是确保在整个故事范围内抓住观众的好办法。虽然尽早提出关键问题然后在解决时回答不是百分之百必需的——实际上如我们所见，也有不少好故事不是这样的——但绝大多数好故事都这么做。

《回到未来》提供了一个很好的例子。马蒂意外地把自己从1985年推回到1955年。我们知道他不想在那儿——他生活在1985年，并且有所抱负——然后他开始努力想回到他自己的时代。关键问题提出来了："马蒂能回到1985年吗？"这个问题会让我们一直留在座位上，期待着这个问题通过高潮动作和解决来回答。

只要你的观众成员得到了精彩的关键问题，他们就知道自己会得到很好的照顾。关键问题设定了故事的发展方向，并且给观众一个阐释所有发生事件的参考点。他们在期待同样精彩的旅程及圆满处理关键问题的解决时，会被投入故事中，被故事吸引、被故事迷住。

电影公司和发行商也学会了识别关键问题。他们能看明白提出关键问题的时间，甚至连会计师都能够检查在解决时是否处理好了关键问题（悲哀的是，统计专家通常是故事发展的最终把关者，他们通常过度痴迷于这类易于辨认的结构性元素）。当他们看到这些元素时会像吃下了定心丸，觉得编剧明白自己在干什么，知道他的作品中含有一些能赚钱故事中包含的基本内容。实际上，很常见的是，电影公司把提出明确的关键问题（通常要通过他们同样希望能够识别的激励事件）且在故事结尾解答关键问题当作故事创作部门的基本要求。悲哀，但却是事实。

实例

假定你是我的一位朋友同时也身为人父，你在学校晨跑后顺便来我家喝茶。我马上告诉你："今天早上我儿子掉入一个洞里了。"

你会作何反应？"哦，我的天哪！他还好吗？怎么会掉进去的呢？什么样的洞啊？多大的洞啊？怎么弄出来的？他在医院里吗？"

马上，就有了大多数人自然而然会问的一系列明显的问题。那是因为"告知他我儿子掉入洞里"是个激励事件。"我儿子掉入洞里"的故事在这些明显的问题得到满意解答前是不会结束的。

然而要仔细注意的是我给你的并不仅仅是一条线。我偷偷地给情境预设了我的房子、友情及校园晨跑。这就提供了一个"我们两个朋友在西方世界某处一起喝茶"的语境。这会让你有现实世界规则下的戏剧性事件的预想，也因而带来现实世界的问题。

不同的情境设定会引起不同的问题。如果设定在舞台上，一个衣着华丽的男人挂着话筒大笑着说："我儿子今天早上掉进了一个洞里。"你可能开始也会笑，脑海浮现着小孩倒霉地掉进洞里的滑稽画面，然后心里却可能会想"这有什么好笑"（对于焦虑的父亲来说可能是个不恰当的反应）。如果情境设定为假期，我们在印度骑着大象和猎人一起追踪猎物，这时我儿子掉进洞里，你可能很快会提出关键问题："洞里有没有老虎？"［同样对于远在苏塞克斯郡（Sussex）[11]的忧虑的父亲来说不太合适。］这很重要，因为情境设定可以确保激励事件在你脑海里提出恰当的关键问题。

简单来说，从故事整体的角度来看，这规定了第一幕的重点及激励事件。

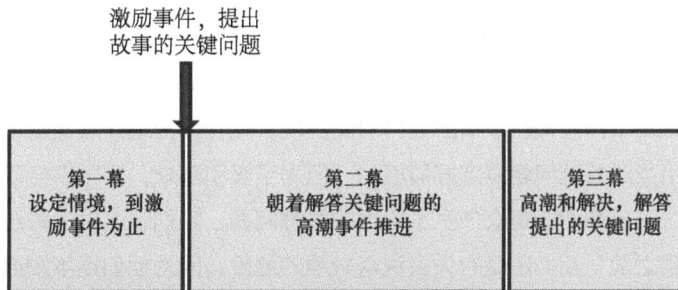

激励事件，提出
故事的关键问题

第一幕 设定情境，到激 励事件为止	第二幕 朝着解答关键问题的 高潮事件推进	第三幕 高潮和解决，解答 提出的关键问题

1. 激励事件提出贯穿整个故事的关键问题。

---

[11] 苏塞克斯郡，英国郡名。——译者注。

2. 第一幕到激励事件为止。第一幕提供了确保激励事件能够引发恰当的关键问题的情境。

3. 故事第三幕的高潮和解决要解答这个关键问题。

举个简单的例子：《猫和老鼠》（*Tom and Jerry*）。老鼠被猫追得在屋内上蹿下跳，这是激励事件。关键问题提出来了："猫能抓到老鼠吗？"然后我们聚精会神地看。我们需要的信息就这么多，我们会被吸引住，直到结尾得到关键问题的答案。

这是叙事的最简单技巧。你为观众设定情境以便激励事件让观众在心里提出你设定的问题。然后随着往高潮方向的推进，故事在第二幕从各个方面深挖这个问题。结尾（第三幕）是关键问题得到解答及故事得到解决的地方。这就是故事结构。

我们再来看看另一个例子。

萨米（Sammy）外穿皮大衣，内穿性感内衣，到城里准备给在那儿工作的鲍比（Bobby）一个惊喜。

我们当然会被吸引，但看看其中的差别。这里没有情境设置。我们不需要这个事件的前因后果。这个激励事件没有要铺垫的第一幕，因此我们不知道该提什么样的问题。是的，我们可以问"接下来怎样了"，但这是对任何场合都适用的废话。如果我们真想吸引观众，我们需要更加具体的关键问题。萨米穿性感内衣，我们不知道该问什么，也不知道她为什么要这么做，是杀人悬案呢还是亲情故事？是色情电影、科幻小说还是喜剧？

第一幕情节主线（plotline，主要情节）的设置规定了主导提出关键问题的规则。根据情节设定，萨米有可能是杀手、淫妇、外星人，甚至是男人！关于性感内衣的细节完全不符合要求，但或许只是我的看法。

也许那只是本画册。不论如何，"规则手册"会告诉你激励事件必须在故事的1/4左右出现，对于电影来说大概25分钟。我觉得这是胡说。激励事件应该在故事的恰当时间出现。就在你为观众从激励事件中形成恰当的关键问题设定好情境后。但为了吸引观众，激励事件应越早越好。一旦我们让观众产生了恰当的关键问题，我们就可以玩些游戏，但在那之前，我们还是有失去观众兴趣的危险，因为他们还不知道故事要提出及解答的问题是什么。

像《猫和老鼠》这个例子，有些故事以激励事件开头，只要提出了恰当的关键问题，就是个好的开头。有些故事会在激励事件之后开始，只要合乎情理那也可以。我最近看了埃里尔·道夫曼（Ariel Dorfman）的《死神与少女》（*Death and the Maiden*，又译《不道德的审判》）的戏剧版。预设情境是这样的：一个强奸犯在强暴事件15年后，意外地再次出现在其受害者的生活里。受害者立即认出了他的声音。

很明显，随着故事的展开，15年前波利娜（Paulina）被强奸是当前故事中的激励事件，我们能够抓住关键问题："波利娜会对强奸犯实施残忍的报复吗？"

如果铺垫过多而激励事件却老是不出现，观众在关键问题提出之前就会因故事散漫无目的而感到混乱。如果激励事件出现过早，那么观众脑海中就可能会出现不恰当的关键问题，故事也会缺乏正确的方向。

3.2　各种类型的故事实例

我们来看看来自各种不同故事媒介的激励事件，先从电影开始。你能分辨出《回到未来》里面的激励事件，即那个激起你脑海中关键问题的事件（马蒂能回到1985年吗）吗？不许偷看前面的内容……

3.2.1　《回到未来》——激励事件

我说了，不许偷看。

马蒂·麦克弗莱和埃米特·布朗博士 [Emmett Brown，克里斯托弗·洛伊德（Christopher Lloyd）饰]——建在德罗宁跑车上的时光机的发明人，在停车场仔细计划布朗博士的第一次时间旅行实验。他们受到了恐怖分子的袭击，恐怖分子因布朗博士盗取了他们的钚元素而进行报复。马蒂为逃离攻击跳进时光机并将其开走。恐怖分子显然玩真的——马蒂看到他们冷血地枪杀了布朗博士，然后再来追他。在逃离恐怖分子袭击的过程中马蒂把德罗宁跑车开到了时速约140km/h——时间旅行的触发速度，因而他就穿越到了1955年。

出于兴趣，你觉得第一幕中，马蒂从他当时所处的1985年的世界回到1955年这个激励事件出现之前，总共有多长时间？我来告诉你。第一幕几乎有30分钟——占整个故事1/3的长度——都是在1985年，都在为了使观众能够提出所有恰当问题及如编剧所想般理解事件而设定情境。我们已经确定马蒂是主角，因此我们明白他的生活需求，我们马上会问自己："马蒂还能回去吗？"关键问题到位了，在知道答案前我们不可能离开座位。

3.2.2 　《咯咯笑》

对小说家有益，罗迪·多伊尔（Roddy Doyle）的儿童小说《咯咯笑》（*The Giggler Treatment*）⑫里的激励事件出现在第一章结尾，我们被告知主角麦克（Mack）先生距离人行道上的大坨狗屎只有4步路的距离了。狗屎由神秘力量故意为他放置。关键问题出来了——他会踩到狗屎吗？谁放的？整本书其余部分的内容就是这4步、事件起因、环境，并在关键问题得到解答时达到高潮。

非常精彩。

这是我们追求的典范。故事讲什么并不重要，但如果你认定自己有一个激励事件，并且能够在读者或观众的脑海里成功提出明确的关键问题，你绝对就有了故事的本质、精华。还有，我不会告诉你麦克到底有没有踩到狗屎。

3.2.3 　《哈姆雷特》

莎士比亚（Shakespeare）的《哈姆雷特》（*Hamlet*）的激励事件是哈姆雷特死去的父亲化作幽灵告诉哈姆雷特自己被弟弟谋杀，现在弟弟已窃取王位，并占有王后为妻。幽灵要求哈姆雷特为他复仇。关键问题提出来了：哈姆雷特会相信脑海中的声音并且采取复仇行动吗？他会因为幽灵的命令而杀掉亲叔吗？他是要发疯还是要犯罪呀？

大多数犯罪故事里的激励事件出现在罪行发生、带有个人问题、有自毁倾向的警官受命调查、破案。警察能够破案并抓回罪犯吗？犯罪故事里很容易就可以提出关键问题，传播避免罪行发生的、符合社会要求的生活经验，这也是犯罪故事如此之多的原因。

3.2.4 　《战栗汪洋2》

亚当·克鲁特纳（Adam Kreutner）的电影故事《战栗汪洋2》（*Open Water 2: Adrift*）的故事情境很有意思。一群年轻的朋友们乘着大游艇驶进大海，远离了陆地。喝了点啤酒并玩闹一会儿之后，有人喊"最后一个在船上的是胆小鬼"（或者诸如此类的话），激励事件就此出现。然后所有人都跳进海里嬉戏了，他们玩得很开心，直到他们发

---

⑫ 被称为Gigglers的小精灵负责看护孩子们，监督成人公平对待他们。如果成人做不到，Gigglers小精灵会通过小小的恶作剧进行处理。——译者注。

现没有人把梯子放下来。他们没办法回到船上去了，他们离陆地很远，除了一个婴儿，船上没有别的人了。游艇在慢慢地漂流，这群人开始相互争吵，关键问题出来了：他们能想出办法回到船上，还是在努力尝试中死去？（不幸的是，这部电影是有好的激励事件却没有成为好故事的典型案例……）

3.2.5 《伊多梅纽斯》

在莫扎特（Mozart）写的歌剧、希腊悲剧《伊多梅纽斯》（*Idomeneo*）里，激励事件分为两部分。伊多梅纽斯在海上遇到了暴风雨，他害怕永远回不到家、见不到家人了。他向海神祈祷，许诺如果海神救他，他将把回到陆地后遇见的第一条生命献给海神当祭品。暴风雨立即变小了，伊多梅纽斯活了下来。伊多梅纽斯的儿子伊达曼特（Idamante）听到父亲活着回来的消息后，匆忙赶到海滩，成为第一个抵达海滩见到伊多梅纽斯的人。父亲必须把自己的儿子作为祭品献给海神，或者直面海神的暴怒……哪个问题会立刻浮现在脑海里？

3.2.6 《玩具总动员》

在《玩具总动员》（*Toy Story*）里，激励事件是在大街上的新玩具巴兹光年在玩具的主人小男孩安迪（Andy）的床上被找到。这个事件大概在13分钟时出现。玩具们感到惊讶，因为巴兹正在床上那个通常属于他们的首领伍迪（Woody）的位置上，伍迪之前一直是安迪最喜爱的玩具，直到现在……玩具们开始唠叨伍迪的位置已经被取代了。他们加倍感到惊讶甚至印象深刻的是，他们发现巴兹很明显并不只是个玩具。他是个真正的太空骑警。他装满了现代的机件和钛合金翅膀。他是数字化的，功能强大。伍迪觉得自己靠拉绳出声并且没有现代机件是个不足……还有，安迪喜欢他的新玩具。问题出来了：伍迪还能继续担任玩具们的首领吗？巴兹是否取代伍迪成为安迪最喜欢的玩具了呢？

很有意思的是，在《玩具总动员》中激励事件全部完成及关键问题的提出花了大概12分钟的时间（后面会具体解释）。通常，这些元素一般会作为同个故事事件的一部分而同时出现，但是，我觉得这不是规则手册。《玩具总动员》要求激励事件延迟到12分钟后和第一幕转折点一起出现，以便完整、恰当的关键问题出现在恰当的位置。《死神与少女》也用激励事件（15年前的强暴事件）和第一幕转折点（当波利娜揭露来用餐的客人是强暴她的人）来提出关键问题。

把激励事件精确地分离出来通常是比较棘手的；如果没有独立、明显的激励事件，可能会有若干个能引出关键问题的事件。把激励事件精确地分离出来是为了绝对保证在恰当位置清晰地出现恰当的关键问题——这在儿童故事里面尤其重要，只有这样你才能确保儿童观众们"明白"。你所做的必须适合你的故事。原则上，如果你的故事是好故事，并且想把它讲好，那就需要一个能够提出清晰关键问题的激励事件。

我们可以彻夜不眠地分析能想起来的每个故事的激励事件和关键问题。你自己尝试分析几个故事，我打赌你能够在清晰的激励事件/关键问题和所分析故事的成功之处之间找到关联。

3.3 关键问题何时不是关键问题

在你写了几个带有激励事件的故事、其激励事件提出了清晰的关键问题且导致了令人满意的解决后，你就有资格在以下几方面进行实验：更微妙的激励事件、不那么清晰的关键问题、实现众多问题的解决。我们要仔细研究一下脱离"3.10——结构和非经典结构形式"中的经典结构会怎么样，但我先就这个问题说几个观点。

很多成功的故事——或许是最成功的故事——不会在故事的1/3处"装个霓虹灯金属板"把关键问题"熠熠生辉地"呈现给观众。但这并不意味着没有关键问题——那里取代关键问题的是潜台词中的焦点，或者人物的成长和学习。也许那个时候会有更精妙的认知差异需要理解，而不是问题需要解答。主角甚至可能不知道他正在消除认知差异；他当然不知道任何关键问题，因此他不可能有意识地着手去解决关键问题。

举个例子，主角可能被误解引入歧途，或在生活的道路上受到了误导，那么故事讲的可能就是他们理解并拥抱变化的成长过程。

3.3.1 《圣诞颂歌》，查理·狄更斯著

这部经典的小说是优秀故事的完美案例，自从1843年以来从未绝版，但它没有明显的关键问题。小说中有激励事件，埃比尼泽·斯克鲁奇（Ebenezer Scrooge）过去的商业伙伴约瑟夫·马利（Jacob Marley）的鬼魂来拜访他，但除了"接下来会怎么样"，没有提出关键问题。然而，我们被鬼魂引发好奇期待三个幽灵来拜访斯克鲁奇，我们被植入了认知差异——当幽灵们来到这个冷血的吝啬鬼处时会发生什么

事情？未来情节的铺垫会牢牢抓住我们，最终解决时满足我们的是主角的个人成长。斯克鲁奇经历了从最初本我主导——贪婪、强横、私自、吝啬——到结尾时超我主导——大方、奉献、热心及通过慷慨达到自我实现的过程。他学到了我们希望所有人都学到的那种生活经验，我们因而喜欢这个故事。没有关键问题且吸引我们注意力的关键是：我们可以预期这三次跟幽灵的会面和我们想知道这三个独立的故事事件会导致何种结果。从本质上来说，故事讲的是斯克鲁奇的个人旅程及他对生活经验的学习。实质上，故事的解决跟鬼魂完全没什么关系；故事的解决完全是那个点完成的——高潮和解决都是斯克鲁奇个人的成长。

这是在更为复杂和精细的小说和电影中故事传达的最常见的方法，其中有些最成功的影片采用了这种方法 [《好家伙》（*Goodfellas*）和《教父》（*The Godfather*）这两部影片是没有清晰的关键问题且始终位列排行榜前十的影片]；但更浅显的例子是《土拨鼠之日》（*Groundhog Day*，又译《偷天情缘》），一部没有关键问题且大获成功的影片……

3.3.2 《土拨鼠之日》

《土拨鼠之日》中的认知差异巨大，并且很吸引人——天气预报员菲尔 [Phil，比尔·穆瑞（Bill Murry）饰] 处于生命中最糟糕的一天——而且反复循环着这个最糟糕的一天。我们观众知道他陷入了某种时间循环，始终重复着那一天，但他每天遇到的人们没有陷入时间循环（他们每天的行为一如既往），在我们观众（和菲尔一样）的认知与故事中其他人物的认知之间存在着差异。这是一个深刻、稳定、持续且没有引出关键问题的好例子。再一次，我们可以预想后面的段落——我们知道他会反复循环那一天，我们对他经验逐渐积累的情况下怎么多次应对同一天很感兴趣。这使得我们始终被给我们创造满意解决的主角个人成长和学习的旅程所吸引。在故事的讲述中，菲尔是如何变化和成长的？

菲尔一旦意识到自己将一次又一次地重新体验同一天的生活，他看到了自私自利的机会：对周围人们使用预知的能力。他利用对日常事件的预知去偷钱、去获得免费的性爱，甚至犯下血案；虽然有诸多的机会，他对自己的命运还是越来越不满足。他的性格及故事在他改变社交方法时往前递进了。他放弃了从以自我为中心得到的空虚不满，并在转变到无私、充满奉献精神的行为方式时体验到了个人成长与学习。他成为好人，把时间及预知日常事件的能力用在挽救生命、学习钢琴、满足爱情、帮助老人等方面。他一成为真诚的好人，魔咒就被打破了，社会给予他应有的回报，他能够自由地继续过快乐的生活。或者，换一种说法，他的超我（无私的好人）战胜了他的本我（自私的坏蛋），社会给他一个公主［丽塔（Rita），安迪·麦克道威尔（Andie Macdowell）饰］作为酬谢。马斯洛的需求层次理论上清晰而明显的递进帮助这个伟大的故事不以关键问题为基础，而是建立在人物性格发展的基础上。

我们很快就将进一步探究认知差异，但我们可以确切地说，一个在其发展过程中不但有关键问题、同时具备深刻及普遍的认知差异且具有清晰明显的人物成长的故事，在各方面都做到最好，并因此而更强大。

3.3.3 《楚门的世界》

我认为《楚门的世界》（*The Truman Show*）是一个在方方面面都表现出好故事基础的例子——强大的激励事件/关键问题；厚重的潜台词根基；极好的人物成长；还有观众的学习。

该片故事由安德鲁·尼科尔（Andrew Niccol）编剧。金·凯瑞（Jim Carrey）饰演的楚门·伯班克（Truman Burbank）从还在子宫里开始，他的整个人生就都被拍摄了下来。他是真人秀节目里面的明星，但并不知道他周围的整个世界就是一个电影场景，是为他这个角色而建的，他的世界中所有人物都是在楚门个人的肥皂剧中饰演角色的演员。这个关于楚门生活的电视秀成了一个全球性的奇迹；一个全球数十亿观众每周7天、每天24小时观看的真人秀。激励事件提出了明确的关键问题：楚门会发现他的生活是一个巨大的伪造物吗？当他发现真相时会怎么样？潜台词深刻且稳定：所有人都知道——我指的是地球上的所有人，包括电影观众及参与真人秀的所有演员——他的生活是一个真人秀电视节目，除了楚门自己。另外还有许多其他层次的认知差异，但这个最好、普遍、深刻、稳定的认知差异自始至终抓住了我们，迷住了我们。

从人物成长的角度来看，故事很精彩，首先因为在电影发展的过程中楚门变化并且渐渐跳出了"监狱"（电影中其他所有人物都保持静态）；其次，因为我们观众能够从中学到人生经验教训。真人秀在哪个点开始从清白的娱乐节目转变为不正当、危险、侵略性、不可接受的节目？对于那些希望正义得到伸张的人们来说，楚门的经历可以理解为反映了我们所有人都经历过的正常的心理发展阶段，在这个发展转变阶段中我们从孩童受到父母良性监控的局限世界逃离、成长并获得成人的自由。我们也可从隐喻性的层面来看——《楚门的世界》激发了宗教的类比 [例如，艾德·哈里斯（Ed Harris）饰演的真人秀节目导演克里斯托弗（Christoff）是象征着上帝……还是魔鬼？]，关于"老大哥（Big Brother）" **⑬** 在看着你的预言，着迷的人们努力追求"15分钟名气（fifteen minutes of fame）**⑭** "（后面还有更多这些方面的潜台词）。

安德鲁·尼科尔的故事创意只要一页纸的论证即可确定能够马到成功，我强烈地认为是所有基本故事元素的清晰呈现把他带上了成功之路。

3.4 解决

在写作过程中我们要尽早关注的领域是结尾。假定我们有了激励事件和关键问题，那么接下来很重要的一件事情就是搞清楚故事如何结尾。结尾解决由激励事件提出的关键问题，因此这两个事件——故事早期出现的激励事件和结尾部分的解决——是故事的支柱。如果我们不知道结尾，我们就不知道目标是什么。我们找不到写作第二幕事件的方向，也就没有任何信心能够通过第二幕事件导向"解决"。很有意思的是，与我聊过的所有专家都同意：我们真正开始写作故事之前就需要知道结尾。

然而，在故事展开的早期阶段我们有时不知道结尾是什么样。甚至我们认为自己知道，在我们越来越熟悉所创造的故事世界之时，浮现了导致结尾改变的新的可能性。

那么，关键是写作过程中要同时把两种可能性都纳入考虑：一方

---

⑬ "老大哥"这个节目的名字出自乔治·奥威尔著名小说《1984》中的一句话："老大哥在看着你呢！"（Big brother is watching you）。美国版《老大哥》是一台劲爆的真人秀节目，一群陌生人住进一间布满了摄像机及话筒的屋子，他们一周7天，一天24小时，所有的一举一动都将被记录下来放到银幕上。选手们在三个月的比赛时间里将互相投票，决定对方的去留，最终留下来的人赢得大奖。

⑭ "15分钟名气"指在媒体上制造的短暂的宣传效果或知名度，也可称为"转瞬即逝的名气"。这种现象多出现在娱乐圈或真人秀电视节目及视频分享网站等流行文化领域的人物身上。这个表达最早出自美国著名艺术家安迪·沃霍尔（Andy Warhol）之口，他在1968年说："将来，每个人都可以在全世界出名15分钟。"

面，我们需要有个结尾，因为一旦有结尾，我们就能够写出整个故事；另一方面，我们要保持故事流畅、灵活，能够轻松地融入新的、有意思的灵感与创意。其实现方法是忽略细节及利用剧本大纲（更多关于剧本大纲的内容请参见"第十章 剧本大纲"）写作。

很多作者只是在顶部写了"第一页"，从开端开始写作，从前到后写出整个故事，到了结尾的时候才去考虑如何结尾。虽然这是一个常用的"方法"，但它不是一个明智的方法。有时如果你足够幸运，这个方法会有效，对于短故事来说当然也是个合理的方法。然而，当结尾逐渐浮出水面之时，如果它对你来说有点像个揭示，那么它导致的问题会比解决的还多，因为首先，故事到处都"拧紧"了；其次，改变故事结尾会需要对故事主体部分做大量的修改。整个事情很快变得难以处理，还有——更为可能的事——我们设定的潜能永远无法实现。

这就是说，别为暂时没想好结尾而担心，只要给你的关键问题设一个通用的答案即可。《回到未来》的关键问题是："马蒂能够成功地回到1985年吗？"最开始的时候，鲍勃·盖尔和罗伯特·泽米吉斯对于结尾只知道这么多："是的，他会成功回到1985年，一个比离开时更好的1985年。"

简言之，如果你能够在这个阶段拿出任何形式的结尾——从一句话到完整的结尾都可以，我们就是朝着正确的方向前进。

别忘了，虽然在这个部分我们着重以整体故事作为故事事件的例子，但对于所有的故事事件来说也是一样的。不管是整体故事、幕、段落还是场景，都有一个开端、一个发展、一个结尾。理论上来讲，为了使其有意思、有意义，还需要一个激励事件来提出关键问题并在解决时予以回答。当然，实践中并不一定这样。不是所有的事件都必须承载巨大的能量：可以承载，但如果一个事件要具有意义，就必须包含一个激励事件/关键问题、认知差异、性格发展。如果没有，就必须有一个关于更广泛的、作为消极成分的故事事件好理由。

3.5 转折点

当作者想看到他已完成的叙事和最终结构之间的关系时，他要找转折点。

故事中转折点具有相当独特的作用，因为：

转折点是创造性的可衡量的元素。转折点通过故事事件中的人物之间的互动与行为产生。

转折点是故事结构的可衡量的元素。通过分析故事事件的结构，转折点可以精确地识别、指向和评估。

当令人满意的创造性元素恰当地出现在一起，它们会"释放"一个从结构角度可见的转折点。转折点在故事分析时相当有用，因为对转折点的检测会告诉我们没能让我们满意的故事中是否有重要的创造性元素不见了。

转折点规定了主角情绪位置的变化，这只能通过冲突才能真正出现。你不可能写一个没有冲突的故事，你不可能在没有转折点的情况下写出有效的冲突，因此，下面的内容是值得去理解的。

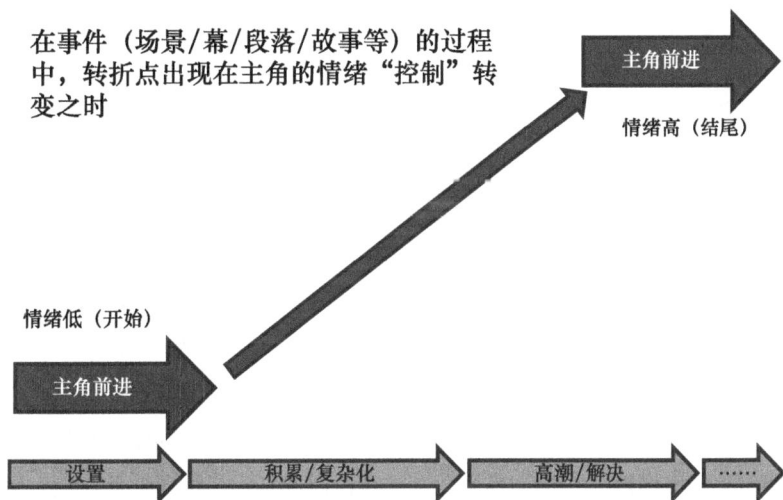

在事件（场景/幕/段落/故事等）的过程中，转折点出现在主角的情绪"控制"转变之时

主角前进

情绪高（结尾）

情绪低（开始）

主角前进

设置 → 积累/复杂化 → 高潮/解决 → ……

我们应该能够"衡量"主角经历事件过程中利害关系的变化程度，因此首先确定有转折点，然后看看是否有意义的事件。

"有意义"指的是什么？要有意义，情绪转变必须通过冲突发生。如我们所知，冲突很重要，它是故事的生命之血，贯穿事件的转变是无意义的，除非通过冲突来实现。

为了使转折点通过冲突发生，需要有下面几个元素。

一个对于事件有自己目标的主角。

一个反面主角（或对抗力量），其目标设定为与主角的目标正好相反。

主角与反面主角面对面——不可抗的力量对阵不动摇的目标。

作为冲突的结果，一方获胜，另一方失败。

在事件（场景/幕/段落/故事等）的过程中，转折点出现在主角的情绪"控制"转变之时

……作为不可避免的冲突的结果

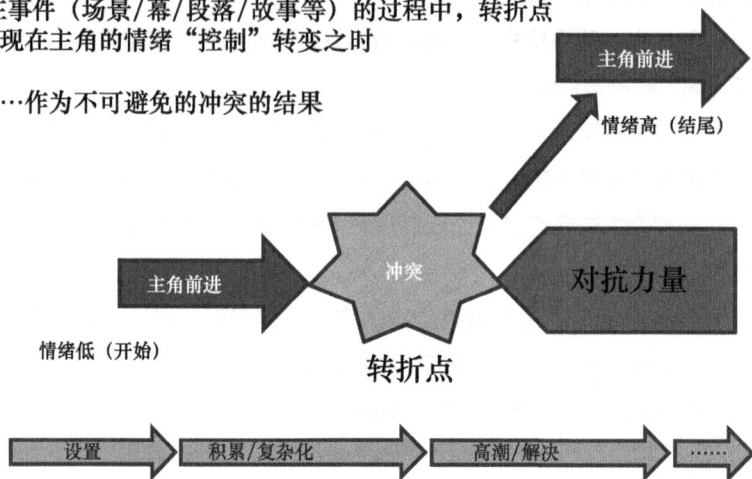

主角前进

情绪高（结尾）

主角前进　　冲突　　对抗力量

情绪低（开始）

转折点

设置 ➡ 积累/复杂化 ➡ 高潮/解决 ➡ ……

实例

我希望到现在你已经看过《回到未来》了。在乔治·麦克弗莱最终站起来面对恶棍比夫这个关键场景中，为了拯救罗琳，在几个同时发生的事件的威胁之下，在不同的故事层面（场景、段落、幕和故事）上他有几个情绪值。如果你已经看过《回到未来》，细看这个段落中的乔治·麦克弗莱，他受着自我怀疑的折磨，缺乏自信，偶然碰到肌肉强壮的恶棍比夫正在车上企图性侵罗琳——乔治深爱且渴望得到的女孩，但乔治太懦弱，无法获胜。这个场景迫使乔治进行关键的选择：站起来，冒着被恶棍痛揍的危险与其搏斗；或者径自走开，任由梦中女孩被人侵犯，跟她的未来永远失去机会。虽然胜算很小，但他选择了站起来搏斗，然后——对恶棍怒火的累积及对罗琳的爱使其坚强起来——他在人生中第一次挥拳出击……打掉了比夫的风头。他的自我怀疑没了，他牵着他所钟爱的罗琳的手带她离开去参加校园舞会。

这个事件对于故事来说非常关键，改变了乔治、罗琳、他们未来的孩子马蒂以及恶棍比夫的命运。在这个基础上我们都认为这个场景有效，通过这个单一的动作，我保证我能在故事的场景、段落、幕及故事事件的层次上找到转折点——主角情绪值的变化，因此如果事件有转折点，我们来试着识别一下我们预期能找到的结构性元素。

我们在各个层面上寻找的元素有：主角（带有威胁之下的情绪

值）；与主角目标正好相反的反面主角；两者之间不可避免的冲突；作为冲突的结果在开端和结尾之间主角情绪值的转变。

场景层次

在场景层面，主角是乔治。反面主角是比夫。乔治的场景目标是打败比夫。他们都想要这个女孩，因此冲突不可避免，并且只有一人能够胜出。在场景的激励事件（乔治非故意地向比夫挑战时）中乔治打败比夫的机会表面上看是零，然而他成功了，因此在他打败比夫时他的情绪位置转为正面。这个主角命运的重大转变通过冲突实现，表明了场景有转折点。

段落层面

在场景只是一个组成部分的、更广的故事事件背景下，乔治作为主角，其目标是赢得罗琳的芳心。反面角色是他自己的"自我怀疑"，抑制了他追求女孩（这个女孩显然喜欢"强壮的男人"）的动力。在段落的激励事件中，乔治打开车门发现比夫站在前面，他开始进入与自身自我怀疑的冲突。我们从之前的事件中知道他与罗琳的未来成功的机会看起来始终很低。在重要的几秒（以及一个左勾拳）之后，他从懦弱、萎靡变得自信且散发着魅力。对于乔治来说，"自我怀疑"的情绪值已从负变为正。

幕的层面

在更为广泛的幕的层面，段落只是其中一个组成部分，主角是马蒂——乔治的儿子。马蒂的情绪位置从"死亡"的角度来看始于负面，他看起来不可能在未来存在，因为他意外地阻止了父母的会面。对抗力量是让历史回到正轨、为他能够出生降低难度；具体来讲，设定的主角目标是：让他未来的父母亲在"魅力一夏"舞会的舞池中接吻。这样就能够让历史回到正轨。

这一幕开始时，他的母亲对他父亲一点也不感兴趣，他的父亲充斥着自我怀疑，看起来马蒂修正历史近乎不可能。在这一幕的结尾他的父母亲在舞池上接吻了，他在未来的存在得到了保证。他个人的安全已经从负面转变为正面。

故事层面

马蒂"快乐"的情绪值在更广泛的故事层面依然处于威胁，激励事件提出关键问题的地方是："它能够成功回到1985年吗？"在这个层面上，他即将尝试以接通一道闪电作为时间旅行的动力回到1985年。然而，如果历史会被推回到正轨的话，上面的这个段落事件必须首先完成，因此这个场景中起作用的主要对抗力量是时钟在滴答滴答地响。马蒂能够及时解决这个陪衬情节接通闪电，然后回到1985年吗？当乔治和比夫的场景开始时，看起来马蒂没有让他父母坠入爱河的机会，他仍然努力准时接通闪电。他按时接了闪电，当他成功时，他未来的幸福从负面转向了正面。

转折点

在每个事件当中，在主角的命运从负面转为正面的那一刻，转折点应该清晰可辨，反之亦然（每个事件中主角命运从正面转为负面时，转折点也应该清晰可辨）。转折点最精准的时刻可确定为乔治的左勾拳打中比夫下巴之时。正是在这个持续了几秒钟的、精准的故事节拍中，所有重要的情绪值都在故事发展的每个层面上发生了转变，不论直接或是间接，都从负面转为了正面。现在，那是个转折点了。

转折点注意事项

上面的例子都是从负面转向正面，但理所当然的事物也会同样地往另外一个方向发展。实际上，转变只是"相对的"。转折点可以是主角价值观从正面转向负面，也可以从正面转为更加正面，或从负面转为极负面。只是必须有一个相对的、可感知的转变。

主角和反面主角的注意事项

注意，"主角"这个词并不意味着"好人"。主角的意思实质上是讲的谁的故事。是的，主角通常是主要演员，且通常是好人，但也可能是一个罪犯、一个团队、一个魔鬼、一个动物、一个家庭、一个外星人、一支军队或者一块玻璃，只要讲的是他（们）的故事。同样，主角可能成功实现目标，也可能实现不了，但即使在悲剧中，好故事的结果都会给人类冲突的处理点一盏恰当行为的明灯。还要注意，给定故事事件的主角不一定是整个故事事件的主角。如前所述，《回到未来》的主角在不同的故事事件里在乔治和马蒂之间变化。通常，如果某个事件中的主角不是顶层故事的主角，事件仍然会对故事层面的主角的情绪位置造成冲击。换句话说，虽然马蒂是整个故事的主角，乔治作为事件主角对抗比夫会对马蒂的故事有清晰、明确的影响。

同样，反面主角指的是与主角目标相反的力量。再一次，反面主角大部分情况下是与好人主角冲突的"坏蛋"，但你也可以让罪犯当你的主角[《罗宾汉》（*Robin Hood*）、《虎豹小霸王》（*Butch and Sundance*）、杰克·斯帕罗（Jack Sparrow）[15]、德尔波尔·特罗特（Delboy Trotter）[16]、诺曼·斯坦利·弗莱彻（Norman Stanley Fletcher）[17]等]，因而对抗力量可能是受害者或警察。对抗力量也可以包括天气、狗、主角的心神不定或错觉、上帝的行为等，其他还有很多。后面我们会更具体地来讨论，目前来讲：

主角实质上是讲述谁的故事。对抗力量是任何与主角目标相冲突的势力。

3.6　大转折点

我们还要讨论第二幕（mid-act，中间幕）转折点，以及激励事件和转折点之间的差异。那么我们还将用《回到未来》作为实例来说明这整套东西是如何形成的。

在这些方面，《回到未来》很简便地说明了通用形式。综上所述，在经典结构电影故事的情节中，通常会有三个重要的转折点。一般来说第一个也是激励事件（但并不绝对）。区分第一幕转折点的关键特征是它应该让主角偏离他所追求的终极目标，我们应该从中理解主角的故事整体上的目标，并在他开始着手实现时看到方向的变化。

方向变化常常是提出问题的技巧的一部分，因为它给了观众关于主角整体目标的良好指示，所以有助于提出至关重要的关键问题。然而多

---

[15] 美国电影《加勒比海盗》（*Pirates of the Caribbean*）系列的主角，由约翰尼·德普（Johnny Depp）饰演。——译者注。

[16] 英国情景喜剧《只有傻瓜和马》（*Only Fools and Horses*）的主角，由大卫·杰森（David Jason）饰演。——译者注。

[17] 英国情景喜剧《麦片粥》（*Porridge*）的主角，由罗尼·巴克（Ronnie Barker）饰演。——译者注。

数转折点会表现主角价值观的变化（从正面到负面或从负面到正面），第一幕转折点出现得很早，因此没有与之相关的价值观可以转变。第一幕转折点设定了故事的方向并提供了度量的"基线"，后面的情绪转变可以这个基线为基础。换句话说，《回到未来》中乔治的那一拳是学校停车场两个男生争夺女孩那个场景中的一个节拍。但我们把它看得很重要，因为在男孩的故事整体目标中要在未来存在并回到1985年。

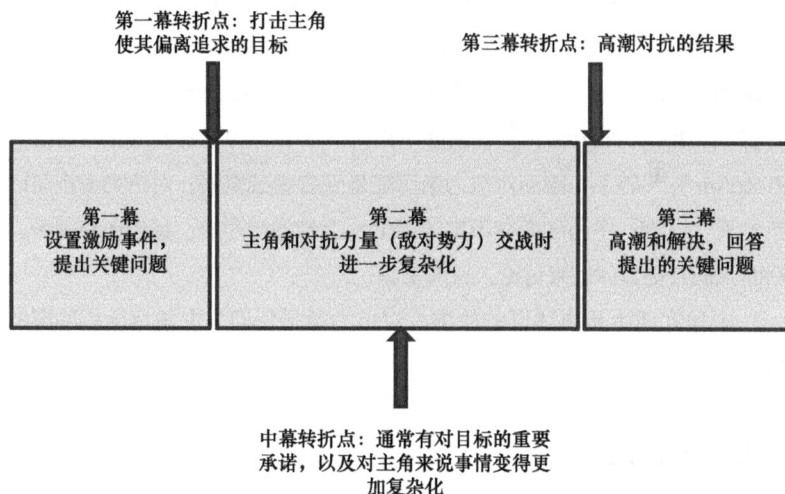

第一幕转折点：打击主角
使其偏离追求的目标　　　　　　　　第三幕转折点：高潮对抗的结果

第一幕 设置激励事件， 提出关键问题	第二幕 主角和对抗力量（敌对势力）交战时 进一步复杂化	第三幕 高潮和解决，回答 提出的关键问题

中幕转折点：通常有对目标的重要
承诺，以及对主角来说事情变得更
加复杂化

　　一般情况下，第一幕转折点是"号召主角行动"，清晰地界定了是什么需要他。第一幕转折点可能会推动主角朝意想不到的方向走，并明确他的目标（可能比光靠激励事件更清楚些），提炼或者阐明提出的关键问题。

　　例如，在《回到未来》的开头，马蒂开始了他平时很普通的日常生活。他去上学，闲逛到布朗博士的房子，和女朋友约会，和乐队一起玩音乐，并在晚上和家人一块吃晚餐。他的这一天非常的普通，使得第一幕转折点（在这种情况下跟激励事件一致）能够脱离故事进入新的、意料之外的方向。马蒂想不到这一天的收尾是驾着德罗宁汽车，一个人被送回到过去。转折点让他很惊讶，我们也一样；让主角进入新的方向，使他面对提出的关键问题。他还能回到1985年吗？观众现在可以安心了，很惬意地了解了马蒂的目标，因此他们知道故事讲的是什么内容了，因而对于后续的事件立即有了两条思考的线索：第一条是事件本身；第二条是马蒂成功地回答关键问题并回到1985年的概率意味着什么。

在《玩具总动员》中，激励事件是巴兹光年在安迪的床上、伍迪的位置上被发现之时。关键问题提出来了：巴兹会替代伍迪成为玩具们的首领及安迪最喜欢的玩具吗？但这对于主角伍迪来说还不是转折点。第一个重要转折点出现在12分钟之后，即当伍迪想出主意把巴兹藏在柜子后面之时。这个简单的计划可以解决所有问题。然而，当他执行计划时却出错了。他不小心把巴兹撞出了窗外。其他玩具看到伍迪把巴兹撞出窗外了，并且失去了对他的信任。他们认为伍迪是个凶手。伍迪试图修正第一个问题，却带来了相反的效果，并且使问题更加复杂化了。他现在不再是安迪最喜欢的玩具了，也不再是玩具们所尊重的首领了，他没有朋友，忍受着"凶手"的指责，这个转折点给伍迪设定了新的方向，并提出了重要的需求——找到并拯救巴兹光年，以向朋友们证实他没有谋杀巴兹，重新赢回成为首领所必需的那份尊重。

科恩兄弟的电影《老无所依》（*No Country for Old Men*）又是不一样的，因为有两个由第一幕转折点和激励事件组成的非同时的事件，但在这种情况下，两件事情必须组合起来才能获得全部的信息。卢埃林·摩斯［Llewelyn Moss，乔希·布洛林（Josh Brolin）饰］误入得克萨斯西部偏远沙漠中因毒品交易而转为枪战的屠杀现场。除了一个卡在驾驶座上垂死的墨西哥人所有人都死了，墨西哥人向摩斯讨水喝。摩斯留下他自生自灭，他找到了两百万美元的毒品钱，带上这些钱干干净净地离开了，没有留下任何线索。这很显然在他的生活中是个转折点——他的命运戏剧性地改变了——但关键问题还没有提出。虽然这么大量的金钱肯定能够"改变生活"，但他的故事并没有朝这个方向走。当午夜来临，他躺在床上，对任由墨西哥人自生自灭感到内疚。他回到枪战现场，给墨西哥人带水，他的车却被警察发现了。这是个真正的转折点。他的身份现在被人发现了，并且同时受到警察和变态冷血的坏蛋安东·史格［Anton Chigurh，哈维尔·巴登（Javier bardem）饰］的追寻，后者会为了拿回毒品钱冷酷地猎杀他。现在摩斯的命运沉重地转向了负面，他的方向发生了变化，关键问题提出来了：摩斯能够逃脱警察和史格的追寻并带着钱离开吗？在激励事件和转折点彻底完成之前两个事件都是必要的，而观众明白了故事的方向。

中幕转折点

如果在某个阶段没有新的大转折点，完整长度的故事一般在第二幕会曲折前行。因此，现代故事倾向于设定中幕转折点，这个转折点把第二幕分为两半。其实仔细考虑的话，如果三幕结构能够得到一个让人满意的结尾，中幕转折点也是一个很自然的需求。第一幕高潮处的转折点让命运往下走，在第三幕开始，高潮处大转折点的动态必须从长时间的低端转向高端，来使故事以正面结尾。

这有点令人费解……我画个图来说明一下。

如图所示，第二幕始于情绪低端（作为第一幕高潮的结果），结束于情绪低端（其目的是使第三幕结束于情绪高端并得到让人高兴的结尾）。因此，最常用、最符合逻辑的方法是在第二幕中间让命运往高端走，这样可以在第二幕结尾时落回到低端。

这个图是《回到未来》的结构图，表明了主角大的情绪波动。这是拥有快乐结尾的经典结构。

马蒂的情绪位置始于他正常的学校生活，这时是平直的，但当他时空穿越到从前时情绪值重重下跌。在他找到布朗博士并一起想出如何回到1985年的计划时，情绪逐渐升起。但在中幕转折点他发现自己干扰了未来事件，他的父母不会约会，即使他能回到1985年，在他回到那儿时自己也不会存在，这时他的情绪值又重重回落。自此情绪值一直保持在低端，直到高潮转折点他的父亲终于打出了那拳，所有的问题都解决了，他的情绪值回到高端并保持到影片结束。

陪衬情节

转折点同样是我们激发陪衬情节的一个途径。每个完整长度的故事都可能有不止一条线索贯穿,实际上,完整长度的小说可能会有很多陪衬情节,每个重要的陪衬情节都是一个故事事件,因此它不仅需要自己的关键问题和解决,还需要激励事件使其往正确的方向走,需要转折点来保证其是有效的、清晰的、有方向的事件。中幕转折点通常放在长段落或幕的结尾,用于实现"小情节(mini storyline)",小情节是主角处理大故事的一个元素,并在结尾时向前进步——更为可能的是,严重偏离终极目标,终极目标被新情节复杂化,这种新情节又在主要情节结束前必须满足自身的需求。

例如,《回到未来》中主要情节激励事件后的第一个段落(即上页图中第二幕布局段落)让马蒂发现自己身处何处、何时:希尔谷,1955年。他碰到了17岁的未来的父亲,跟踪他并发现他爬到树上,通过卧室窗户偷窥女生。然后,他未来的父亲乔治从树上坠落到马路上,正好落在汽车前。马蒂很自然地跑过去救他的父亲。在救父亲时,他被汽车撞得失去了意识。那辆汽车本来应该撞到他的父亲的。他的父亲跑开了。卡车司机带着受伤了的马蒂回到自己的房间照顾他。

然而,乔治要偷窥的房子里的女孩是马蒂未来的母亲。她现在照顾马蒂的伤情,而不是照顾他未来的父亲……这个意外事件本来是他父母亲的第一次见面。

当布朗博士意识到马蒂干扰了本来会导致他出生的系列事件,他告诉马蒂必须让他的父母重新坠入爱河,不然他就会消失,这既是中幕转折点又是这个重要的陪衬情节的激励事件。事情刚刚发生了一个新的、意料之外的逆转。在不能保证他的父母相遇并相爱(从属的陪衬情节的目标)情况下,马蒂现在不能按计划回到1985年[主情节线(main plotline)的目标],不然他将不复存在。马蒂在离开1955年之前必须解决这个问题,因此现在我们有了一个新的方向,以及一个新的、主角和故事必须解答的关键问题。结构上来讲,我们把中幕转折点和陪衬情节嵌入到了故事中。

当然,中幕转折点不一定都要激发陪衬情节。实际上陪衬情节不一定要存在。如果有陪衬情节那么它将表现主角命运的一个大逆转。

高潮转折点

第三幕由最后的转折点来界定，这个转折点让主角的命运在主要情节故事线上有最后一个变化，并无法挽回地导致结尾。简单来讲，这是好人和坏人间最后的冲突；当主角在最后的决斗中战胜或败于对抗力量，从而导致好人一方或坏人一方走到路的尽头的那一刻；通过一个一锤定音的冲突导致命运的变化，意味着这个故事无法再前进了。《回到未来》中的高潮转折点是清晰且单一的时间。马蒂和对抗力量（时间旅行的物理现象及其可行性）的斗争到了转折点——发射马蒂的机器已经回到了1985年——正当德罗宁汽车达到时速88英里时闪电接入到电容器中。马蒂穿越时间回到1985年。马蒂的方向和命运再次变回到正面；实际上，这比他当初离开1985年时要正面得多。关键问题最终得到了解答，冒险得以完成。

转折点对作者的工作来说至关重要。除了这些故事层面的（大）转折点，每个场景、段落和幕都有可能通过转折点来界定，每个转折点都可能是主角命运的大的、中等的或小的逆转。

3.6.1　幕和故事长度

你会注意到第二幕的长度实际上是第一幕和第三幕的2倍，还有自己的设置、进一步复杂化及幕中高潮（在中幕转折点处），后面还有另一个设置、进一步复杂化和幕中高潮。明显有四幕，为何要叫三幕式结构呢？第二幕划分为两"幕"没有形成典型的四幕结构，因为中幕转折点并没有一个必要的、始终存在的元素与之关联。我们知道，第一幕和第三幕的边界以故事指令（开端、发展、结局）为特征，是定义为三幕式的原因，但却可能有、也可能没有实际的中幕转折点。

如果你的故事很长，或者出于多个激励事件的需要，你的结构可以扩展到五幕或者七幕。大多数长篇小说少说也有这么多。可以通过延伸出第二个或第三个第二幕来实践。换句话说，你的故事结构可能是"第一幕→（第二幕a和第二幕b）→（第二幕c和第二幕d）→（第二幕e和第二幕f）→第三幕"。

这样有用吗？我们知道在标准的三幕式结构的第二幕中，因为需要中幕转折点，实际上是两幕的结构，因此也可以是第二幕a、第二幕b、第二幕c、第二幕d等连接在一起。不管故事的长度与复杂程度如何，都会被打包在第一幕的布局和第三幕的高潮和解决之间。

3.6.2 段落

经典结构中的变化只和故事的复杂程度及长度相关。我们已经讨论过在界定幕的最高层面上限定故事力度的元素。幕由一系列相互关联的事件组成，这一系列相互关联的事件被称为"段落"，段落通过中等的转折点改变主角的情绪状态，导致幕的结尾处的大故事转折点。虽然没有多少个段落组成一幕的规则，但经典结构的电影故事一般在每个重要转折点之前会包含3～5个段落，因此整个故事中可能会有16～20个段落。如下页图所示，每个段落依次是单幕结构中可辨识的元素，在这里我们假设是第二幕的第二部分——从故事的幕中转折点到第二幕结尾。

为明晰起见，我把第二幕分成两部分——第二幕a指幕中转折点之前的部分，第二幕b指幕中转折点之后的部分。我们来仔细研究一下《回到未来》的第二幕b。

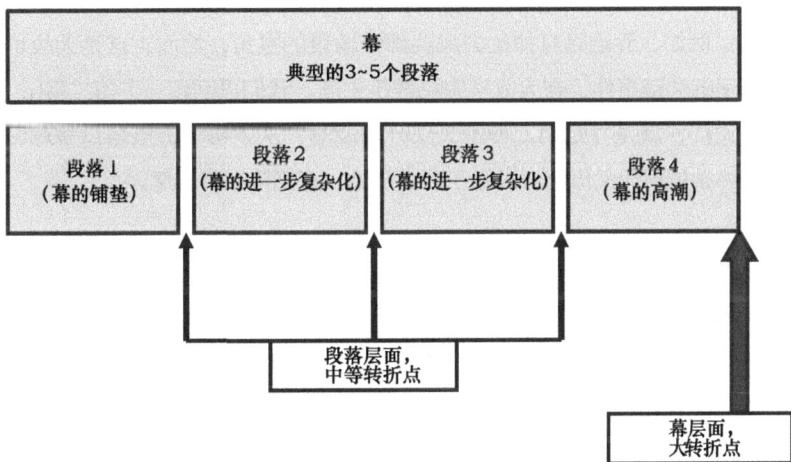

幕 典型的3~5个段落			
段落1 （幕的铺垫）	段落2 （幕的进一步复杂化）	段落3 （幕的进一步复杂化）	段落4 （幕的高潮）

段落层面，
中等转折点

幕层面，
大转折点

我们之前知道，在故事层面，第二幕b应该使主角的主要故事目标复杂化（马蒂的目标是回到1985年），因此我们来看看这里的第二幕是否实现了这个目标。

第二幕b中有马蒂干扰父母见面的激励事件，这意味着在未来他将不复存在。关键问题提出来了：马蒂能够让他的父母在"魅力一夏"的舞池上接吻吗？这是把历史推回正轨的决定性事件。实际上，这是对他回到未来的大目标的复杂化，因为如果不把他父母的问题解决好未来将没有他，因此他必须通过第二幕b、在大故事的高潮与解决中他尝试回到1985年之前，把这个问题解决掉。

考虑到每一幕都必须有自己的内部结构以维系观众的兴趣、成功实现大转折点，在第二幕b自身内部情节可分为5个表现内部发展的段落。

段落1是幕的铺垫。

段落2是幕的进一步复杂化。

段落3是（可选）幕的更进一步复杂化。

段落4是幕的高潮。

如上所述，这个结构把第二幕b设定为一个独立的故事——马蒂如何把历史推回正轨的故事。每个段落都有个中等逆转，直到最后段落，同时也是这一幕的高潮和大故事的大转折点。段落，就像故事的每一个其他结构性事件一样，都应该有一个主角，这个主角有自己的段落目标，还有一个反面主角（或对抗力量），其段落目标刚好跟主角相反，还要有激励事件和关键问题、转折点和高潮/解决。段落的主角不一定非得是大故事的主角，但通常都是大故事的主角。如果段落的主角不是大故事的主角，很可能这个段落的故事情节会对大故事主角的前进造成很大的影响。例如，乔治是打掉比夫风头那个场景的主角，然而，这是大故事情节里的关键事件，在大故事中马蒂是主角。我们再回顾一下第二幕b，换个说法，就是界定第二幕第二部分的段落，从中幕转折点当马蒂意识到他必须重新让父母结合以修正历史开始，直到第二幕结尾。

第二幕b段落：

铺垫（布局）：马蒂从未来带来的相片表明他正在消失。布朗博士告诉马蒂他在1955年的干扰已经导致他父母不能见面。马蒂的干扰创造的新历史表明马蒂将不会出生。他的未来被抹掉了。他必须让父母亲相遇并相爱，不然就会消失。

激励事件（幕的层面）：相片上的马蒂正逐渐消失。

关键问题（幕的层面）：马蒂能让他父母相遇并相爱吗？（如果他们在舞池上接吻了就能成功）

复杂化：三次让乔治约会罗琳的努力都碰到了问题：第一次，乔治太懦弱、太没自信而不敢约罗琳；第二次，罗琳喜欢上了马蒂，因为他勇敢并为了她的尊严而打架；第三次，罗琳爱上了马蒂（她为什么不呢？她还不知道真相，但她终究是他的母亲）。

复杂化：比夫来到画面中。他也想得到罗琳，这很符合他的人物性格，他会用武力来实现。罗琳不够强壮无法自己阻止比夫。马蒂很勇敢，但也没有强大到能够阻止他，还有乔治——他的不自信是一个让任何事情都无法成功的问题。

复杂化：马蒂和乔治图谋演戏。他们将上演一场打斗，让乔治装作从马蒂不正当的求爱中营救罗琳，同时通过痛揍马蒂向罗琳表现自己是多么强壮、多么阳刚。

高潮：乔治来到停车场演他的角色，但发现不是马蒂在不正当地向罗琳求爱，而是比夫正企图对罗琳进行性侵犯。比夫威胁乔治走开，乔治不愿走开，比夫对他进行了身体攻击。但乔治的怒火不可遏制，他克服了自己的不自信，一拳把比夫打倒了。

解决：乔治带着罗琳参加舞会，并在舞池中接吻了。历史回到了正轨。

因此，这些段落赋予第二幕b自己的有效结构，有第二幕的激励事件，且激励事件提出了这一幕的关键问题，并在这一幕的高潮时解答了关键问题。虽然这个故事在第二幕很快闪过，还有在其他层面与事件的相互作用导致段落被切开并与其他段落交叉，但每个段落都必须有自己具体的结构。

3.7 场景

简而言之，故事的每一幕本身就是个小故事，有自己的布局、复杂化（纠葛）、高潮及解决，其高潮和解决不但为大故事层面提供转折点，还为下一幕提供启动点。幕的这些组成部分被称为段落。

你猜猜接下来的内容。段落也是独立的故事事件，含有它们自己的布局、复杂化（纠葛）、高潮和解决。段落的这些组成部分称为"场景"，每个场景要承载自己的小转折点，往更有意义的段落及幕层面的转折点累积。

场景是易于管理的、"大小适度"的故事事件，能够便利地处理。我在写作时会全力保证场景承载它们自己的冲击力和能量，首先，因为它们在逐秒、逐拍地维系观众兴趣上起到很重要的作用；其次，我原来就对通过写短篇作品来学会写作这种方法很有信心。我们都是这样的——这是我们的起点。场景是有意思的小段，我们可以放松去写！

幕
典型的3~5个段落，12~20个场景（可能更多，也可能更少）

段落1 （幕的铺垫）	段落2 （幕的进一步复 杂化）	段落3 (4,5,…)（更进 一步复杂化）	最后段落 （幕的高潮和解决）
段落铺垫　复杂化　复杂化　段落高潮/解决	段落铺垫　复杂化　复杂化　段落高潮/解决	段落铺垫　复杂化　复杂化　段落高潮/解决	段落铺垫　复杂化　复杂化　段落高潮/解决

场景层面，小转折点

段落层面，中转折点

幕的层面，大转折点

　　我们不熟悉的是从1000字的短文、短篇故事或者10分钟的剧本累积到10000字的长篇或者100分钟的电影故事，其中涉及完全不同的写作方法。通过把故事分解成场景，手头的工作就变成了创造短篇故事：写场景。只要我们精确地知道这个场景从更大的电影的角度来说其目的是什么，我们就回到了我们觉得舒适的地方，只用一页、两页的东西来解构"故事"。

　　因此段落由若干个场景组成（《回到未来》中一般是3~5个，但这不是规章制度，你可以调得很不一样），甚至通过自身的布局、复杂化（纠葛）、高潮和解决承载整个情节。因为我们知道段落的目标，我们因而知道每个场景包含的目标，因此每个场景可以小心地构建，以保证其承载所有必需的元素，首先是发挥其在段落中的作用，其次是挖掘其自身最大的力量和深度。

　　我们来看看上面分解开来的一个作为第二幕组成部分的段落：段落5是段落的高潮。

段落分解

　　场景1-段落布局。乔治抵达停车场准备去演双簧戏，到车里把罗琳从马蒂不正当的侵犯中救出来。乔治不知道车内比夫正企图进行真正的性侵犯，而不是马蒂在演戏。

激励事件：乔治推开门，仍以为是马蒂，以排练过的方式喊道："嗨，你！把你的手拿开！"但他很快发现不是马蒂在进行不正当的求爱，而是比夫，罗琳处境很糟糕。

关键问题：乔治会救罗琳吗？

场景2-段落进一步复杂化。比夫威胁乔治，命令他离开。乔治犹豫不定。罗琳求乔治救她。乔治因恐惧而忍气吞声——那是不幸的选择——但他依然站在那儿了。

场景3-段落高潮。比夫下车攻击乔治，但罗琳的攻击干扰了比夫。比夫嘲笑罗琳并把她推回到车里。乔治受到对罗琳的爱以及对比夫的怒火的激发，握紧拳头，满腔怒火地挥拳出击，一拳就把比夫击倒在地。

场景4-段落解决。乔治携手罗琳骄傲地来到了舞会。

段落的关键问题得到了回答：是的，乔治会救罗琳。注意这个场景中的主角是乔治，而不是马蒂。每个场景（包括段落、幕、故事等）都必须有一个主角，但并不一定是同一个。作为一般规则，任何主角跟整体故事不同的事件仍然必须达到高潮，并且其结果对故事主角有重要意义。

3.8 节拍

节拍是每时每刻构成场景的动作（action）和反应（reaction）。理想地说，每个"动作"都会在观众脑海中提出关键问题，而反应会以一种有意思或者意料之外的方式解答这个问题，同时提出新的问题。主角往场景目标前进，因而持续地从正面到负面然后又回来，观众经常受到关于接下来会发生什么事情、首要事件会往哪个方向发展的锻炼。以上面的场景为例。乔治出现在停车场时感觉是正面的——他和马蒂想出了一个计划，可以让他显得强壮并赢得这个女孩。这个计划行得通吗？没有。他打开车门，比夫在里面。计划几乎还没开始就像肥皂泡一样破灭了。乔治的前景变得黯淡、负面了。比夫威胁乔治。乔治逃跑了吗？不，他没有。他坚持住了（正面）。但比夫把罗琳扔在一边下车教训乔治（负面）。乔治打了比夫一拳（正面）。比夫抓住他的胳膊扭到背后（负面）。接下来会发生什么？出人意料地，罗琳爬出车外。她现在有机会逃跑了，她有没有逃走？没有。她冲到比夫跟前竭力想把乔治救出（正面）。比夫受到罗琳的干扰，但她跟比夫不是一个量级的。比夫把罗琳重重推回到汽车上并嘲笑她、羞辱她（负面）。接下来会怎样？这种羞辱让乔治坚强起来。他握紧拳头，豁了出去，在比夫嘲笑罗琳时，他一个左勾拳把比夫打了出去（正面）。

很明显，这些节拍持续牵着主角从正面到负面再到正面，来回摆动。它们也让观众猜疑接下来会发生什么并持续出现让他们感到意料之外的事情［持续表现意外的极具想象力的例子，可以参见由雷·温纳尔（Leigh Whannell）和温子仁编剧的2004年的恐怖片《电锯惊魂》（*Saw*）。是的，这是一部血淋淋的恐怖片，但也是个很好的故事，表现得很精彩]。

当故事这样前进时，观众始终都会保持忙碌。他们不但会一个节拍一个节拍地关注场景中的事件，还会努力去理解所有重要的潜台词：首先是这些节拍真正表达的是什么意思，其次是在场景、段落、幕和故事的层面上，试图明白这些节拍的暗示——已知的关键问题上会发生什么事。我们知道，当乔治打倒比夫时，通过赢得直接冲突（他们的打斗影响了段落层面的关键问题），他不但征服了当前动作中的坏蛋，他还拯救了这个女孩（回答场景层面的关键问题），还暗示了马蒂未来的存在（影响幕层面的关键问题），消除了返回1985年的主要障碍（影响故事层面的关键问题），并且从那个时刻开始，给了他和罗琳过全新生活的信心。

这一拳——一个场景中的一个节拍，在故事把我们带到高潮并回到1985年时，让我们努力消化所有层面的所有暗示，乔治充满个人力量和自信的生活已经创造了一个与之前第一幕结尾离开时完全不同的1985年，他有声望有地位，而比夫奉承着成功的、自我实现的乔治·麦克弗莱。一切都源于故事中的一幕里面的一个段落里面的一个场景里面的一拳。

一个在这么多层面同时且持续地调动观众思维并始终领先我们思维一步的故事，是个赢家。用意料之外的节拍搭建大场景以形成强大的段落并堆砌成在我们理解整个故事时让我们喘不过气的幕层面的转折点，这一定要成为你的目标。

3.9　一些结构神话

如果你读过创造性写作的理论，或者参加过辅导班，甚至只是在网上找了些热门的话题，那么你一定会碰到一两个下面提出的问题。

附上这些领域的一些"唯我独尊"的真理，有点"只有我是对的，其他都是错的"的感觉。

"只有七个故事"

我们都听到过这个说法——有时候是五个故事，有时候是三个，甚至一个，这可以是一个吸引人的、有力的论点。事实上持此观点者讲的是结构，因此从这个角度来说，他们是对的；如前所述，适合你的故事的好结构很少。然而，好结构很少，实际上并不能改变在这些好结构上可以构建各不相同且无穷无尽的故事的事实。很多艺术尝试会受限于结构；画家受限于画布的尺寸及颜料的数量，音乐家会受限于乐器及和声规则。充满创造性的人们在有限的底层结构上创造了数以百万计的独一无二的作品。实际上，这个星球上的70亿人中的每一个都长在相同的基本骨架结构上。我们都一样，但绝对是独一无二的。别跟结构打架，要拥抱结构——一个好的基础会释放你的创意，而不会束缚创意。

系统学习写作理论会破坏你的创造力

对这个观点我有点赞同，但这只是因为教材太多了，尤其是剧本写作，提供一些如何在结构之上写作的基本规则作为起点。是的，这会破坏你的写作。这种做法只是以经典结构作为起点，然后试图告诉你如何用你的才智去填充结构。这是对你的创造力的限制和破坏。

解决方法是保证开始写作时先根据你的想象自由地、无拘无束地把故事倾倒出来。一点都不要在乎（起先）你的剧本要限制在多少场景，你的情景剧要容纳多少商业广告植入，制片公司为你的电影故事设定了多少预算；只要让故事流出来，丝毫不要考虑实际问题。之后，如果故事碰到问题，或者有硬性的实际问题要处理，可以用结构方面的知识来找到问题或满足实际需求。了解结构的价值在于故事优化和问题解决，而不是创造力的起点。理想情况下，你的创意喷薄而出，而且写的故事中没有任何问题；这种情况下谁会管结构怎么样？创造力第一，永远第一。结构第二，并且只是作为分析和修改的工具。

你的故事不需要结构，最优秀的故事是不会遵守结构规则的

这条有点令人费解，我不想提做出这个断言的、目前还在洛杉矶地

区的这位故事顾问的名字。从定义上讲，结构首先是你从主角生活中选择讲述事件的结果，其次是事件安排的顺序。所以不管你是否喜欢它，结构都会在你的故事中存在，因此理解结构并利用结构难道不更好吗？我同意结构不应该主导你的创作过程，但是没有结构的故事是不存在的。

3.10　结构及非经典结构形式

到目前为止我们还完全停留在最主流的经典结构上。我把经典结构形式定义为：一个正面的、积极的主角为实现清晰的目标与外部反面力量作战。故事是一系列逻辑联系起来的事件，按时间顺序上演，并在结尾回答激励事件提出的关键问题。故事建立在人类现实的基础上，并形成让主角可以停止的结尾。

也有很多不错的故事没有采用经典结构形式。实际上，可以说最受欢迎的、成熟的故事是属于主流结构一方的，如果不是真正掉入"狗屎故事之林"的话。

在这部分，我想列个离开正统结构形式、趋向无拘束的非经典结构形式的常用步骤清单，这些步骤你可以根据需要合理采纳。这个清单按冒险程度排列。换句话说，你在清单上为故事选用的步骤越往下，选用的步骤越多，你可能就离主流观众和商业项目越远。也就是说，列出的前三个之外的步骤常常跟最优秀的故事相关，如果这种对经典结构的偏离处理得好的话，你的故事就会是奥斯卡奖（Oscars prize）和布克文学奖（Booker prize）的苗子。

别忘了，我们讲的依然还是叙事和结构的领域；我们还没有开始讲好故事其他方面的线索——性格发展和潜台词等。

反讽结尾。故事承载了交织在主情节线中的两条情节线（即有意识的情节线和无意识的情节线），并且两条情节线结尾刚好相反——一个正面，一个负面。这种结尾可以处理好并让人满意。例如，在影片《甜心先生》（*Gerry Mcguire*）中，汤姆·克鲁斯（Tom Cruise）饰演的这个角色放弃了影片开头自己讲述的成为百万富翁及事业发达的机会，而是找寻自己的灵魂和自己从未意识到的、一直追寻的真爱。最成功的故事经常根据这些情节线来建构，但必须处理好，必须慎重。为达到最佳效果，先前主角的目标应该是我们都熟悉的（在这个片例中是成为百万富翁），但需要以自我为中心的行为（或者通过显而易见的"贪婪"）才能实现，所以，这种至少带点象征性的"黑暗面"元素，以及意想不到的、来自好人一方的成功以更好形式出现（慷慨、成就、地位、接受、爱情等），把主角烘托成比他只追求财富更好的人。故事事件有些负面地结束了（他被迫或自愿地放弃了财富），但人物发展是正面地成功了（他的人物学习并成长了，他的灵魂充实了）。

在影片《我是传奇》[*I am Legend*，改编自1954年理查德·麦瑟森（Richard Matheson）的同名小说] 中，罗伯特·内维尔 [Robert Neville，由威尔·史密斯（Will Smith）饰演] 博士是未来纽约中唯一还存活的人。在当前控制着街道的僵尸抓到并咬死他之前，他必须找到能治疗几乎灭绝人类的疾病的药物（他是免疫的）。故事的结尾他在拯救人类的过程中死了。这是反讽结尾的精巧、悲剧的扭曲；未来文明生存的希望以一个勇敢的"传奇"为多数好人奉献生命为代价。有意思的是，1954年的原版小说结尾是新型人类处于统治地位，而内维尔是最后一个老"品种"，新人类不信任并讨厌内维尔，就像人类处于统治地位时对待僵尸病毒感染者一样。悲剧及绝望的结尾对于好莱坞来说是不可接受的，其原因我觉得是他们想要一个更愉快的反讽结尾。在同个故事的另两个版本的影片《地球最后一人》（ *The Last Man On Earth*，1964年）和《最后一个人》（ *The Omega Man*，1971年）中，另有两个不同的结尾。只有小说故事在结尾能够令人满意，纯种人类的悲剧被新的主导人种创造比我们更好的社会的潜在反讽所调和。其他版本都有潜在的、不太忠实于原著的好结尾。这说明了在打算把个人悲剧和人类更大的利益交织起来时要多么谨慎。

下行结尾和悲剧。一些故事主要就是写悲剧，在两条线上的结尾都是负面的。在2007年的影片《赎罪》（ *Atonement* ）中，13岁的布里奥尼·泰利斯 [Briony Tallis，西尔莎·罗南（Saoirse Ronan）饰] 轻率、幼稚、错误的强奸指控让她姐姐塞西莉亚 [Cecilia，凯拉·耐特丽(Keira Knightly)饰] 和其爱人罗比 [Robbie，詹姆斯·麦卡沃伊（James McAvoy）饰] 进入下行螺旋，使他们的关系再也无法复合。然而，他们至少在最终死亡之前共享柔情时刻这个程度上看起来是复合了。作为成人，布里奥尼向她的姐姐道歉，她们恢复了交流。然而在解决时我们知道其实并不是这样。塞西莉亚和罗比从来没有从下行螺旋中恢复；只身老去的布里奥尼 [范尼莎·雷德格雷夫（Vanessa

Redgrave）饰] 现在已经70岁了，作为一个赎罪行动写下了我们所见到的这个故事，这个故事里在塞西莉亚和罗比珍贵的复合中他们的爱情被重新赋予了生命和时间。她的小说成为畅销书，跟真相形成了可怕而精彩的反讽：布里奥尼从没有敢跟姐姐道歉并恢复联系；当我们看到罗比和塞西莉亚走在惬意的海滩小屋旁散步、他们的爱情得到圆满结局时，我们却意识到这从未发生。这个家庭再也没有团聚，他们的爱情再也没有继续。布里奥尼的"赎罪"结尾从小说的成功中赚到了财富和名誉，而这只会把内疚的伤口割得更深。故事事件结果是悲剧，和潜台词线索中的性格发展一样。这个故事取材于伊恩·麦克尤恩（Ian McEwan）的同名小说。

如我们所见，一个简单下行的结尾通常由其他情节线的胜利来进行讽刺性的平衡。如果主角去追求目标并彻底失败的话，观众会觉得这个故事有点冷酷——除非通过反讽或其他方法提供一些思想的食粮。从评论赞誉和获奖的角度来讲，最成功的故事实际上是悲剧。从古希腊——他们把悲剧变成一种艺术形式——到《哈姆雷特》《麦克白》（Macbeth）和《罗密欧与朱丽叶》（Romeo and Juliet），再到2007年的奥斯卡奖影片《老无所依》《赎罪》，和很多很多其他精彩的作品，我们最能够被悲剧结尾所打动。原因很清楚：虽然我们看到快乐的结尾时不会烦恼，并且在娱乐时间通常希望能够逃离现实，但事实上悲剧才是真实人生的最好反映。

生命就是悲剧。我们最终都会死亡，虽然我们不想面对，但反映这个真相的故事看起来会更真实些。最先描述这个类型的亚里士多德就曾说，通过体验与剧中人物的痛苦相应的情绪，悲剧可以起到"情感净化"的作用。简而言之，我们被自身生活中不愿经历的情绪所吸引——这也是当我们经过他人的撞车现场时，会降低速度注视这个不幸的场面的一个原因。

很有意思的是，研究表明生活中亲身遭遇过苦难者比其他人更容易因悲剧故事而满足，更容易接受悲剧故事，那些现实生活中没有亲身经历苦难的人看上去有点躲避悲剧故事，把自己包装在快乐舒适的、逃离现实的故事中。

隐藏或伪装的激励事件/不明确的关键问题/未回答的关键问题。很多很多故事提出不明确的或不清晰的关键问题，虽然没有明确的关键问题的故事也有可能讲好，但更多情况下会导致一个糟糕的故事。当观众或读者仍然被"抓住"时故事还是好的，即使只是通过简单的、普通的问题来实现："接下来会发生什么事？"或者当段落层面的关键问题能够让观众保持兴趣，甚至能够用作一种强有力的机制——当激励事件和关键问题在后面被揭露时，让观众快速回忆到目前为止的故事，填充包含关于他们始终关心的问题的新信息的细节。我会把《赎罪》归入到这个范畴。在初看《赎罪》这部影片时，影片非常模糊，不知道往哪儿发展，在影片冗长的第二幕跟着次要人物转到战争时甚至有点让人恼火。我怀疑对我们大多数人来说，只能在《赎罪》背后的整个故事被揭晓之后进行一些探讨和放马后炮，还需要再看第二遍，这次可以充分地带着正确的关键问题来看。

如我们早前所述，像《土拨鼠之日》和《圣诞颂歌》之类的影片，可以实现这么强烈的性格曲线和认知差异，以至于缺乏关键问题也没什么关系。然而，如果没有明确的关键问题的话，你必须非常小心地找到设定好故事方向的其他方法。

警告！ 如果在故事的尾部有非常强大的纠葛的话，要仔细研究，确保其不会真正成为激励事件。如果是的话，你很可能将产生一个败笔。试试把激励事件移到前面以提出关键问题，让故事的力量不要以这种方式来兑现：纠葛出现时只是让观众感到惊讶，但关键问题隐藏的时间太久了，以至于早在你拿出杀手锏进行最重要的揭露之前，观众早就已经在酒吧里或已经把书当柴火烧了。我知道这种结尾很强大，但观众不会留在影院里来看这个结尾。想想威利·罗素（Willy Russell）在谈到自己的故事时所说的："我实际上很早就告诉观众结尾时会发生什么事情了。每个人都知道故事将走向何方（即使是潜意识的）可以给讲述添加巨大的力量和张力。"

多主角。应该注意，多主角会让你为了故事绞尽脑汁、难以下笔。让观众抓住一个人并强调其困境比较容易，但一群人就会难很多。当然，多主角故事也能写出来——想想所有的伙伴电影［巴兹和胡迪（《玩具总动员》里的角色）、《罗密欧与朱丽叶》《虎豹小霸王》］，到《神勇三蛟龙》（Three Amigos）、《四剑客》（Four Musketeers，又译《生死剑侠》）、《英勇五小龙》（the Famous Five）、（我想不出带"六"的电影）《七侠荡寇志》（the Magnificent Seven），再到《十一罗汉》（Ocean's 11），《儿女一箩筐》（Cheaper by the Dozen）；家庭电影［《亲爱的，我把孩子缩小了》（*Honey, I Shrunk The Kids*，又译《豆丁小精灵》）、《超人总动员》（*The Incredibles*）]；团队电影 [《疯狂躲避球》（*DodgeBall*），《空中大灌篮》（*Space Jam*）]；群体和黑帮电影 [《一脱到底》（*The Full Monty*，又译《光猪六壮士》）、《日历女郎》（*Calendar Girls*）、《西区故事》（*West Side Story*）]；体系、社区和种群电影（监狱电影、战争电影、星际电影）。多主角的成功故事多得数不清。有点懊恼的是，我不知道有六个主角的影片，除了《十二怒汉》（*Twelve Angry Men*）的前半部分，这显然太牵强了。

如果你不能避免采用多主角，成功的关键是双重的。

群体应该作为单个个体来行动，作为单个个体成功或失败。故事讲的是群体，因此它必须像单主角一样由于群体内部和本身的原因而生存或死亡。单个成员可以有不同的命运，但很重要的一点是，不要忽略决定群体命运的整体故事。

群体中的某个成员应该象征性地代表该群体。这个成员的性格和命运应该最能够代表该群体的旅程。这就是多数人只能记住《三个火枪手》（*Three Musketeers*）里面某个人的名字的原因 [达达尼安（D'Artagnan），他甚至还不是一个火枪手]，同样，只能记住《七侠荡寇志》里面的一个人物 [尽管由大名鼎鼎的演员如查尔斯·布朗森（Charles Vronson）和史蒂夫·麦奎因（Steve Mcqueen）出演，但实际上，我们更容易记住演这个主角的演员——尤·伯连纳（Yul Brynner），而不是他饰演的角色克里斯（Chris）]，还有《麦片粥》（*Porridge*）里面的诺曼·斯坦利·弗莱彻（Norman Stanley Fletcher）等。

开放式结尾。有些故事结尾时没有明确回答所提出的关键问题。这通常是属于"艺术院线"的电影，虽然我倾向于认为大多数艺术院线电影的那样结尾的原因是本身就该那样，而不是有人从开始精心设计铺垫让故事朝那个方向发展。其重点常常是让你跟他人讨论这个故事并得出自己的结尾。正如其他替代方案一样，开放式结尾也完全可能会创造绝对的经典。伍迪·艾伦（Woody Allen）的《曼哈顿》（*Manhattan*）浮现在我脑海，其通过精心打造的重点——尽管绝望的人们徒劳、昏庸地想方设法找寻自己的身份、赢得社会地位，但大多数时间里，没有发生任何变化。怎么能够写出一个表现"没有变化"却不形成一个没有发生任何变化的故事，而且还要避免故事让人厌烦？大多数情况下，在缺乏经验的作者手中，开放式结尾会让人觉得不令人满意、缺乏力量，除非通过推动故事前进的性格曲线取得平衡。

非线性时间。需要优秀的技巧才能实现。就多数非正统形式来说，做得好的话会让人惊艳［克里斯托弗·诺兰（Christopher Nolan）执导的《记忆碎片》（*Memento*）就是一个最优秀的例子］，但除了在闪回（flashback）的舒适语境和相当明显的时间变换（如梦境段落，给观众或读者做了明显的标记并处于其他线性时间表现中）之外，很难做好。

有意思的是，《回到未来》表现的是线性时间，因为虽然主角马蒂·麦克弗莱去过不同的时间阶段，但对他来讲，事件是符合时间顺序的。

巧合。对于故事来说，让巧合来解决情节是很致命的，尤其危险的是用巧合来解决主要情节。不论从哪一点来说，这种方式都不太可能令人满意，除了廉价幽默的语境，如蒙提·派森（Monty Python）的《生命的意义》（*The Meaning of Life*），该片中主角坠落后被及时的、完全巧合路过的外星飞船所拯救。在故事的其他地方，巧合可以合理地使用，例如作为激励事件的组成部分，但不能作为故事情节的解决。在西蒙·比尤弗伊（Simon Beaufoy）编剧的《贫民窟的百万富翁》（*Slumdog Millionaire*）中让主角胜出的事件就极具巧合的典型特征。主角贾马尔·马里克［Jamal Malik，戴夫·帕特尔（Dev Patel)饰］尽管幼年时代在孟买的贫民窟和垃圾堆长大，却在其生命中经历了一系列不可思议的事件，刚刚好获得回答《谁想成为百万富翁》中赚得百万的系列问题的大部分答案。实际上，故事中有两次直接的申明"命中注定"，道出了故事的首要主题之一（我觉得没有必要）。不要误解，这不是坏事。大多数故事需要发生一些特殊事情使故事不同一般，你不要羞于应用巧合打开的可能性，只是不要用巧合来解决故事情节。

打破类型规则。有效地打破类型规则的话会创造一种新类型（genre）。当作者告诉我他有一个完全不同于以前的故事时，我就开始担心了……绝大多数类型都已经被发明了，因此如果你的故事不符合已存在的任何一种类型，那你自己首先要想清楚。独一无二、与众不同可能意味着好的特殊。你的独一无二、与众不同也有可能把你自己扔到天涯海角。故事中和生活中都一样，这种独一无二不一定是件好事。

按这些方式偏离经典结构，可能创作出天才之作，也可能是说不出口的烂作品。了解自己所写作品的唯一方法是学徒期做主流作品，聪明地从那里出发。斯皮尔伯格（Spielberg）可能因擅长精彩的非传统的重要影片而闻名，如《辛德勒的名单》（*Schindler's List*）和《拯救大兵瑞恩》（*Saving Private Ryan*），但这些影片中三幕式结构也常常闪现，另外不要忘记他早期的经典结构作品，如《大白鲨》（*Jaws*）、《ET外星人》（*E.T.*），当然，还有《回到未来》。

叙事与结构——小结

随心而写。让故事源源不绝地流出，把结构摆到一边。用心、用理论知识改写并修正问题，确保结构正确。如果故事有问题，检查问题事件的转折点（主角有事件目标、敌对的反面力量、主角和反面力量的冲突、只有一方胜出）。如果你确信事件有转折点，问问自己：整个事件对于故事是否贴切？如果是场景有问题，逻辑联系的事件是否对段落有帮助？如果段落有问题，逻辑联系的事件对于幕有没有帮助？别忘了结构是从主角经历中选择正确的事件的结果。我们不乐意发现一些令人捧腹的或戏剧性的事件，其实不是故事真正的组成部分。这是另一个常见问题——作者有了一个标志性的场景或想出了一个令人捧腹的事件，然后就想挖掘它所有的潜力。当然，这是个错误。即使是令人捧腹或标志性的，如果不适合故事，就必须拿掉。拿出来，存下来，有真正适合它的故事时再用。

当然，在这一章中我提出的内容不能看作灵丹妙药。一个快节奏的动作冒险故事可能会有七幕，第一幕四分钟，200个场景，三小时长度。任何小说都可能比电影故事长很多，并且有更多的段落和陪衬情节。总的来说，上述的结构和基本规则会在所有好故事中明显地辨识出来。

最后，记住结构是你选择叙述事件、安排这些事件的顺序结果。结构无论如何都存在。这里用于示范目的的传统结构是可替换的，因此不要害怕多读并脱离一点，尤其是你的故事基于强大的人物成长和/或丰富的潜台词之时。结构很重要，但其也只是结构。从根本上来说，你需要做对你有用的，但没有疑问的：没有骨架的人不能像一个人一样存在，没有恰当结构的故事也不会像故事一样存在。

3.11 实际应用——故事基线

在结构上，有一套"基线"标准可以帮助你检验故事是否处于最高水平上，因此我们来列一下清单，并在我们有更多信息可以充实时再进行温习。故事的概念必须可以轻松地包装起来，基本的"食材"必须能够轻松鉴别。因此我们来写一个回答下列问题并赋予故事基线的段落。

故事名称、类型、主题及故事的设置各是什么？（我们稍后会讨论）

主角是谁？

他有什么问题？

他的目标是什么？

激励事件是什么？

提出的关键问题是什么？

实现目标的过程中反对他的是什么？

谁是反面主角？

他的目标是什么？

结尾怎么样？

在这个阶段，你可能还没有把这些元素全都想清楚，但提出这些问题依然是有价值的，你必须时不时地想到这些问题，直到在你开始写第一个完整的初稿之前把答案弄完整、弄准确。上面的清单——或类似于清单的东西，经常会被用到，尤其在电影工业，其可以作为故事价值的第一次检测。如果初级故事编辑识别不山这些东西，高级故事编辑就不太可能看这个故事（他们还会对其他很多事情做出判断，但我们不要因这么客观的解构而让自己灰心）。

把故事通过这些问题的形式呈现以后，有没有好的、坚实的骨架就应该清楚了。如果故事在基础上是好的，那么这些问题看起来就有点可笑。《回到未来》是一个复杂的、多层次的故事，有很多陪衬情节，但对这些问题的回答是这样的。

主角是：马蒂·麦克弗莱。

其问题是：他意外地穿越到了1955年。

他的目标是：回到1985年。

他受到的阻碍：20世纪50年代时间旅行的技术难题。

激励事件是：时间机器把他带到了1955年。

提出的关键问题是：他能否成功地回到1985年？

反面主角是：比夫·坦能。

反面主角的目标是：通过体格上的恃强凌弱改变历史使自己获益。

解决是：马蒂击败比夫，成功地回到了1985年。

很明显，这个故事有很好的骨架。这是故事很快抓住观众并在解决时让他们感到满足的很好的迹象。《回到未来》虽然复杂，但从根本上来说，大前提简单而清晰，这不是巧合。

在分析有问题的故事时，列出包括激励事件、关键问题及解决的这些基线信息，对找出问题所在相当有启发。我建议你在写作故事过程中不断更新你的基线信息。如果你回答不出这些基线问题，那说明你还没做好写作初稿的准备。

确定故事基线

因此我们开始做故事基线吧，为你的故事做一个填空题段落吧。

我的故事名称叫作<故事名称>。它的详细描述是<类型、时间和空间位置、铺垫、气氛、主题>（这个问题现在先跳过。我们后面会讨论类型、铺垫和气氛。在那之后再回来填这一项）。

我的主角叫作<主角的名字>，他的问题是<确定问题>。他的目标是<确定主角的愿望/目标/追求/任务>。

当<激励事件>时发生，提出关键问题<确定必须通过故事事件解决的首要问题>。

他的追求受到了<插入问题和反面力量>的反对。

他直接受到了反面主角的反对：<输入坏蛋的身份>。

反面主角的目标是<确定反面主角的目标>。

在解决时<确定结尾会发生什么事情>。

这个小节作为素材包的一部分会非常有用，故事完成后我们可以用来把故事推向市场，因此这种计划是很值得做的。然而，如前所述，如果你还不能马上精准地确定所有这些元素，也不要太担心，尤其当我们还没进入某些领域的细节时，例如类型、主题、反面主角自己和更广泛的反面力量之间的差异等。当然，我们甚至还没有开始恰当地考虑人物成长和潜台词。别担心。继续往前走，因为基线会让我们沿着正确的路线思考，并且记住当你对自己的故事理解到位了之后要回到这个步骤把空白处填上。

第四章　认知差异

大家注意，这可能是本书中最重要的部分，因此我们要集中精神。我们已经完成三分之一的内容了，我们都已经有点累了，但现在正是深入挖掘的时候，喝杯咖啡，眼皮间支几根火柴棍，所有内容都要反复阅读。

如果我会对你作为故事讲述者的能力有所帮助，让你某一天找到我，兴奋地拥抱着我，感谢我帮助你完成了一个广受欢迎的佳作并告诉我我有多么棒，核心内容就在这一章里。我说明白了吗？下面的内容很重要。

为了证明这一章的重要性，我要告诉你我将把这一章做成全新的章节。我就是这么疯狂。打起精神、打起精神、再打起精神……

认知差异与潜台词

什么隐藏在表面之下

引言

之前我们已经发现，生理上起支撑作用的骨架和一整套完备的重要器官在结构上是很有必要的，表明了作为一个人的特征……但这并不意味着这个躯体是有生命的。如果只是有结构和冲突的话，故事同样也是不完整的。我们接下来看看真正的区别：认知差异。认知差异承载了你的故事的灵魂。认知差异是你的故事得以生存和呼吸的唯一方法。没有认知差异，你的故事就会失去灵魂。记住，所有的故事都会通过潜台词来传达，因为真正的故事是表面之下的故事。认知差异是作者借以在潜台词中传达故事的机制。

没有潜台词就没有故事。

因此，我们再多了解一点大脑工作的背景知识，以及故事力量的根源。然后我们来界定什么是真正的认知差异。

4.1　大脑和问题

现在，我的猫咪坐在沙发的扶手上，看着客厅窗外灌木丛中的大黄蜂。当大黄蜂靠近猫咪时，猫咪跳起来去抓它，鼻子首先撞到了窗玻璃，紧接着掉在了地板上，然后检查看周围有没有狗看到它。猫咪回到沙发扶手这个有利位置，恢复尊严并开始梳洗自己的毛发，仿佛什么都没有发生过。两分钟后，当另一只蜜蜂飞近时，它的本能发挥作用，它又来了一次。这个痛苦的循环周而复始，一次又一次地发生。它现在三岁了。我不知道它会在多长时间后克服本能，但我担心窗户会先承受不了。

现在，狗狗也发现了蜜蜂，但经过两年的脑袋撞玻璃之后，它现在已经知道往另一个方向跑了，转到厨房然后跑进花园（挤过门下为猫咪而设的小翻门），接着转到灌木丛后面成功抓住了蜜蜂并将蜜蜂吃掉了（这是不是好的进化有待讨论），同时猫咪看到了，并被这个事件彻底搞糊涂了。直到它看到另一只蜜蜂靠近时，它的直觉又指示它再次进行倒霉的撞击。

关键是想象力。狗狗能设计出一系列的动作，能够把它从当前状态（与蜜蜂隔离）带入新的、能够解决问题的、假想的未来状态（抓住蜜蜂）。它采取了这些动作，并获得了回报（吃掉蜜蜂）。

我们人类始终在设计未来的情节。从如何从这里到达另外一个地方这种简单的事情，到更大问题的解决，如从怎样开始并做成生意，到怎么飞到月球上、怎么在月球上走路等。我们不断接受所处世界的当前状态，想象未来的、期望的状态，设计出让未来情节变成现实所必须采取的行动，并开始着手实施那些步骤。这是基本的人类操作模式，也是我们作为个人、作为一个物种能够成功的关键。你做的任何事，从在饭桌边吃饭到抚养孩子，几乎都包含了从当前状态到想象未来的期望状态，并制定从当前状态到达到期望的未来状态的计划。

在此重复一下史迪芬·平克（Steven Pinker）在他的《大脑如何工作》（1997）中的话语：

"'智力'是面对障碍通过基于合理规则的判断和行动来达到目标的能力。优质'智力'被赋予那些遵守故事结构的人。"

设计期望的未来状态并制定实现目标的路线是跟智力相关的基本能力。实际上，已经有整套的关于思想本质的理论，提出承担人类意识的智力纯粹是通过隐喻思考的能力。我们理解我们赋予人们和事物（名词）的固定标签，这些概念对于事件的存在（时间、地点、获得、因果关系）来说是经验主义的，从这些属于智力思维实质的基本因素中抽离出抽象的概念是我们拥有的能力。在这些基础上，我们只能通过隐喻的方式思考，遵循这种思路的理论大部分被认为是合理的。

如果我们承认故事只是生活的隐喻，隐喻是智力的基础，很明显，故事是一种训练、磨炼、锻炼我们最基础和最重要的思维能力的手段。和猫咪在窗格上嬉戏、一起玩毛线球来锻炼捕食技巧的道理相同，我们人类也能通过吸收故事学习和培养生活中真正的技巧。当我们在认知上有差异时，我们开始去了解、弥补差异，直到我们得到正确的信息填补差异，我们会尝试不同的可能性，看看哪个更适合。我们会给认知差异设计不同的答案，当我们发现某一个看起来是对的，我们就会采纳这个答案、巩固这个答案以便进行深入的设计。这就是我们创造潜在故事的方法，在我们脑海里的潜在的故事，完全由我们自己完成。作者给我们提供一个当前的状态及一部分信息，作者给我们留下的所有差异都由我们自己填补。

一个精雕细琢的故事会让我们持续想象从故事中当前给定状态到我们希望实现的未来状态的路线。作者无情地添加信息，我们不得不对当前状态的理解（有可能是准确的，也有可能是不准确的）进行重新评估并重新调整我们达到期望的结局状态的路线。我们的大脑会本能地这么做，我们的大脑喜欢这么做，我们的大脑会自动地、持续地这么做，因此作者会利用这点来发挥优势。他时不时地敲开不同参与者认知上的差异来抓住观众并使他们保持兴趣，关键的地方是，这种方法对观众来说很有效。有时观众得到的信息比主角多，有时比主角少。有时观众知道的和主角一样多，但比另一个参与者多些或少些。通常直到故事结束，作者知道的总是比其他任何人都多。

在好故事中，总是会有认知差异，在与观众比较时，至少一个参与者拥有的信息会跟观众有差别。

正是在这个认知差异中大脑保持着繁忙的状态，它可以逆向追溯已传达的信息试图获得可以填补这个差异的信息，同时向前推进故事进程，试图设计合理的、达到我们预期的故事结果（即令人满意地回答关键问题；或者换一种说法，填补主要的、最重要的认知差异）的事件段落。每一次出现的认知差异都会让我们着迷。每个认知差异都对故事的成功传达至关重要。每个观众用来填补认知差异的想象素材的实例都是潜在故事。

认知差异与观众

　　虽然认知差异有12种主要类型，但所有认知差异都可根据其跟观众的相对关系分为"揭露差异"和"特权差异"。前者指观众知道的比主角少的情形，后者指观众知道的比主角多的情形。

4.1.1　揭露差异

　　假设我们在"吸收"犯罪故事。我们看到警官所见的所有东西，我们知道所有的犯罪嫌疑人，我们看到所有的线索，我们能够想象出前面从当前状态到几个可能的逮捕场景的路线，我们判断自己正靠近真相。然后突然，警官主动出击。他逮捕了金发女郎，我们会想："什么？！他为什么那么做？！她肯定是受害者，不是嫌疑犯！怎么回事啊？！"然后我们陷入混乱，试图通过已知信息重建精确的当前状态，根据从新的已知状态到某些合理设计的、适合事件新转折的状态重新调整故事。

　　如下图所示，作者在警官和观众之间建立了让观众后知后觉的认知差异。警官主动出击建立在观众不知道的信息的基础上。这是揭露差异的一个例子。在某个时候我们要找到警官做出这个行动的动机，这个揭露消弭了认知差异。

　　在所有推理故事中，反面主角总会领先已知信息几步，给警官（还有观众）更多要解决的问题，并设置待揭露的认知差异。

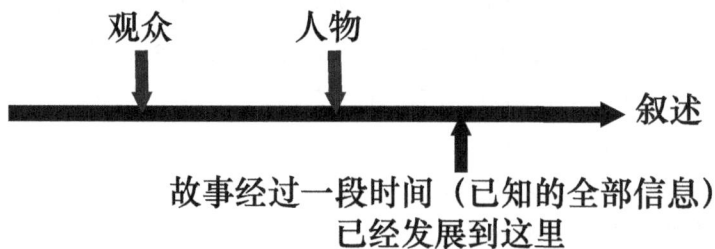

4.1.2　特权差异

　　也被称为"戏剧性掩饰"，这种情况下观众知道的比人物多，形成"特权"差异。我们假定警官在爬着古老宅邸的老旧楼梯上阴森森的阁楼间。他拿着蜡烛照明，这时不祥的寒意弥漫在他周围，他因不祥的预感而毛骨悚然。他也该这样，因为我们已经知道有个大个子的、疯狂的持斧杀人犯藏在楼梯顶部的门后等着他，冷风吹灭了蜡烛，我们发现自己已经坐在座位的边缘了，我们意识到，特权差异始终、永远是"悬疑"的特征。

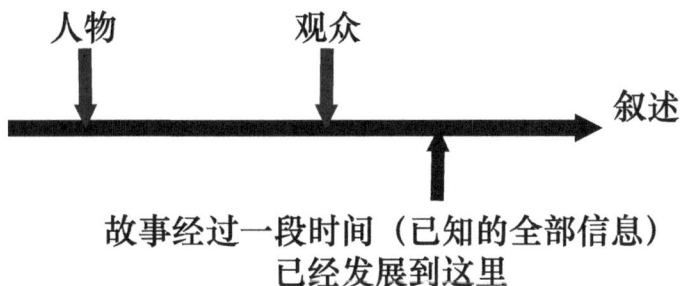

在所有像样的故事中，找到观众和某些或所有人物间明显的认知差异应该是可能的，而且在故事发展的任意阶段都应该存在。

我们来看一个故事实例以帮助我们深入了解这个概念。下面的内容摘录自我最喜爱的作者——沃德豪斯⑱（P.G. Wodehouse）的著作《天下无双的吉夫斯》（*The Inimitable Jeeves*）中的两章。这两章一起作为一个独立的短故事，希望你们喜欢。

故事围绕作为叙事者讲述自己故事的年轻主人柏蒂·伍斯特（Bertie Wooster）和他的仆人吉夫斯（Jewes）展开，主人永远需要吉夫斯巨大的智慧来帮他爬出自己挖好的洞。我去掉了一两句属于前面章节的内容。享受阅读的快乐吧，注意文字（表层的字句）如何讲述一个不同于你自己创作的作品。你知道的比叙述者自己还多，这里的叙述者就是主角自己！然后我们来分析认知差异。

4.1.3　《天下无双的吉夫斯》摘录

第5章　伍斯特家族的自尊心受到了伤害

如果有一件事情是我喜欢的，那就是平静的生活。我不是那种如果一直有事发生就会焦躁不安、垂头丧气的家伙。你也不能让我的生活太平静。给我提供有规律的餐点，时不时来点像样的音乐，一两个可以一起溜达的伙伴，我就不再有要求了。

这就是罐子拿过来时这么脏的原因。我的意思是，我从罗威尔

---

⑱ 沃德豪斯，英国演员、编剧，代表作品有《夜夜春宵》《困苦中的年轻女人》《花花公子吉米》等。——译者注。

（Roville）回来，带着一种感觉：从今以后再也不会有什么事情能够让我难过。我有点想……嗯，看这里，发生的事情就在这里，我问你这是否还不足以让所有人喋喋不休。

有一年，吉夫斯请了几个星期的假，硬要到海上或其他地方去修复他的绸带。当然，他离开的日子，对我来说相当堕落。但必须熬过去，因此我就坚持下去了；我必须承认通常他不在时都能找到相当像样的家伙来照顾我。嗯，吉夫斯又要出去了，他在厨房里告诉替工关于其职责的几个技巧。我正好想要一张邮票或者其他东西，我晃晃悠悠地穿过走廊去找他要。这个傻瓜没关厨房的门，我没走两步就直直地听到他的声音传入我的耳朵。

他正对替工说："你会发现伍斯特先生是一个极其讨人喜欢的、和蔼可亲的年轻绅士，但不太聪明。绝不聪明，智力上他是微不足道的——相当微不足道。"嗯，我想说："这是什么话！"

严格地讲，我觉得我应该回击他，以坚定的语气责备这个笨蛋。但我怀疑以我的智力是否能够责备吉夫斯。就我个人而言，我从没有尝试过。我只是以很礼貌的方式要了我的帽子和拐杖然后马上走开。但这个记忆让我感到痛苦，如果你知道我的意思的话。我们伍斯特家族不会轻易忘记。虽然我们有时会忘记一些约定、人们的生日、信件的邮寄之类的事，但不会忘记这种绝对讨厌的侮辱。我像魔鬼一样沉思着。

当我来到巴克的牡蛎吧喝酒时还在沉思着。这个时候我特别需要喝点烈酒，因为我正要去和阿加莎（Agatha）姑妈一起吃午餐。不管你信不信，这是个相当可怕的折磨，即使我认为在罗威尔发生的事件之后她还是很温和、很友善。我刚刚快速喝了一杯，又非常慢地喝了一杯，在这种情况下感觉已经差不多了，这时一个含糊的声音从东北方向跟我打招呼，我转过来，看见拐角处年轻的小宾果，拿着一大块面包奶酪。

"哈—哈喽！"我说，"好几年没见到你了。你最近不在这里，是吗？"

"是的，我一直住在乡下。"

"嗯？"我说，因为大家都知道宾果讨厌乡下。"哪个地方？"

"汉普郡（Hampshire）下面，一个叫作迪特里齐（Ditteredge）的地方。"

"不，是真的吗？我认识一些在那里有房子的人，格洛索普（Glossop）一家。你见过他们吗？"

"哎呀，那就是我待的地方呀！"小宾果说道，"我在教格洛索普家的小孩！"

"为什么？"我说。我好像想不出小宾果当家庭教师的样子。当然，他确实坚强地在牛津拿到了一个学位，我觉得你总能在某个时间骗到某些人。

"为什么？当然为了钱呀。在海多克公园第二场比赛出现了意外，"小宾果有点痛苦地说，"我丢了整个月的零花钱。我没有脸跟叔叔再去要了，因此只好到中介那里找个工作。我已经在那里三个星期了。"

"我没有见过格洛索普家的孩子。"

"不要见！"宾果简洁地建议。

"他们家我唯一认识的是那个女孩。"当小宾果脸上最特别的表情出现时，我几乎说不出这几个字。他的眼睛突出，脸颊发红，他的喉结跳来跳去，就像射击场喷泉顶部的橡皮球。

"哦，柏蒂（Bertie）！"他说，声音就像被卡住一样。

我焦急地看着这条可怜的鱼儿。我知道他已经爱上了某个人，但看起来好像他还不太可能爱上霍诺莉娅·格洛索普（Honoria Glossop）。对我来讲，这个女孩正像毒药一样。现在这个时候你见过的众多勇敢的、聪明的、热烈的、充满活力的女孩之一。她在格顿（Girton）学院，在那里她除了把大脑开发到最可怕的程度，还参加各种各样的体育活动，把体形锻炼得像个重量级自由式摔跤选手。我不确定她体形锻炼出来后有没有为大学运动代表队去参加拳击。她对我的影响是每当她出现时我都想溜进地窖躺下来，直到他们都走光。然而现在小宾果明显全心地爱上了她。这是绝对不会错的。爱情之光闪现在讨厌的人的眼睛里。

"柏蒂，我喜欢她！我喜欢她站的那块土地！"这个病人以大声的、尖锐的声音继续说。弗雷德·汤普森（Fred Thompson）和一两个伙伴进来，吧台后面的麦加里（McGarry）竖起耳朵听着，但宾果沉默不下来。他总是让我想起音乐喜剧（musical comedy）里面的男主角，站在舞台中央，一群男孩把他围在圆圈的中心，他大声地跟他们述说自己的爱情。

"你告诉她了吗？"

"不。我没有这个勇气。但晚上我们大多一起在花园里散步，有时候我好像看到她眼睛里的目光。"

我知道那种目光，"就像军士长。"

"不是这种！就像一个温柔的女神。"

"等一下，伙计，"我说，"你确定我们说的是同一个女孩吗？我指的是霍诺莉娅。也许她还有个小姐妹或者其他我没听说过的人？"

宾果虔诚地大声回答："她的名字就是霍诺莉娅。"

"他像个女神一样打动了你？"

"是的。"

"上帝保佑你！"我说。

"她走起来就像晴朗的、星光闪耀的夜空；她的容貌和眼睛就像最黑和最亮的最佳组合。再来一个面包奶酪。"他对吧台后面的小伙子说。

"你在补充体力。"我说。

"这是我的午餐。我在1:15要到滑铁卢（Waterloo）见奥斯瓦德（Oswald），好赶火车回来。我要带他到镇上看牙医。"

"奥斯瓦德？就是那个小孩吗？"

"是的。相当烦人。"

"烦人！这提醒了我，我要和阿加莎姑妈一起吃午饭。我要马上出发了，不然就要迟到了。"

自从那次珍珠的小事件之后我就没见过阿加莎姑妈了；虽然我不期待在她的圈子里能够苦中作大乐，我必须说有一个话题我觉得很有自信她不会谈及，这就是我未来婚姻的话题。我指的是，当一个女人犯了像阿加莎姑妈在罗威尔犯过的那种错误之后，你自然会想她至少会羞愧一两个月并在此期间不再提及。

但女人打败了我。我指的是勇气。你刚刚相信自己有点勇气，但她竟然从吃鱼就开始了。我向你保证她绝对从吃鱼就开始了。我们几乎都没有谈论天气，她就毫无愧色地让我吃鱼了。

"柏蒂，"她说，"我已经再次考虑过你以及你结婚的必要性了。就我而言，我非常承认罗威尔那个讨厌的、矫情的女孩是个可怕的错误，但这一次没有任何犯错的危险。我走了大运才为你找到你的妻子，一个我最近才遇到的女孩，但他的家庭是无可怀疑的。她也很有钱，虽然对你来说这不算什么。重点是她很健壮，能自食其力，通晓事理，可以平衡你性格上的缺陷和弱点。她见过你，虽然你身上有不少她不喜欢的东西，但她对你不反感。我知道这点，因为我已经试探过她了——当然是很谨慎地试探——我相信你只要迈出第一步……"

我应该很快问"是谁"了，但这次震惊让我吞咽时咽错了方向，我脸色刚刚从紫色恢复回来，努力往气管里吸了点空气。"是谁？"

"罗德里克·格洛索普先生的女儿，霍诺莉娅。"

"不，不！"我叫道，脸色转白。

"别傻了，柏蒂。她就是你的妻子。"

"是的，但要注意——"

"她会扶持你。"

"但我不想被扶持。"

阿加沙姑妈用那种我还是个小孩时躲在果酱柜了里被发现时她看我的那种眼神看着我。

"柏蒂！我希望你不要做让人讨厌的人。"

"嗯，但我觉得——"

"格洛索普小姐很爽快地邀请你到迪特里齐礼堂玩几天。我告诉她你明天就会高高兴兴地过去。"

"对不起，但我明天已经有一个重要的约会了。"

"什么约会？"

"唔——嗯——"

"你没有约会。即使你有约会，你也必须推迟。我会非常生气，柏蒂，如果明天你不去迪特里齐礼堂的话。"

"哦，好吧！"我说。

我刚刚离开了阿加莎姑妈，在伍斯特家族这个好斗的幽灵再次重申她的主张之前。由于我前面的危险已经若隐若现，我感到一种奇妙的兴奋。这是一个很紧张的困境，但我觉得困境越紧张，当我在没有吉夫斯的帮助下就摆脱困境时，我脱离他的评价会更有意思。当然，一般来说我应该跟他请教并依靠他来解决难题；但在我听到他在厨房里的说话之后，如果我还自贬身份那就太没志气了。当我回到家，我跟这个有点放纵的人谈了谈。

"吉夫斯，"我说，"我碰到了点困难。"

"听到这个消息我很抱歉，先生。"

"是的，相当糟糕。实际上，可以说是在悬崖边缘，面临着糟糕的厄运。"

"只要我能帮上忙，先生，……"

"哦，不不不。非常感谢，但，不。我不会麻烦你。毫无疑问，我能够自己从这个洞里爬出来。"

"很好，先生。"

因此，就这样。我不得不说我已经引起这个家伙更多一点儿的好奇心，但那毕竟是吉夫斯。他会隐藏自己的情绪，如果你明白我的意思的话。

当我第二天下午来到迪特里齐时，霍诺莉娅已经离开了。他母亲告诉我她正在邻居家和一个叫作布雷斯维特（Braythwayt）的人待在一起，第二天才回来，同时会带着他们家的女儿来玩。她说我能在庭院中找到奥斯瓦德，这是一个母亲的爱，她讲得好像有点宣传庭院的样子，并且是一个去那里的诱因。

迪特里齐的庭院相当得体。几个庭院露台，种着一棵香柏的草坪，还种着点灌木，还有一个相当不错的小湖，湖上还架着一座石桥。我直接绕过灌木丛，发现宾果斜靠着桥在那儿抽烟。坐在石桥上钓鱼的是奥斯瓦德，一个我觉得有点堕落的小孩。

宾果看到我显得又惊奇又高兴，然后把我介绍给这个小孩。如果后者也会感到惊奇和高兴，那他就一定像外交官一样会伪装。他只是看了看我，眉毛轻微地往上扬了扬，然后继续钓鱼。他是那种目空一切的小伙子之一，给你一种你上错了学校、你的衣服不合身的感觉。

"这位是奥斯瓦德。"宾果说道。

"太可爱了，"我友善地回应，"你好吗？"

"哦，还好。"小孩答道。

"这个位置很不错。"

"哦，还好。"小孩答道。

"钓鱼钓得开心吗？"

"哦，还好。"小孩答道。

小宾果带我走开单独和我聊天。

"老奥斯瓦德不断的、无聊的话不会让你头痛吗？"我问道。

宾果叹了口气。

"这是个艰难的任务。"

"什么艰难的任务？"

"喜欢他。"

"你喜欢他吗？"我惊奇地问道。我想不到居然能够这样。

"我在努力，"小宾果说道，"为了她的利益。她明天回来，柏蒂。"

"我也听说了。"

"她就要回来了，我的爱人，我自己的——"

"绝对是的，"我说道，"但再聊聊小奥斯瓦德吧。你必须整天和他在一起吗？你怎么坚持下来的？"

"哦，他也没有太多的麻烦。当我们在忙时他总是坐在那座桥上抓小鱼。"

"你为什么不把他推下去呢？"

"把他推下去？"

"好像对我来说我肯定会这么做，"我厌恶地看着这个小伙子的背影说，"这会让他清醒一点，也可以让他对事物感兴趣。"

宾果有点渴望地摇摇头。

"你的建议吸引了我，"他说，"但我担心实现不了。你要知道，她绝对不会原谅我的。她很爱这个小畜生。"

"太好了，斯科特！"我喊道，"我想到了！"我不知道你是否明白你得到灵感时的那种感觉，让你的脊椎从现在穿着的软衣领到旧沃基西斯鞋底部都感到兴奋。我觉得，吉夫斯始终或多或少有那种感觉，但这种感觉不怎么会跑到我身上。但现在整个世界好像都在冲我喊"你恍然大悟了"！我紧紧抓住小宾果的胳膊，让他感觉像被马咬了一样。他轮廓鲜明的面容不知是否因痛苦而扭曲，然后他问我到底想到了什么。

"宾果，"我说，"吉夫斯会怎么做呢？"

"吉夫斯会怎么做是什么意思？"

"我的意思是在你这种情况下他会给你什么建议呢？我的意思是你想成功地和霍诺莉娅·格洛索普在一起的情况下。哎呀，我告诉你，小伙子，他会把你推到那边的那丛灌木后面；他会让我以某种方法去引诱霍诺莉娅；然后，他会让我在恰当的时间用力推一把他的小背脊，这样他就会掉进水里；然后你就跳下去把他救上来。怎么样？"

"你不是自己想到的吧，柏蒂？"小宾果平静地说。

"是的，是我自己想到的。吉夫斯不是唯一能想到创意的人。"

"但这创意绝对精彩。"

"只是个建议。"

"我看见的唯一的风险是对你来说会相当尴尬。我是说如果小家伙回头说是你推他的，这会让她很不喜欢你。"

"我不介意冒这个险。"

这个男人被深深地感动了。

"柏蒂，你太高尚了。"

"不不。"

他静静地抓住我的手，然后轻轻地笑着，就像废弃的浴室管道里流下的最后一滴水。

"现在怎么办？"我说。

"我只是在想，"小宾果说道，"奥斯瓦德会湿得像落汤鸡一样的。哦，快乐的一天！"

第六章　英雄的回报

我不知道你是否注意过。这个世界上没有任何绝对完美的事物，这一点是很奇妙的。此事的不足当然是吉夫斯不会在现场看到我的行动，不然就完美了。除此之外，就没有瑕疵了。此事的美妙之处在于，没有什么会出错的地方。你知道当你想让A某到B地点、同一时刻C某到D地点时的情况。总可能会出错。随便举个例子吧，比如说，某人在设计一个大的活动。他让某一队人占领装有风车的山头，同一时刻另一队人去占领桥头堡或山谷中的某个目标；所有东西都会变得一团糟。然后，晚上他们在营地里聊起这些事的时候，第一个团的陆军上校说："哦，对不起！你说的是装有风车的山头吗？我还以为你说的是有绵羊群的那个山头。"然后你就待在那儿了。但在这种情况下，没有可能会发生类似的事情，因为奥斯瓦德和宾果会一直在那里，因此我要担心的只是让霍诺莉娅在预期时间到那儿。我把这事处理好了，第一枪，先邀请她跟我一起到庭院里逛逛，因为我有一些特殊的事情要跟她说。

她和女孩布雷斯维特午餐后不久就开车过来了。我被介绍给了后者，一个身材修长的蓝眼睛金发女郎。我比较喜欢她——她跟霍诺莉娅很不一样——如果我能够抽出时间的话，我不会介意跟她聊一会儿。但我有要务在身——宾果在灌木丛后面，我必须在三点整处理好，因此我控制了霍诺莉娅并操纵她穿过庭院朝着湖的方向走去。

"你很安静，伍斯特先生。"她说。

这话差点让我跳起来。这时候我正紧张地全神贯注着呢。

我们刚刚看到湖，我敏锐地观察着庭院是否一切正常。一切都如计划一样。小孩奥斯瓦德弯着身子坐在桥上；由于宾果藏起来看不到，我就当他已经就位了。我的手表已经3:02了。

"嗯？"我说。"哦，啊，是的。我刚刚在思考。"

"你刚才说有重要的事情要跟我说。"

"绝对是的！"我决定展开行动，为小宾果铺平道路。我想不直接地提到他的名字。由于事情可能会让她感到惊讶，我想让这个女孩心里有所准备，跟她说有个人一直远远地爱着她之类的话语。"是这样的，"我说，"这事听起来可能会有点奇怪的感觉，有个人非常地爱你——我的一个朋友，你知道吧。"

"哦，你的一个朋友？"

"是的。"

她发出一阵笑声。

"嗯，为什么他自己不跟我说呢？"

"唔，你知道，他是那样的小伙子。有点害羞，是另外一种小伙子。他没有这个勇气。你不知道，他觉得你超出他很多。他把你看成某种女神。爱慕你所站的土地，但不敢尝试自己告诉你。"

"这很有意思。"

"是的。他不是个坏家伙，你知道的，他用他自己的方法爱你。可能有点傻，但他心眼很好。唔，就是这个事情。你只要心里有数就行，怎么了？"

"你太有意思了！"

她充满活力地回过头来笑着。那是一种极具洞察力的笑声，就像火车开进隧道一样。这笑声对我来说听起来并不太悦耳，对于奥斯瓦德这孩子来说好像太响了。他不太高兴地盯着我们。

"我希望你们不要那么吵闹，"他说，"把鱼都吓跑了。"

这打断了我们的聊天。霍诺莉娅转移了话题。

"我真希望奥斯瓦德不要那样坐在桥上，"她说，"我肯定那样不安全。他很容易掉下去。"

"我去跟他说。"我说。

* * *

我觉得在这个节骨眼小孩和我之间的距离为5码（1码≈0.91米）左右，但我印象中应该100码左右。当我开始慢悠悠地穿过这个中间距离时，我有种奇妙的感觉，我好像以前做过这种事情。然后我想起来了。很多年前，在乡下的一个家庭聚会，我被怂恿在某个用以援助慈善团体之类的业余戏剧演出中扮演男管家；我开演时必须从左上方入口入场穿过空空的舞台，到右下方推开桌上的托盘。排练时他们让我牢牢记住演这个过程时不能走得太快，不能像竞走运动员一样；结果我控制好了自己的速度，仿佛我从来没有走到那张讨厌的桌子边。我眼前的这个舞台好像拉伸了，变成一个荒无人迹的沙漠，有一种让人喘不过气来的安静，好像整个世界都停止活动，把注意力集中到我一个人身上来了。嗯，我现在感觉又跟当时一样了。我喉咙干咽了一下，我越往前走，这个小伙子离我好像越远，直到我突然发现我已经站在他身后，却不知自己是怎么走到那里的。

"哈喽！"我说，同时带点傻气地露齿而笑——对这个小孩来说简直是浪费，因为他根本不转头看我。他只是有点气恼地摆了摆耳朵。我不知道何时曾遇见过我在其生命里如此渺小的人。

"哈喽！"我说，"钓鱼吗？"

我像大哥哥般把手放在他的肩膀上。

"嘿，小心！"小孩说道，他坐在那儿摇摇晃晃。

这是那种要么不做，要做就做得干净利落的事。我闭上眼睛然后推了一把。有些事情发生了。有些杂乱的声音，有大叫声，远处的尖叫声，以及落水声。可以说，漫长的一天缓慢地拉开了帷幕。

我张开眼睛。小孩刚刚露出水面。

"救命啊！"我喊道，同时斜眼看着小宾果应该从中出现的灌木丛。

没什么动静。小宾果没有一丝一毫出现的迹象。

"我说啦！救命！"我再次喊道。

我不想拿我的演艺生涯的回忆录再次来烦你，但我必须再次提及我作为男管家那次的出场。那个场合本来的计划是当我把托盘放在桌子上时，女主角应该跟着说几句话把我打发走。嗯，那个晚上糊涂的女孩忘了要站在边上，在搜索队找到她并在舞台上枪杀她前后整整一分钟的时间，我一直站在那里等她说话。一种腐烂的感觉，相信我，这次感觉也是一样的，甚至更差。我知道那些被称为作家的家伙谈到时间静止时指的是什么意思。

同时奥斯瓦德小孩想必也没有那么神气了，看上去我应该采取某些步骤了。虽然我不怎么喜欢我所见到的这个小孩，但毫无疑问让他就此逝去有点过分了。我不知道何时曾看见过比桥上看到的这个湖更为肮脏和讨厌的东西；但看起来事情显然要去做的。我脱掉外衣跳了下去。穿着衣服跳进水里会比洗澡时湿很多，这是很奇怪的事，但请相信我确实如此。我觉得在水下大概仅仅三秒，但我浮上水面时你在书上看到的这个身体好像"明显在水下好几天了"一样，我觉得又湿又冷又肿胀。

就在这个时候情节又遇到了另一个障碍。我原想浮出水面时可以直接抓住这个小孩并勇敢地把他救上岸。但他没有等人救他。当我把眼睛上的水抹掉并抽时间环视四周时，我看见他大概已经在10码开外了，并且正快速往前游，我觉得那种姿势是澳大利亚式爬泳。这景象几乎让我把心都跳出来。我想说，这次营救的本质，如果你知道我的意思的话，是这个被救的当事人应该保持静止并保持在同一个地点。如果他自己开始游泳，并且在100码比赛中领先你至少40码，那还需要你干吗？整件事都彻底落空了。好像对我来说除了上岸也没别的什么可以做的了，因此我上了岸。在我上岸的时候，这个小孩已经在前往房子的中途了。从任何你喜欢的角度去看，这件事都是个失败。

我的沉思被一阵传到桥下的、类似于苏格兰表达方式的噪声所打断。那是霍诺莉娅·格洛索普的笑声。她站在我旁边，以一种奇特的方式看着我。

"哦，柏蒂，你太有趣了！"她说。甚至在那个时刻，在言语中我觉得都透露着点凶兆。她之前从来都只叫我"伍斯特先生"。"你浑身都湿透了！"

"是的，我湿透了。"

"你最好快点回到房间换掉。"

"是的。"

我从衣服上拧掉了很多水。

"你太有趣了！"她再次说道，"首先提议去走那段特别绕的路，然后把可怜的小奥斯瓦德推到湖里然后通过救他给我留下好印象。"

我顺利地把喉咙里的水清理干净，然后试图纠正这种可怕的印象。

"不不！"

"他说是你把他推进水里的，我也看到是你推的。哦，我不生气，柏蒂。我觉得你真是太可爱了。但我觉得是时候我把你掌握在手中了。你当然也想找人来照顾你。你看电影太多了。我想接下来你说不定会把房子点着了好方便你来救我。"她以一种类似拥有者的方式看着我。

"我想，"她说，"我应该能够让你取得成功，柏蒂。确实你目前为止有点浪费生命，但你还年轻，你身上还有很多优点。"

"不，实际上没有。"

"哦，有的。你的优点只是需要发掘出来。现在，你直接跑回房间把湿衣服换掉，不然你会感冒的。"

如果你明白我的意思的话，在她的声音里好像有一种慈母般的叮嘱，甚至超过了她真实的话语，告诉我同意她的观点。

＊ ＊ ＊

我换好衣服下楼后，跑去找宾果，他看上去有点开心。

"柏蒂！"他说，"我正想找你。柏蒂，发生了一件美妙的事情。"

"你个笨蛋！"我喊道，"你怎么回事啊？你知道吗——"

"哦，你是指躲在灌木丛中？我来不及告诉你。那事取消了。"

"取消了？"

"柏蒂，我起初确实躲在那些灌木丛中，正在此时发生了一件最不可思议的事情。穿过草坪时，我看到了世界上最亮丽、最迷人的女孩。没有人像她那样，一个都没有。柏蒂，你相信一见钟情吗？你肯定相信一见钟情，是不是，柏蒂，老朋友？我一看见她，她就像磁铁一样吸引了我。我好像忘却了所有事情。好像世界上只有我们两个沐浴在音乐和阳光中。我去找她了。我跟她聊天。她是布雷斯维特小姐，柏蒂，达芙妮·布雷斯维特。在我们目光相交的那一刻，我意识到之前追求霍诺莉娅·格洛索普的梦想已成过去。柏蒂，你肯定相信一见钟情，是不是？她如此美妙，如此富有同情心。就像一个温柔的女神——"

此时我离开了这个讨厌的家伙。

两天后我收到了吉夫斯的来信。

"……天气，"信的结尾，"依然很好。我刚刚洗了一个超级舒服的澡。"

我发出一阵空虚、不快乐的笑声，然后到楼下去找霍诺莉娅。我跟她约好了在客厅见面。她要给我读拉斯金（Ruskin）的作品。

* * *

现在，假定这是经典叙事——我认为是，那么我的观点是，这里面包含了很多很多的认知差异。通过研究观众（读者）和所有主要演员，我们可以估量潜台词的范围。我们来看看在柏蒂把奥斯瓦德推进湖里之前是什么情况。

1. 霍诺莉娅认为柏蒂是在追求她。柏蒂不知道这一点，但我们观众知道。因此霍诺莉娅知道得比柏蒂多，我们知道得比他们都多。

2. 第二条情节线，柏蒂觉得他在为霍诺莉娅和宾果建立关系而出力。霍诺莉娅并不知道，因此在这个情境中，柏蒂知道得义比霍诺莉娅多些，我们知道得比他们都多。

3. 奥斯瓦德无忧无虑、不知道任何事情。柏蒂知道奥斯瓦德将掉入水里，我们也知道，因此在这条线上我们知道的比奥斯瓦德和霍诺莉娅都多。

4. 在所有这些权限信息之间，宾果在我们预期的重要时刻没有藏在灌木丛中。他忘掉了对霍诺莉娅的爱，在这件事之前全心全意地爱上了另外一个女孩。只有宾果一个人知道这点，其他人都不知道，因此在决定性时刻，出人意料的认知差异为所有事件的末尾植入了一个意料之外的结局。

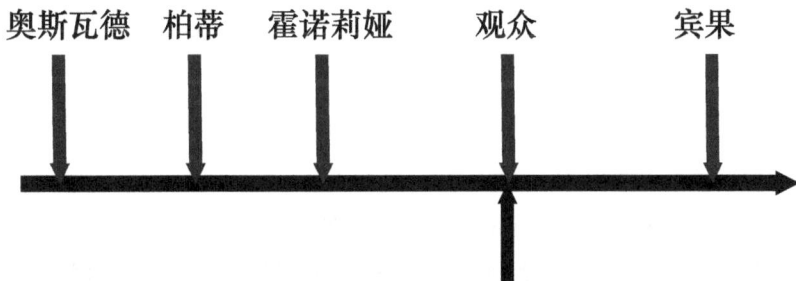

奥斯瓦德　柏蒂　霍诺莉娅　　观众　　　宾果

故事随时间发展
（到此处揭露出的信息）

非常精彩。当柏蒂兴高采烈地按既定思路、按计划展开行动时，我们却发现发生了一个完全不同的故事，完全通过这些认知差异以潜台词的方式来传达。这就是我们喜欢这部作品的原因。

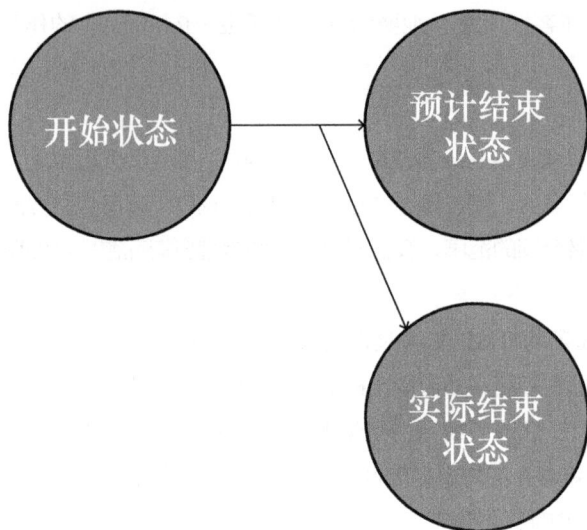

4.1.4　喜剧注意事项

　　大多数故事理论，尤其是基于结构的故事理论，都摔倒在喜剧上。它们最后归结为喜剧就是"不一样"，他们的理论一旦碰到幽默就分崩离析了。但请看看喜剧和潜台词之间的关系。认知差异对于所有喜剧来说都是至关重要的，对这个领域的研究是很有用的。喜剧基本上是简单而喧嚣的认知差异。插科打诨和笑话其实只是精心地使往某个方向发展的情节成功往另一个方向发展。我们的大脑突然从表面文章转到内幕揭露上，然后我们因传达的新画面或新含义而发笑。当笑话开始时，我们得到一个画面："在一个水槽（跟坦克是同音词）里有两条鱼……"我们自然而然地想象成玻璃缸里的两条金鱼。但我们真正被传达的只是认知差异的一端。我们不知道讲述者真正表达的是什么意思，直到我们看到下一行。

　　"一个人对另一个人说：'你知道如何开这个东西吗？'"然后在几秒理解之后，我们受到另一幅不同画面的冲击，索尔兹伯里原野（Salisbury Plain）上酋长坦克里的两条金鱼，这个阐释性的急转弯让我们发笑。我们被设定了一个关于真实情境的认知差距。我们最初预想的画面之下是我们没见到的事物的二次阐释。从一个预想到另一个（揭露）的急剧转换是我们发笑的原因。

　　更长的幽默故事——如在小说或电影故事中——依赖于认知差异和较大范围的误导，通常是在"人物不是他们自我描述的那样"的基础上。主要情节事件以"揭露某人真正面貌"的形式出现。

确实，有点悲哀的是，这几乎就是完整长度作品中表达幽默的唯一的基本情节原理（幸运的是，除了情节之外还有性格）。

这种设定开始状态、使观众自己得出预期结尾状态然后给出预期之外的结尾状态的模式在笑话和幽默中得到很好的例证，同时也是故事讲述的主要模式。

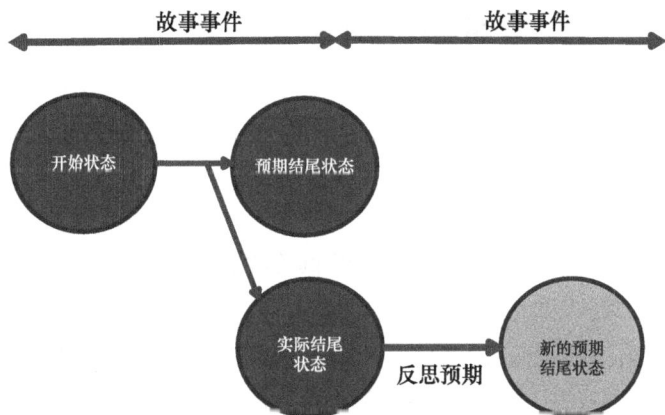

一个接一个的故事事件，让观众感受到既有的当前状态，利用当前的信息去预计可能的下一个状态及最终状态，然后作者给出不同的方向，让观众反思当前状态，把他们的预期重新设定到新的预想状态上。这是你作为作者的任务：不断建立认知差异，引导观众进入构造的心理故事状态，然后证明这种状态实为错误。让他们的大脑不停地提出问题并回答问题，你的故事就是个吸引人的、成功的故事。

你可能听到理论家声称故事必须以潜台词写作，其实并不尽然。实际上真正的意思是你必须在故事中设置尽可能多类型的认知差异，以便你的故事能够通过潜台词来传达。展现认知差异，并尽可能使其更深入、更广泛、更普遍、更吸引人。认知差异在潜台词中创造故事：一个通过假象和预期创造的、观众用以填补认知差异的潜在故事。

那么这对我们的故事写作来说意味着什么？我们如何创造认知差异？

4.2 认知差异的传达机制

我们前面提到过，认知差异是人类心理的一部分，也是我们日常生活中不间断的一部分。作为故事叙述者，我们倾向于找到方法更加自然地创造认知差异，在没有真正想到认知差异的情况下创造认知差异。形成的潜台词就在那里，就像动作和人物角色，你可以在没有真正意识到的情况下到处随意创造和使用认知差异。

即使如此，下面传达认知差异的方法也是值得看看的。你的故事应该用尽可能多的认知差异精心制作，而且你应该尽你所能地使这些认知差异深入、普遍和持续。

4.2.1 通过动作和语言表现的认知差异

最广为人知和最简单的两种认知差异的形式看起来应该是人物直接的动作和语言。

1. 动作。演员采取行动，观众正确或者不正确地将其识别为故事发展的线索——作为背景故事或未来预想——这不是说出来的。例如，如果我们表现一个男人裸体从一所房间的楼上窗户摔到花坛里，然后一个年轻的女孩慌忙地把衣服扔在他身后，我们被传达了大量没有表现出来的故事。我们创造了一个你、我及任何听到这个故事的人都会迅速给出同样的阐释的认知差异。这个讲得很清楚的故事可能由新婚夫妇搬到郊外的新家开始，但女孩对家庭主妇的生活越来越感到不快乐。在丈夫整天在城里工作的同时，女孩开始跟当地的修水管工人有了婚外情。有一天，丈夫提早回家了。妻子下午的"水管维修工作"匆匆收尾，管道工需要从楼上跳下来。这些都不需要展示出来。场面出现的前十分钟，观众会自己填充认知差异，无聊的生活、丈夫工作过于繁忙、家庭主妇寻找激情等。相信观众一定会填补这些空白。当然，他们有可能完全错了，有可能对所见动作有完全不一样的解释——可能是非常正义的。可能他们是夫妻。房间着火了，他们一起逃生。你可以利用观众填补空白的倾向来误导他们。作为一种选择，观众想的可能是对的，这种情况下你没有把之前观众的注意力浪费在不必要的背景故事上。你已经通过潜台词传达了你的故事，这是传达故事的最有力的方式。

2. 语言。在故事中和在生活中一样，人们很少说出他们真正的意思。当比夫问乔治："你知道如果我交的作业上面是你的笔迹会发生什么情况？我会被退学。你不想这样的事情发生，是不是？"

这里有个停顿，我们跳过所有的潜台词：乔治想让比夫被开除。他会很开心。但他说的话语是："不不，当然不，比夫。我不想让那种事情发生……"但我们都知道真相。

我们过着双重的生活。我们甚至常常不知道我们自己真正想要什么，因此如果你创造了一个人物，不仅准确地知道他自己想要的东西，而且还能够简洁地用话语把需求表达出来，没有人会相信那个人物，哪怕一小会。人物必须真实。他们被误导，不确定，缺乏信心，或者过于自负。他们有错误的信息，或者秘密的动机。这意味着他们做出了错误的决定，通常违背他们自己的最佳利益，并且用话语误导了他们周边的所有人，无论是有意或者无意。

大多数的动作必须有所呈现动作之外的含义，你的故事中大多数的台词（Dialogue）绝不能表示所说的含义。如果你的人物可以是不诚实的（对自己和他人），那么故事有意思、人物可信的机会要大得多。让我们来看看科幻故事片作者菲利普·K·迪克（Philip K.Dick）的短例子中两种形式的认知差异。下面这些内容是故事片《少数派报告》（*Minority Report*）中的开场白。

4.2.2 《少数派报告》摘录

作者菲利普·K·迪克

安德顿（Anderton）看见这个年轻人后的第一个想法是：我变得秃顶了，肥胖、秃顶又衰老。但他没有大声说出来。相反，他往后推开椅子站了起来，坚定地走到桌子旁边，右手有力地张开。带着强装的笑容，他和这个年轻人握了握手。

"威特沃？"他问道，同时尽量让他的问询显得亲切。

"是的，"年轻人答道，"但对您来说叫我艾德当然也可以，假如您也跟我一样不喜欢繁文缛节的话。"白白的脸上过于自信的表情表明他觉得问题已经解决了。可以是艾德和约翰：从一开始就会愉快地合作。

"你找这个地方有没有问题？"安德顿谨慎地问，忽略了过分友好的前奏。上帝啊，他一定有所保留。恐惧袭上了他的心头，他开始冒汗。威特沃在办公室里走动，好像这是他的办公室——好像他在量这个房间的尺寸。难道他不能再等几天吗？合理的间隔？

"没有问题，"威特沃轻松地回答，他的手放在口袋里。他急切地检查堆在前边的大量的文件，"我不是闭着眼睛来到你的办公室的，如果您明白的话。"

安德顿退避了，但表面上还是那副冷冰冰的样子。他已经努力过一次了。他不知道威特沃到底知道什么……

＊　＊　＊

通过这种方式，寥寥几句，读者被传达了大量的信息。我们有两个人物，我们知道他们是谁，我们知道他们各自的年龄，我们知道他们各自的情境，我们知道大量的环境信息；还有，更为重要的是，我们知道了年长且有威望的安德顿和年轻且有雄心的威特沃之间精彩冲突的基本情况。猜得到吧，菲利普·K·迪克根本没有描述任何事物。没有明显的描述。所有的背景故事、交代说明和人物信息都是通过两个男人首次见面并进行标准的客套、交流来传达的。这个故事可称为优秀是因为从第一句开始，就在我们——观众和威特沃之间形成了认知差异。我们知道安德顿所想的任何事情，从中我们了解了潜台词中的真正故事。安德顿说他觉得衰老、秃顶，这不是我们在意的信息。我们立即知道他对一个少壮、充满活力的叫作威特沃的小伙子有不安全感，他看到小伙子觊觎着他的工作。冲突通过我们知道的安德顿内心思想和表面合作、专家权威及它呈现给威特沃的礼貌之间的认知差异表现出来。台词看上去是不相干的——看看所说的台词，没有一句是表达真实故事的。"真实"故事是我们通过填补菲利普·K·迪克精心设计的认知差异为我们自己建构的那一个。

4.2.3　基于承诺的认知差异

基于承诺的潜台词是潜台词最重要的类型之一，这一点在影片《少数派报告》的开场也表现得很明显。从某种意义上来讲，这既是特权又是揭露，因为我们没有得到明确的认知差异，但通过我们对故事工作原理的理解，我们得到了一个承诺：将会有一个与我们被赋予的素材相关的事件发生。当我们调整好状态迎接故事时，我们达成了一个不成文的协议（作者和观众之间的一种信任）——作者会遵守某些规则。其中的规则之一是，当一个人、事件或物体在故事中被人们所关注，那一定有很好的理由。菲利普·K·迪克在前面这几个段落中给我们做了承诺，威特沃和安德顿之间将会有重要的冲突。如果故事往前发展却没有两者之间的冲突，我们会对故事感到失望。基于承诺的潜台词对作者来说是个关键的工具，在故事和时间的设置阶段是最有用的。我们可以表现物体、人物、事件及情绪，并且相信观众会对那些元素如何传达故事感兴趣。

在影片《回到未来》中，有大量基于承诺的潜台词，尤其在铺垫（布局）阶段，当谈及创作实践时，其中很值得注意的一件事，即所有事情绝对都是相关的。只要是你见到、听到或理解的东西，既然存在，就一定有原因。摄影机拍摄一面墙的各式时钟，这些时钟设定了"时间"主题，并交代了环境（早上7点53分我们在房间里）；其中一个时钟的分针上挂着一个男人；另一个是装有沏茶器的闹钟——沏茶器已经在运行，但没人管，所以茶水都倒在了地板上；时钟之间的墙上钉着一些报纸头条，上面是着火后的大厦废墟；床是空的；电视机开着，新闻播报员播报钚元素被盗的消息；自制的机械装置选了一罐狗食，打开，然后自动把狗食倒在地板上的碗里（充斥着很多前面自动狗食分发装置发出的声音）；一个男孩踩着滑板来到门口；他喊了"博士"，然后喊"爱因斯坦"——没有回应，他被乱糟糟的景象吓了一跳；他的滑板车滑到了椅子下，那里藏着……被盗的钚元素！我们见到和听到的一切都跟故事相关。接下来男孩玩吉他，接着又一项发明失灵，然后电话铃响了。博士紧急地要马蒂在午夜到停车场跟他见面，带上便携式摄像机并且不能告诉任何人，所有这些在开场字幕段落的结尾之前出现。

如果仔细去想的话，在刚开始几分钟里展现的相关信息之丰富达到让人吃惊的程度，但是我们还根本不知道发生了什么。但我们相信——当我们吸收所传达的大量信息，我们的大脑搜寻所有摆在我们面前的信息——所有这些话语、事件、人物和物品都有其意义，所有东西在故事传达过程中的某个点上都会被用到。一句话，它们承载了真正的"承诺"。

一般来说，如果你作为作者把观众注意力吸引到有趣的人和事物上，之后就再也不提及这些有趣的人和事物，那么是对那种信任的"令人发指的"破坏。对于作者来说具有好处的是，呈现相关内容并了解观众会因为其承诺而接受，而不是零零碎碎拼上，不知道故事到底讲的是什么。

4.2.4 问题属于认知差异

任何在观众心里引发的问题都属于认知差异。这里讨论的很多类型的认知差异实际上都在观众心里提出了问题，但这是一种独立的认知差异，因为如我们所见，不是所有认知方面的差异都是这种问题。就马蒂的父母而言，马蒂是来自未来的时间旅行者这一事实给故事设置了巨大的认知差异——但并没有直接提出或解答可以作为认知差异结果的实际问题。我们已经详细研究了主要实例：激励事件、提出关键问题，这个关键问题要提供首要的、规定整个故事性质的认知差异，因此我不应该再进一步讨论细节问题了。可以回到"3.1.3　激励事件"参考关键问题的细节和片例。可以这么说，直接或间接地在观众心里提出的问题，让观众做假定并去设想未来状态。

4.2.5　基于次要情节的认知差异

当我们设定关键问题，并预先向观众展示高潮处（关键问题得到解答处）未来场景的可能性之时，我们在观众心里设定了想象力的比赛。每一个事件都会被吸收，首先在关键问题的语境下，其次在故事当前状态的语境下，最后是在可能的（在当前状态和解决处预期结束状态之间）预期状态的语境下。由于故事的复杂性在增加，更多的次要情节被设定，更多的关键问题被提出，一系列可能的发展被铺设好。这样通过故事的主体，每一个事件都不但在节拍和场景的层面上（实时动作发生的地方）得到阐释，而且每个事件中的动作都被分离出来以评估对其他次要情节、段落、幕及故事主线本身的影响。

噢，这是废话，我也不明白，我只是把它写下来而已。我们来举例说明一下。

影片《回到未来》三分之二处，故事达到最复杂程度，并且如我们所见，提出了很多关键问题。在主情节线上，我们提出：马蒂如何成功回到1985年？在次要情节中我们会问：在他的母亲已经表明想要一个"强壮的男人"的情况下，他如何让自己孱弱、不自信的父亲邀请自己的母亲外出？在另一个次要情节中，我们被告知其父母必须在"魅力一夏"舞会上接吻以使历史回到正轨——马蒂如何促使此事发生？他们会在舞池接吻吗？马蒂在未来会存在吗？在其中一些情节线上，我们有特权信息，其他的信息对我们来说被设定为有待揭露。

当乔治把比夫打倒在地救了罗琳并把罗琳挽在胳膊里时，罗琳充满爱意地看着他的眼睛，我们不但享受乔治征服坏蛋（同时回答了场景层面的关键问题——"乔治能否打败比夫"）这个场面的表层的、文本的冲突，而且我们的大脑还会前前后后快速找寻脑海中的所有其他问题，以便掌握此事对于整部电影来说意味着什么。我们马上意识到乔治现在以某种非正统的方式终于成功地邀请罗琳外出，此后他们很自然地会成为夫妻。他会带她去参加舞会，这意味着他们已经回到舞池上接吻的正确路线上了。当然，这意味着我们能够预期未来马蒂出生和存在的情节。如果他滑起滑板，他也能跟可把他送回1985年的闪电同步。我们看着乔治从地上扶起罗琳，同时我们也重新调整了对于所有其他层面问题的预期。

同时，故事持续实时传达，因此我们的大脑不断被占用，我们没有足够的时间去思考潜在的情节（即有一大块揭露的潜台词通过人物发展线索正等着冲击我们）。我们已经自己辨别出一部分含义，但没有意识到马蒂回到1985年时，仍然还存在着一个巨大的认知差异（揭露差异），事情会有所变化。

当马蒂回到1985年时，我们惊奇地（马蒂也一样）发现他的父母苗条而健康，他的兄弟和姐姐专业而且成功，他的家、他的生活表现出其地位和威望，而我们不能马上知道为什么。再一次，我们的大脑飞回到我们已经吸收并认识到的信息——随着揭露的冲击和认知差异砰然关闭——正是那一拳导致了这一切。那一拳改变了乔治和罗琳约会的方式，乔治凌驾于比夫的自信和魄力从1955年的那一刻起成为他人生中的一个性格特征。马蒂因此有了一个强壮、自信的父亲，而不是孱弱、受压迫的那个，他的生活和家庭因而也完全不一样了。

这是"基于次要情节的认知差异"。一个情节线中的动作向另一个情节线的发展传递信息，并对后者产生影响。同样，一个学习并变化的人物会对未来的动作和对事件的反应产生影响。通过次要情节进行成功传达的关键是确保所有的情节和次要情节故事线相互依存，这样一个情节线的变化会对另一个产生影响。这就是次要情节作为主要情节的"偏差"时效果最好的原因——如果你愿意可称之为独立的变量——而不是跟主要情节没有关联的独立故事。

所有的情节主线都会设置有深刻的关键问题。深刻的关键问题会让观众预想到那条情节主线明确的未来状态。根据当前位置和他能想象的预期、预想的未来状态之间的认知差异，对故事预期发展方向有着明确理解的观众能够较容易地传达潜台词，因为关键问题预示了解决方法；也就是说，我们表面上看到的是乔治和恃强凌弱者搏斗。预想中我们理解的是这会对马蒂把其父母重新关联起来并返回1985年的概率有什么样的影响。真正的故事以潜台词的方式来到我们的心里。

因此，简而言之，在一条情节线上的事件导致观众自主地重新调整另一条情节线的认知和预期时，基于次要情节的认知差异就出现了。我们用这个观众行为来传达信息，当然还有，误导并设定观众对未来揭露的预期［观众对一条情节线上的动作对另一条情节线的作用的设想有可能是对的，也有可能是不对的。现在我不会就此展开讨论。请参见第五章中约翰·苏利文（John Sullivan）的关于"利用观众预期"的建议］。

4.2.6　基于暗示和迹象的认知差异

这种类型的差异是指源于对动作或事件的认知，而不是直接来自动作或事件本身。影片《异形》（Alien）中怪物让宇宙飞船的乘员感到恐怖就是一个简单的例子。怪物直到影片四分之三处才真正地呈现出其身体面貌。百分之九十的时间里，其存在和可怕的力量是暗示出来的，而不是直接表现的，因此我们自己心里创造了完美的、绝对恐怖的怪物。我们自己的想象与我们自身的不安全感相结合，会创造一个真正让我们感到恐慌的怪物，比纯粹使用电脑合成的屠杀和尖牙利齿效果要好。大多数影片我们只看到吊顶板吱嘎作响及雷达屏幕上的影像，因为非常缺乏认知，我们通过暗示接受了大量的潜台词并且创造了大于我们自己生活认知的怪物。

这些类型的潜台词对小说家来说更为重要，对他们来说，直接使用人物的思想和真正的情感能给作者的调色板增加一整个维度。视觉媒介只能通过演员的动作来表现，其思想和话语必须进行阐释，这就是小说改编的电影不容易让人满意的原因——好书很容易让我们进入角色的脑海中，但电影就不太容易做到这点。由于我的例子为了例证观点一般都比较通俗，现在我们用一个比较精妙的例子来说明基于暗示的认知差异。

想象这个场景的画面：一个富裕家庭的大型、正式的餐厅。摩洛哥人在木地板上铺了地毯。靠海湾的大窗户挂着天鹅绒窗帘。典雅的灯光勾勒出古朴的木制家具的轮廓。

晚上，父亲、母亲以及他们的三个孩子坐在大橡木餐桌周围。他们在紧张的沉默中用餐。除了祖传时钟不祥的"滴答"声，没有其他的声音。没有人说话，餐具在餐盘上发出叮当声。叮当，叮当，滴答，滴答……

小孩们都避免眼神接触。他们故意看着自己的盘子。

没有人说话，直到……

"请拿一下土豆。"父亲唐突地说。

其他人彼此对视时停顿了一小会儿，看谁会满足他的这个要求。土豆传了过去。父亲自己取土豆，周围再一次安静了下来。滴答……滴答……叮当……叮当……吞咽声……

受不了了，不是吗？我们的大脑在呼喊这是不对的。正常的有孩子的家庭不是这样的。肯定有问题，我们对唯一可以锁定的一条线索感到绝望——某个事物，某个我们可以用来发展故事的事物。我们对这种信息差异如此习惯（在生活中和故事中都是如此），以至于我们知道有事情在发生，我们会抓住一切线索来理解这个谬误，填补这个认知差异。肯定有些不寻常的东西，我们会把它找出来。让我来问你一个关于上述场景的问题。在你往下看之前先在心里回答，不要想两遍——不要反复看——只要你的第一答案。桌子边谁是坏蛋？先把答案大声说出来，然后再往下看……

对了，就是父亲。我以最微妙的方式把你的注意力吸引到了他的身上。他没有做任何错事，除了这个细小的焦点也没有其他任何原因，但你会立即锁定他并且想："这就是我们要找的人。他身上肯定会发生什么事情！"你可能会归咎于我的欺骗性行为，说我故意写成那样让你们指向他，但这正是关键点！你是作者，这些工具你都可以用。父亲没有做任何事情。他们当中没有人做任何事情。这就是内行故事叙述者利用的力量。如果你扔出面包屑，他们会像子弹一样扑到上面，并且带领自己往前走。作为故事的消费者，当作者以我们甚至不知道的方式对我们做这种事情时，我们会喜欢。巧妙地利用基于暗示和迹象的认知差异的作者会创造出具有伟大的文学价值的故事。

不管在下一个场景中我们表现什么，观众都会本能地把父亲和负面的东西联系起来。杀人、偷钱，不管什么事情，观众都会将其与父亲联系来。别忘了，有大量的暗示和迹象的工具。某人穿的衣服可以暗示他们的正直、虔诚、职业、财富、最近可能的行为及罪恶本性。声音和光线可以给你的观众营造气氛或塑造特征。我们知道何时准备恐惧，因为音乐（或声音设计，现在人们这么称呼）会暗示我们。在《超级无敌掌门狗》（*Wallace and Grommit*）系列影片的《剃刀边缘》（*A Close Shave*）中，我们预期普雷斯顿（Preston）这条狗会比较恐怖，因为他比较阴险、板着面孔——它看起来像罗特韦尔犬——长而尖的衣领，它出现在银幕上时气氛就黑暗下来，音乐也变得具有威胁性。当然，这不一定是真相；这可以是一种误导的工具，让你的观众有错误的印象并预想不准确的未来状态。

观众的预期

下面是约翰·苏利文就这个主题对我说的话。

在我的故事中我常常喜欢利用观众预期。观众对任何事物都会设定预期，因此你可以利用这一点。例如，如果你让你的人物相当自豪于他的白色西服和时髦的白色鞋子，那么可以在外面的马路上设一水坑，观众一个个多了起来……当然，接着他会走到外面……直接奔着水坑……但你当然不能做观众预期中的事情。你让他成功地走过水坑，没有把衣服弄脏。他继续往前走，心情很好……然后直直地走向某人并相撞，然后咖啡洒满全身。人们会持续地想要抢先一步，你可以利用这一点让观众持续地猜想。

这是把"暗示"作为喜剧的工具。但他继续说。

这不仅可以用于喜剧。观众预期在任何类型的影片里都有用。阿尔弗雷德·希区柯克（Alfred Hitchcock）说过："怪物没有塑造怪物的一半可怕。"一个女孩单独走在昏暗的老房子里，当她瞧向左边时，摄影机推到她的特写（close-up）。希区柯克会故意让她偏离中心，把摄影机角度调成右边稍宽，让我们潜意识中觉得右边即将会有一只手伸出来从后边抓住她的头。就在此时，她转过身来对着右边尖叫……我们也跟着尖叫……其实什么事都没有。女孩吁了一口气，松懈下来。我们也跟着松懈下来，吁了一口气……然后一只手快速伸进来从左边抓住了她。巧妙地利用观众预期会把他们的六铃铛酒（six bells）[19] 都吓吐出来。

因此认知差异不但可以出现于真正发生的、明显的事情，还可以通过利用观众与生俱来的预期及根据已知信息对未来做出推断的倾向。当然，这种倾向可以用来误导他们。

4.2.7　基于误解的潜台词

误解是喜剧的另一种工具，但同样在其他地方也可以使用，误解正是认知差异的最有效的定义，因为误解强调了经典的、性格驱动的潜台词被推动的精确瞬间。

---

[19] 一种利用黑朗姆酒及其他配料调制的鸡尾酒。——译者注。

例如，一个事件发生，通过主角方面的误解或作者方面（实际上可以是所有参与者）的误导，观众采纳了一种解释，而在同一事件上主角采纳了另一种解释。

基于误解的潜台词是P.G.沃德豪斯幽默的共同特征。在前面摘录的《天下无双的吉夫斯》中，伯蒂·伍斯特跟霍诺莉娅谈及一个小伙子被她吸引、想跟她进行浪漫的接触。从这个交谈中，随着事件的发展，我们有三个参与者（伯蒂、霍诺莉娅及观众）和三种理解。一方面，伯蒂认为在推动霍诺莉娅接受小宾果的追求。另一方面，霍诺莉娅认为这次交谈是伯蒂自己展开的浪漫追求。我们观众知道真相——或者至少，我们认为我们知道——把我们放到了第三方的位置。

4.2.8 基于掩饰的认知差异

认知差异天然就是任何形式的掩饰的一部分。认知差异可以含蓄地通过向相关人物隐藏真实动机来获得。在我的儿童故事《叮当声和鸟人》（*Clonk and the Birdman*）中，我有一个段落写丈夫的任务是造一架飞机。我让飞机的建造成为冲突的一个主体，因此丈夫选择不告诉妻子自己丢了工作，现在秘密地建造飞机，同时妻子觉得丈夫是外出赚钱去了。这个掩饰意味着他们能够进行在潜台词中传达真实故事的动作和对话。当丈夫跟妻子说："不，不不！你出去工作吧。我会给孩子们做早餐，然后让他们去上学。"我们知道他真正的意思是："请快走吧，这样我可以继续做藏在车棚里的飞行器……"

大多数人都会有秘密事项，如果可以避免的话，他们希望在不打扰亲人们或不进行对抗的情况下完成。这是创造深刻而持久的认知差异的最容易的方法。在这种情况下，潜台词不可避免。

然而，从这些角度来看，掩饰并不一定意味着谎言和欺骗。掩饰有可能正是我们自然前进的道路的暗示。在影片《回到未来》中，马蒂始终不能告诉他遇见的任何人自己是来自未来的时间旅行者。同样，不论何时他跟自己的父母交流时，他都不能说自己是他们未来的儿子。因此，故事承载了一个始终存在的认知差异——由于这个掩饰导致遍布整个故事的、永久的潜台词。也许这是《回到未来》成为经典故事的原因之一，所发生的事情永远都发生在始终存在的基于掩饰的认知差异的环境中。很多其他经典故事都有一个普遍的掩饰元素：从《蝙蝠侠》（*Batman*）、《蜘蛛侠》（*Spider-Man*）到《内裤队长》（*Captain*

Underpants）、《比利猫》（*Billy the Cat*），每个超级英雄都有温柔的另一个自我。我们知道这点，但他们遇到的人不是这样。丹尼·华莱士（Danny Wallace）的《好好先生》（*Yes Man*）对任何问题或要求都说"好的"。我们知道这点，但他遇到的人不是这样。在影片《大话王》（*Liar Liar*）中弗莱彻·瑞迪（Flecther Reede，金·凯瑞饰）被迫只能一直诚实地回答问题。我们知道，但他遇到的人不是这样。在尼古拉斯·派勒吉（Nicholas Pileggi，也是后来电影版本《好家伙》的合作编剧）的著作《聪明的家伙》（*Wise Guys*）中，我们知道主角亨利·希尔（Henry Hill）始终是一个暴力的黑帮分子。他在城市里遇到的人大多不是⋯⋯在艾拉·莱文（Ira Levin）的《复制娇妻》（*Stepford Wives*，又译《超完美娇妻》）中，我们知道斯戴佛镇上的丈夫们把所有女性变成了顺从的僵尸。刚来的、具有独立思想的乔安娜（Joanna）不知道这点——也不知道危险即将来临⋯⋯在《摇滚学校》（*School of Rock*）中，杜威·芬恩［Dewey Finn，杰克·布莱克（Jack Black）饰］是一个无业的、苦苦等待工作的摇滚青年。他假装自己是房东内德·斯尼勃利［Ned Schneebly，由故事作者迈克·怀特（Mike White）饰演］，占了这所贵族学校的教师工作。我们知道他不是真正的内德·斯尼勃利，当他在班上教不恰当的摇滚音乐原理时，我们知道他不是一个真正的老师。他周围的人，包括学生和老师们都不知道。这种基于掩饰的认知差异造就了经典的、让人着迷的故事。

在《楚门的世界》中，掩饰某种程度上被反过来了，因为只有楚门不知道。其他所有人——所有其他人物以及观众——整个世界——都知道真相。只有楚门自己后知后觉。

把故事建立在基本的、普遍的、本性的"认知差异"的前提下，通常都会在这个创造性行业的商业面吸引恰当类型的注意。任何有秘密的人对故事来说都是很有意思的主题。

4.2.9 潜意识目标

在好故事结束前，我们的主角获得的可能会比初始目标更多，或得到跟初始目标不同的东西，也可能作为其经历的结果，其初始目标发生了变化，或作为一个人他得到了成长。

大力神生来就是半人，为了获得永生、和神界的父亲宙斯在一起，他开始努力。然而，当他成功完成所有任务，在最终准备获取回报、升为天神时，他选择了死亡的命运和人界的生活。他跟冥王哈迪斯（Hades）、九头蛇（Hydra）、蛇发女怪（Gorgon）、库克罗普斯（Cyclops，独眼巨人）及其他坏蛋战斗，当他最终抵达永生的门口时——终极目标及追求的目标——他拒绝了。为什么？因为这个旅程使他认识到爱更加重要。他放弃了为之努力的东西——为了和作为凡人的爱人墨伽拉（Megara）同生共死。

当然，这是迪斯尼版本的故事，但这个事实正说明了电影公司的追求。他们的阐释传达了一种经典的故事模式，不但有主角封装在关键问题中的、清晰明确的目标，而且还有隐藏的或者被当前世界追逐成功的努力所蒙蔽的潜意识目标。这是潜台词的一种形式，通过这种形式整个潜在故事实现了跟有意识的、当前故事发展方向不一致的解决（也就是说，观众预期结尾在最后一分钟被甩开，换成一个意料之外的结尾，这会导致对之前发生事物的重新评估）。

当主角经过艰苦斗争获得胜算、站在成功的边缘时，他经历的学习和成长已经改变了他，他放弃了之前一直追求的目标，因为追求目标的过程让他对自己的人生价值进行了重新的评估。在大多数情况下，初始价值是完全能够接受的（实际上，通常我们也有那样的渴望，比如财源广进），但其因把主角带到需求层次更高层的价值观而被放弃。这就是众所周知的救赎情节（Redemption Plot），这会形成高品质的结尾并给故事和主角增加额外的维度。如前所述，大多数好故事在马斯洛的需求层次上，都表现出人格上明确的、从某个需求层次往自我实现层次的前进，当此前进从故事讲述过程中的潜意识目标转变成解决的结果时，我们就会对故事感到极大的满足。

4.2.10　潜意识目标中的情节和人物

绝大多数情况下，主情节线都是"事件驱动"的。这样更为明显、更有意思且与实践性有关。解决阶段插进来并主导一切的副情节线（secondary plotline）变得更为"潜意识"，它由人物成长和从事件中学习获取更高级才能的结果引发。

我为我的儿童故事《叮当声和鸟人》设计了这么一个结尾：乔治着手准备赢得鸟人比赛（事件中的实际目标）。然而，历经千辛万苦、胜利在望之时，他对自己有了更深刻的了解，他已了解自己的困扰及对亲近的人们的感觉。在他即将胜出鸟人比赛（胜利已经在他的掌握中了）

的那一刻，他放弃了胜利转而为他深爱的女人和家庭去奋斗。照顾我们的基因比照顾我们自私的雄心更重要，这样观众对故事的满足感可能会更强。

隐藏的或潜意识的目标只是好故事的重要结构元素的一个组成部分而已。甚至在《回到未来》这样尽管复杂但仍有很直接情节的故事中，也在所呈现故事下面的潜台词中表达了潜在的故事。如我们所知，马蒂的目标是回到1985年——一个实际的、事件驱动的目标。通过学习和他父亲的成长，他得到的是自我实现了的父亲以及改善了的家庭（基因池）。《回到未来》的结尾既有有意识的情节（回到1985年），又有正面的潜意识情节（改善家庭质量），这是我们觉得影片结尾升华的原因。

狄更斯的《圣诞颂歌》有很吸引人的事件（三个鬼魂拜访吝啬鬼），但真正的故事是他的人物性格发展成慷慨无私。《土拨鼠之日》也有很吸引人的事件（无止境地重复那一天），但终极故事是他的人物性格发展成利他主义、关心他人。这种模式能在很多优秀的故事中看到。

4.2.11　认知差异与隐喻（metaphor）

汉斯·克里斯蒂安·安徒生的童话故事《丑小鸭》（*The Ugly Duckling*）表面上是关于鸭子最后成了天鹅的故事，但这部作品是一部杰作，因为它让我们思考种族主义和种族隔离、自我形象和信心、骄傲与平等、仁慈与残酷。一个简单的童话故事唤起了这类关键词。其作者纯属天才！

在威廉·戈尔丁（William Golding）的小说《蝇王》（*Lord of the Flies*）结尾，我们跟随一群试图在荒岛上生存下来的英国男孩进行了本文的冒险。然而在看完故事的解决之后，我们会意识到其已经对人类文明社会的脆弱性有了深刻的了解。男孩们的经历可以跟国家之间的问题联系起来，并让人们得到社会必须自我控制的严厉教训。

迈克尔·哈内克（Michael Haneke）拍摄于2005年的法国电影《隐藏摄像机》（*Caché*）表面上讲述的是法国电视节目主持人及其家庭被不明人员秘密监控并录像的故事。影片焦点集中于因为被监视导致的不安和对家庭的冲击及他们的应对措施上。然而，影片以隐喻的方式对法国的外交政策和殖民政策提出了强烈的政治控诉。

赫伯特·乔治·威尔斯（H.G. Wells）的《时间机器》（*The Time Machine*）是又一场时间旅行冒险。但影片以隐喻的方式承载了社会主义之前资本主义出现并剥削工人的强烈的政治信息。

乔治·奥威尔（George Orwell）的《动物农场》（*Animal Farm*）是一个动物们占领农场并形成他们自己的社会的故事。故事隐喻了乌托邦社会如何因创造乌托邦社会所必需的权力的腐化本质而变得不可能，非常精彩。

即使是最短小的好故事也会承载某些形式的深层哲学思考，有时是建立在主角的人生经验教训之上的，从《龟兔赛跑》（*The Hare and the Tortoise*）的"缓慢而稳定会获胜"到《回到未来》的主题"如果用心你就能完成任何事情"莫不如是。《回到未来》的隐喻很明显能让我们从冒险中感受到我们可以像乔治·麦克弗莱一样掌握自己的命运，而不是仅仅以命运的受害者自居。

4.3 认知差异——其他问题

在我们往下进行之前，我想提提若干跟认知差异和潜台词相关的其他问题。

4.3.1 潜台词与诗意

现在，我丝毫不想假装自己对于诗意的认识超出了"有个女孩来自伊灵（Ealing，英格兰东部城市）……"的层次。我提不出存在于诗歌佳作中令人惊艳的抽象概念和寓言之类的精彩实例。我所知道的是诗意出现时会通过暗示、含义、隐喻给我们带来最出色的潜台词实例。我甚至会说通过暗示、含义、隐喻进行认知差异的植入正是伟大诗意的概念，与之相应，那些最能够表达出潜台词的人是最优秀的诗人，但在做任何肯定的表述之前，我真的应该跟诗学专家谈谈。我所知的足以提供这么个小例子。下面是约翰·唐尼（John Donne）谈及岛屿离开欧洲、警钟响起时的名句。

任何人都不是自成一体的岛屿；
每个人都是大陆的一个碎片，是主体的一部分。
如果土块被大海冲走，
欧洲变小了，如果海角被冲走也一样，
你朋友或自己的庄园被冲走也一样。
男人的死亡会削弱我，

因为我是人类的一分子，

因此不要去问丧钟为谁而鸣，它为你而鸣。

这种魔力让我们思考。首先，我们不知怎么就深深了解到我们中的每一个人都是全体人类重要的组成部分；其次，不仅仅是他人的死亡……我们在这个地球上的时间也是有限的。当一个人死去，我们中的一小部分也随之死去。诸如此类。

静态的艺术甚至也能做到这点。在耀眼的夏日阳光下想象一幅大公园的油画：操场、跳高运动员、池塘上的鸭子、咖啡馆、骑自行车的人、飞盘、野炊。好像是个标准的阳光和煦的景象，直到你注意到网球场上的年轻女士。她穿着网球运动装，但孤身一人。她斜靠在网球场的铁丝网上，就像被铁丝网粘住一样，球拍放在边上，她热切地看着操场中间的孩子们。现在你发现了图片中间的她，你能给我讲讲她的人生吗？你能够创造她的完整的背景故事吗？我相信你拿出来的跟我差不多。她没有孩子，她非常想要孩子。在不完美的人生中只能打打网球，尽管有钱、有时间、有聚会——她想要的是孩子。或者只是一幅公园的油画？现在讲讲你今天看到的每个人的背景故事：只身坐在咖啡店的男人，骑自行车的女孩，化学实验室的女人。创造出他们的背景故事，然后问问自己他们当中的什么东西让你虚构这样的背景故事……然后想想你在每一幅用语言投射出的画面中能够放入的能量——因为观众会用他们自己的假想来填补你所提供的认知差异。

4.3.2　真的喜欢莎士比亚吗

任何故事原则方面的书，如果没有参考莎士比亚（Billy S）[20] 的话，都是不完整的，这部分是我阐释、理解莎士比亚的地方，其方法可能会对你有用，如果你不怎么了解他的话这一点就尤为重要。

你也许不是特别喜欢莎士比亚，你可能会感到奇怪：他的作品中台词如此冗长，故事又遥不可及，为什么却会有如此的声誉？嗯，实际上这正是原因所在。他以剧作家闻名，但他的表达更接近于诗人。为了了解他作品中的台词，必须对台词进行解读。换句话说，他的表述、我们的理解和他最终想让我们思考和感受的内容之间遍布着认知差异；说

---

[20] Billy S，William Shakespeare的谑称，实际上就是指莎士比亚，参考加拿大歌手Skye Sweetnam的 "Billy S."（《逃学莎士比亚》）中的 "I don't need to read Billy Shakespeare，meet Juliet or Malvolio（我并不需要阅读比利·莎士比亚，去见朱丽叶或马伏里奥）。——译者注。

得更清楚些，故事是通过潜台词传达的。这就是潜心研究莎士比亚的人都觉得他令人惊讶的原因。所有的事物都有隐藏的深度。徜徉在莎士比亚的作品中就像走在撒哈拉大沙漠。起初一点意思都没有，直到你努力找到通往地下宝藏的入口。越走到洞穴深处，就愈加光彩夺目、愈加富有。莎士比亚是唯一一位把故事建立在深深的潜台词上的作家。他的天分被认为在于剧作，但实际上在于创造潜台词。

因此，为何莎士比亚作品貌似充满废话却能被颂扬数个世纪？其答案是如果你花心思去解读他的台词，如果你找到了潜台词，你就一定会得到回报。与此类似，如果你努力研究伟大的诗作，你会发现得到的回报会远超泛读。莎士比亚带我们来到潜台词边缘，让人感觉他如果再深入一步，人们对内容的阐释就将出现巨大的差异，故事就失败了。有人觉得他已经跨过了那条界线，也许有些花了很多年来研究莎士比亚作品含义和意图的学术团队、制片人和导演会支持这种说法。但我不这么认为，因为绝大多数潜心研读莎士比亚作品的人都会得到相同的故事情节，只是在信息和含义的细节上有些争论而已。

4.3.3　潜台词和演员

想象跟演员合作的情形是测试潜台词写作能力的一个技巧。乍看这部分的任何一个实例，演员会兴奋地摩拳擦掌。优秀的、稳固的潜台词；三维的原因、结果、含义和暗示通过言语歧义、间接动作来传达。

传达认知差异是演员所做的特殊且困难的工作。当演员评估剧本并决定是否接受这个角色时，他要参考的主要因素是潜台词。潜台词是让人物活起来的东西；演绎潜台词是让演员显得优秀的东西，如果场景（尤其是台词）直来直去的话，他们会让你觉得很难受。看看你会选择哪个场景来演——第一个场景，你抓住爱人的手，看着他/她的眼睛说"亲爱的，我爱你"，表现得很真诚；第二个场景，你抓住爱人的手，看着他/她的眼睛说"亲爱的，我爱你"，然后观众的嘴巴掉下来合不上了，因为他们知道你将离开她选择另一个女人。很显然，后者充满了表演的张力和故事潜力。

如果你写的作品停留在表层、在意料之中，会显得好像只有一个维度，可以预见其效果绝不会好，演员们是无法接受的。看看每个场景，想象一下每个场景都必须演出来。你对让他们演的素材感到高兴吗？如果让演员闯进来以歌剧女主角式的长篇大论来指责你要毁了他们，显然不是让人愉快的经历。对这类情况预防肯定比治疗好。在家里自己演角色、说台词应该成为你的写作方法之一。别害羞——从椅子上站起来，想象自己是演这个角色的演员，然后演出来。如果你写的是长篇小说，活动一下然后大声念出来，就像你在电台播送这部小说一样。如果作品不能令人满意，你还不知道为什么，那很可能是因为缺乏潜台词，你要努力引入认知差异，这会使你的台词和动作具有第三维度。这样做的结果会非常好，你自身会更具有洞察力，你的整个故事也会得到提升。

4.3.4　向特权转移

值得详细记上一笔的是大多数新入行的、有抱负的作家都发现了揭示性潜台词比较容易写。实际上，我觉得我们本能地会偏向于揭示。观众被排除在秘密之外，然后揭示时给观众带来震撼。这很好，且很有效。然而，最好的故事在特权和揭示之间有个平衡，甚至偏向于特权——即正确的做法是告诉观众比年轻作家直觉还要更多一些的东西。

如果你回顾一下前面摘录的沃德豪斯（Woodhouse）的故事，你会看到观众自始至终都有相对于柏蒂·伍斯特的特权，其中若干潜台词，只有结尾时嵌入一个揭示（宾果不再露面——他爱上了别人并离开了）。故事大部分处于特权形式。跟《回到未来》类似，我们观众始终知道马蒂的所有意图。他想去找博士，然后他们一起筹划去接闪电（他们甚至做了一个模型进行演练）——然后一起设计如何重新让他的父母在一起，然后他和未来的父亲乔治一起策划如何能让乔治赢得罗琳的芳心——甚至自己扮演角色……这些都是处于特权模式。不是"人物想达成什么目标"让故事变得有趣——我们知道会发生什么——让故事变得有意思的是"如何达成目标"。

作为作家，你的成熟和自信甚至比在故事中找到特权和揭示的平衡还重要。

4.4　附言

最后再谈一点潜台词，我想给大家呈现另一个精彩的场景，其实更像逗个乐子。它最后没有成功，不是由著名大师所写，但它完全通过潜台词来传达。我不知道这个杰作该向谁鸣谢，但这里呈献给大家一起分享。这是某个地方报纸分类广告部分的一则小广告。

找到了。肮脏的白狗。看起来像老鼠。

出走已经有一段时间了。没有颈圈。

最好有报酬。

英语语言大师花几十年来做这类潜台词暗示，这有限的三十几个字中潜台词传达得很完美。我们看到一个在讨厌狗和做正确的事（把狗还给主人的热切愿望）之间纠结的人。我们看到一只污秽的把拯救者的房子弄得乱糟糟的狗。我们看到一个对狗主人不尽心照顾好狗而表露出不满的家伙——他想跟狗主人说说道理。我们有一个情境，在有限的三十几个字中装载着冲突和情绪，我们可以想象这则广告刊登之前发生的事情，我们可以想象广告得到回应时有趣的、冲突驱动的场面，这些潜在故事中的每一点都是通过潜台词传达的。太有才了！

努力搞明白认知差异，厘清认知差异如何传达潜在故事并确保潜台词存在于故事的所有层面以及每个场景。如果没有认知差异，你的故事从根本上就有缺陷；如果有认知差异，你的故事才能够抓住、吸引观众，形成错综复杂的剧情。

第三篇

情节和人物

作家就是写作比别人更困难的人。

——托马斯·曼（Thomas Mann，1875—1955）

第五章　情节和人物

大多数优秀故事都会在人物的成长中交织着有趣的事件，对大多数故事来说人物的成长更为重要。故事事件是人物旅程中的交通工具。故事通常会以事件来进行描述——《回到未来》讲的是小孩回到过去的事，《圣诞颂歌》讲的是一个男人被鬼魂访问的故事——但故事真正的力量存在于人物通过那些事件获得的成长和学习当中。

因此这个部分讲人物，但在故事事件和演员的真正性格之间有些危险的联系，因此我们也会重点关注情节和人物相互连接的方法；具体来讲，会得出令人惊讶的结论：情节和人物这两个明显分离的要件实际上是同一回事。首先，来点背景知识。

5.1　提升情绪

当故事刺激到我们的情绪时，故事就成功了。我收集了若干词典中关于"情绪"的定义并总结如下。

情绪是一种自发产生而不是通过有意识的努力唤起的情感。跟引发的情绪相关联的感觉包括：高兴、恐惧、生气、憎恨、悲伤、厌恶、好奇和惊奇。

每一天我们演出生活中的剧本。从日常的"做早餐"剧本、"去上班"剧本、"逛超市"剧本，到有趣一些的"首次约会"剧本、"和伙伴们一起到镇上"剧本、"度假"剧本。有些剧本持续几十年（"人物关系"），有些则只有很短暂的时刻（"上这个卫生间"），其他的在两者之间（"度假"）。每一天都是潜在冒险历程的展开：你的人生故事。

如果稍微想想你日常生活中的"剧本"，你会发现这些剧本大体上是相同的。如果一切按计划走，"做早餐"剧本和"逛超市"剧本中没有任何事物和昨天或上周不一样，跟想象中早晨起床时的样子没有什么不一样。对我们中的大多数人来说生活基本上都是这样的。我们所做的每一件事都遵循着剧本，每一个时刻我们都处在各种可预知剧本循环的不同的点上——常规——常规不会让我们感到惊奇。但是每一个剧本都承载着偏离预期的**潜力**。剧本偏离预期的时候也是提升情绪的时候，也是使其成为故事的时候。

常规

按部就班的生活"剧本"叫作常规。我们在写剧本前会有每个剧本如何走向的预期。日常生活中我们有个当前状态（在家里）和预期目标（去工作），我们对从前者到后者所需采取的动作非常熟悉。如果我们对剧本很熟悉，完全跟随生活剧本走就叫"常规"，这不会提升情绪，不管是正面的或负面的情绪都不会提升。从这个意义上来讲，常规是故事的对立面。

然而，如果剧本对我们来说是新的，或者如果剧本偏离了预期过程，那么我们的大脑开始工作，我们被唤醒了。大脑没有处于常规状态时我们始终会感受到情绪……这给了我们一个可讲述的故事。我们可以跟别人复述激起情绪反应的东西，如果我们的故事讲述得好，如果让听者也有了相应的情感体验，他们就会被吸引，他们也会共鸣似的产生同样的情绪。

最近我乘了趟市郊往返列车。乘客中大部分上演着"赶7点17分布莱顿（Brighton，英国南部城市）开往伦敦的列车"，但对不同的人来说这是不同的事情。对有些人来讲，这是个熟悉的剧本，由于常规仍然遵循着往常的套路，演出中没有丝毫的情绪。这些人或者用笔记本看书、工作，或者脑袋靠在旁人的肩膀上打瞌睡，忍受标准的、日复一日的折磨。同时对另一些乘客来说，这不是他们标准常规的一部分。我看到一个人刚开始一份新的工作。新的剧本展开时她的大脑快速运转。她"赶7点17分布莱顿开往伦敦的列车"的体验将是晚上跟朋友或家人讲述的故事。对她来说这是个激动人心的新剧本。

当列车停在盖特维克机场（Gatwick Airport，伦敦第二大机场）站时，一个美国的大家庭提着他们的行李上了车。他们因赶上了7点17分开出的这班列车而欣喜若狂。他们很吵闹！很多问题，很多回答，他们绝对会对任何事物感到兴奋，从报纸的排版到车票的形状再到田野里走过的奶牛。然而乘客不会告诉妻子苏塞克斯郡的田野里有奶牛，美国也有很多奶牛。他们有故事可以讲，因为他们预期伦敦是个大城市，现在他们是在伦敦的盖特维克机场，边上有绿绿的田野和奶牛，周围都是农村。我仔细听着他们的谈话，他们很兴奋，甚至还有点担心（"保罗，我们上对了火车吗？这看起来肯定不像伦敦！"）。

即使你我可能都很熟悉"赶7点17分布莱顿开往伦敦的列车"剧本，我们也可以跟美国人的情绪扯上关系。我很欢迎他们的到来，非常喜欢他们带着情绪、带着他们的故事踏上这趟旅程。在这里要注意的是故事只有触动观众的情绪才能够成功。现在我跟大家讲的这个事情比较有趣，是因为美国人的情绪位置会让你产生共鸣。

一个故事要脱离常规、具备情绪潜力有以下三种主要方法：

"既定剧本（established script）"，但主角（protagonist）没有经历过（剧本里面的剧情）。

观众们已亲身经历过这个剧本，在这种情况下当主角追随着既定的情感路线时，观众们乐于享受对自身情绪（正面或负面）的回忆。这就是我们喜欢把看过的书借给朋友的原因，也是带朋友去看自己已经看过的电影的原因，通过他们的眼睛自己再次得到享受（在所有潜台词都已经切换到特权形式下享受，因为我们已经提前知道了）。或者，即使是一个既定剧本，观众可能没有亲身经历过，这种情况下对他们来说就像个新剧本（参考下面的内容）。既定剧本重述中的情绪来自人物及其对新体验的反应，还有个人细节（反之则成为老生常谈）的独特性。例如，有多少故事都是关系的建立和破裂？观众们喜欢一个熟悉的、老生常谈故事的原创性讲述。

"既定剧本"，但意外偏离了常规路线。

这是"新故事"最常见的来源。很多很多故事一开始都是平淡的日子、平凡的人物开始了既定的常规生活，直到主角发生了意外的转折。当我们出发到商场进行一次很平常的购物，付款时发现信用卡被拒刷，我们就偏离了既定的常规，我们就有一个故事可讲：我们觉得自己像个罪犯，周围人会怎么看我们、最后事情如何得到解决。在虚构到极端时，一次偏离常规可以把我们带到另一个世界。影片《回到未来》开场时马蒂·麦克弗莱是个正准备去上学的小伙子。"上学"剧本可以偏离得有多远在这里得到了实证。这里的关键点是第一幕铺垫的常态使我们跟主角联系起来并锁定在他身上，以便代入体验剧本偏离常规时的神秘旅程。我们也知道偏离常规的本质——主角的追求，即他要完成什么任务才能使生活恢复平衡。

新的生活剧本，一个对主角和观众来说都是全新的事件。

真正全新的生活剧本其实很少，如果一个剧本确实是全新的，没有任何人体验过，观众不太可能与其建立联系并感受到情绪。新剧本在把人们带到规则完全不同的太空冒险或科幻世界时效果最好。在这类情况下，保持人们能够建立联系的人类元素非常重要，因此你会发现主角——即使他在和异形搏斗或变得很微小或回到了过去——有一颗跳动的心，面对人类的困境并且拼命地试图让好的人类价值观战胜邪恶的价值观。不管故事事件多么的神秘，好故事中会反映出人物的学习和成长。《机械公敌》（*I-Robot*）就是一个很成功的例子。

在每一种情况下，观众的情绪都会被唤起，因为他们跟主角的经历有关联。

大峡谷效应

当人们第一次参观科罗拉多大峡谷时，他们的反应是纯粹情绪化的。他们会因为生命中最强大、最难忘的体验之一而感到震惊不已。哇！看着眼前的景色，你觉得自己只是个渺小的、无足轻重的人！我们以前都看到过一个景象，但……就是，哇！然而，短短几分钟后这些人就开始看他们的手表想着中午吃什么。究竟是怎么回事？！几秒钟之前还让他们惊叹不已的这个景象，现在突然没有哈克尼沼泽（Hackney Marshes）那么震撼了。什么东西发生了变化？

原因在于当我们的情绪被唤起后，我们的大脑不是完全受控的，它快速运转，吸取信息，不顾一切想把让我们发狂的新现象完全搞清楚。作为情绪环境的结果，我们处理新材料的速度非常非常快，由于大脑开始把所有信息拼凑在一起逐渐消化，直到大脑对事物有了完全的认识时，情绪消退。一旦这种情况发生，情绪就跑掉了……尽管有曾让我们意乱情迷的精彩瞬间，但这个情景已经失去了神秘感和新鲜感。这就是人们年纪越大就越觉得生活很无聊的原因，因为大脑经历越来越丰富，大多数环境都已不能再唤起他们的情绪了。真的很悲哀，难道不是吗？看看早上7点17分布莱顿到伦敦列车上的那些老兵；哭喊着想要退休以免早起赶这趟令人绝望的列车的人。然后想象一下当他们还是孩子第一次早上6点钟起床去赶火车时的那种兴奋……

有趣的是，在故事中（跟生活中一样）我们常常利用直觉来收集和分析信息，以便了解当前状况和达到渴望的未来状态的方案。如果故事完成它该做的工作了，这种脑力劳动会唤起情绪。即使是细微的认知差异也会让我们的大脑四处寻找答案。别忘了，在这里我们的大脑潜力超过计算机，我们是利用感觉和创意工作的。我们的大脑在情绪状态下的处理过程是很明显的。这会让我们感到兴奋，尤其当过程中有新的领悟时。我们有"经验"。我们喜欢它。每个细小的认知差异对我们都有效——这个骰子接下来会怎么样？下一场足球赛战况会如何？为什么满身文身的那个家伙穿过马路向我走来？在那一刻，凡提出跟我们情绪产生共鸣的关键问题的所有事物都是我们生活的驱动器。作为故事讲述者，我们必须将其利用起来以控制观众的情绪。但怎样做才能控制观众的情绪呢？

唔，如果我们把所有该做的都放到了事件中，怎么做都可以。通过人物在冲突和困境的压力下做意义丰富的选择来创造认知差异是故事的真正本质，因此我们将在下一章对冲突和困境进行深入研究。现在，我们要利用情绪。

1．通过人物所面对的困境和他们缺失的认知信息创造移情作用（Empathy），让观众感同身受、换位思考，使他们的困境在观众当中唤起代入情绪。注意，那不是主角哭着喊着的情绪反应唤起我们的情绪。如果我们看到某人在哭，我们不会也跟着哭泣。我们会问："你为什么哭啊？发生了什么事情？"只有当我们了解了情绪的触发器（让人哭泣的原因）之后，我们才会与之共鸣，我们才会变得情绪化。

2．冲突对故事很关键。事件必须描述主角命运从正面到负面或从负面到正面的变化，以承载情感纠葛。这应该通过主角在压力之下采取动作及与主角愿望对立的反派力量（Antagonistic Force）的冲突来实现。

5.2　情节驱动还是人物驱动

如果你像我一样，那么在你踏上作家之旅的早期就会碰到关于故事应该是情节驱动还是人物驱动的问题。如果你像我一样，思考之后很快就会得出结论："这个问题太没有意义了！两者你都需要！你不给人物事情去做就不能塑造人物，你不让人物付诸行动就无法描述事件。两者你都必须要有！这显然是相辅相成的！"你还会奇怪为什么会有这个问题。

然后你会发现这个问题并没有消失。高层次人士一直反复研讨这个问题。你会问自己是否还有更深入的东西在其中。因此你会挖得更深一些，然后从书呆子们的讨论中发现人物是情节，情节是人物，或者情节是框架，人物攀爬其上，人物的动作构成了那个框架（即情节）。如果你像我一样，你也搞不明白到底是怎么回事。说真的，很多年来我都不明白这有什么值得小题大做的。这让我抓狂地想搞清楚为什么这个问题会被如此深入地研究，这个世界想要传达给我的到底是什么。但我认为自己终于找到了答案，我不得不说，人物是情节，情节是人物，是的，你搞清楚这个关系是非常重要的，甚至是全关重要。看看我能否比那些给我传播这个知识点的人解释得更清楚吧。

现在你可能不理解下面两段话，但在本章结束时，你会理解的。我保证。现在开始了。

情节是人物，人物是情节，因为一旦人物采取了有意义的动作，他们就在驱动情节**，不论你是否喜欢。与之相反，由于这种关联在两个方向都有效，一旦一个事件发生，引发主角有意义的反应，那么不论你是否喜欢，在观众的眼中**人物**就已经发展了。**

注意，不是事件揭示主角的性格，而是主角对事件的反应揭示了他的性格。他采取的动作表明了他的性格特征。同样，界定事件并驱动情节的不是驱动情节（你可能会这么想）的事件，而是人物采取的动作。糊涂了？我们先逐一说明，最后再回到这些段落。假设我们采取两个极端，没有人物的动作和没有动作的人物。我们先从这两个极端开始，然后再找出它们在中间结合的方法。

5.2.1 没有人物的动作

没有人物的动作表现为三个层次，对故事来说都很不利。

1. 最明显的层次，没有任何人物参与的情节事件。澳大利亚内陆偏远区域闪电击中了大树。然后呢？这不是故事，因为没有主角情绪上的反应。这是没有人物的动作最纯粹的例子。这不是故事。这是个电脑屏幕保护程序。

2. 在中间层次，一个"没有情绪"的动作。如果你看电视新闻，看到昨天纽约有人被杀，你不太可能因此失眠。这肯定是个戏剧性事件，具有很强的情绪潜力，但不会产生太多的情绪反应。为什么会这样？某人的个人剧本让他走向了死亡从而创造了这条新闻，但这对你来说基本上还是没有什么意义。这条新闻"拂过"你身边因为你演的是"看新闻"的剧本，而不是"死亡与悲伤"剧本。这条新闻没有意义是因为你跟新闻中的人没有什么情感上的联系。在你眼中他们不是"人物"。在这个悲剧性事件之前，我们没有成为"第一幕铺垫"的一部分，因此我们不会同情。这是个没有人物的事件。为了使事件变得有意义，我们必须在他死亡之前塑造这个人物。要让故事事件有效，观众跟卷入的人物必须有情感上的联系。

3. 如果强化所知的人物，我们就强化了情绪。假设我们发现约翰·列侬（John Lennon）在纽约被杀。这是我们"认识"的人，他影响了我们的生活，我们经历过他的第一幕和第二幕，现在来到了高潮处的悲剧。我们把他视为和平爱好者和艺术家。我们强烈地感受到这是个可怕的事件。我们打开电视收看细节，然后会跟朋友们谈论自己的感受。忽然之间，我们的情绪联系提升了我们的兴趣。如果我们提升人物的认知度，就能够提升情绪。看看纽约逝者亲戚朋友们脸上的情绪，他们和我们一样见证了同一个死亡事件，但所引发的情绪处于不同的层面。

4. 没有人物的动作最微妙的例子实际上非常多。人物采取某个动作，但不是有意义的动作，因为他是在没有面临困境的情况下采取的动作。要让一个动作有意义，必须带出演员真正的性格。认识不到这一点当然是作家们犯的最常见的错误。他们给人物设置了各种挑战——赢得赛车、烦恼的爱情生活、打败坏蛋——但他们所做的选择——毫无顾忌地开车、离开丈夫、射杀坏蛋都不是艰难的选择。因为如果人物——打个比方，是蓝博（Rambo）❹，我们知道他会"选择"杀掉山上冲过来的下一个敌方士兵，然后下一个，再下一个，但对他来说这不是艰难的选择——因为没有包含困境，对观众来说这些动作承载了极少或者没有情绪电荷。是的，这是冲突，但如果冲突的反应只有单个维度，没有面临困境，则是明显不够的。为了使他的动作有意义，人物必须面对困难的选择。他必须经受考验，必须做出艰难的选择，并且如果他做了错误的选择就会有严重的后果。

在后面"第六章　冲突和对抗"中我们会再次回到这个话题。现在，我们认为有意义的动作是人物在冲突导致困境的压力下采取的那些动作。

---

❹ 蓝博，影片《第一滴血》的男主角。——译者注。

5.2.2 没有动作的人物

在这场讨论相反的另一端，如果面对一个没有动作的人物，这个场面是没有意义的，你会哭喊着找垃圾箱扔掉。例如，假设我们看到一个男人的图片。然后呢？如果他不做点什么，我们就一点都不了解他。假设图片上的男人穿着警服。好吧，由于大脑会赋予"警察"工作以老套的假定，现在我们有了些人物特征了，但是要知道，这仍然是没有性格的个体。

人物特征不等于人物

人物特征只是包装。我们让角色穿成警察的样子，但我们不知道这个人是不是勇敢的、懒散的、外向的、酗酒的，或者是个好父亲。我们甚至不知道他是不是罪犯！再来想想，我们甚至不知道他是不是一个真正的警察（甚至不知道他是不是真的男人）。只有他的动作才能揭示这一切。他做的事会界定他这个人物。你能猜到吗，他做的事——他采取的动作——立即成为情节（不管你喜不喜欢）。

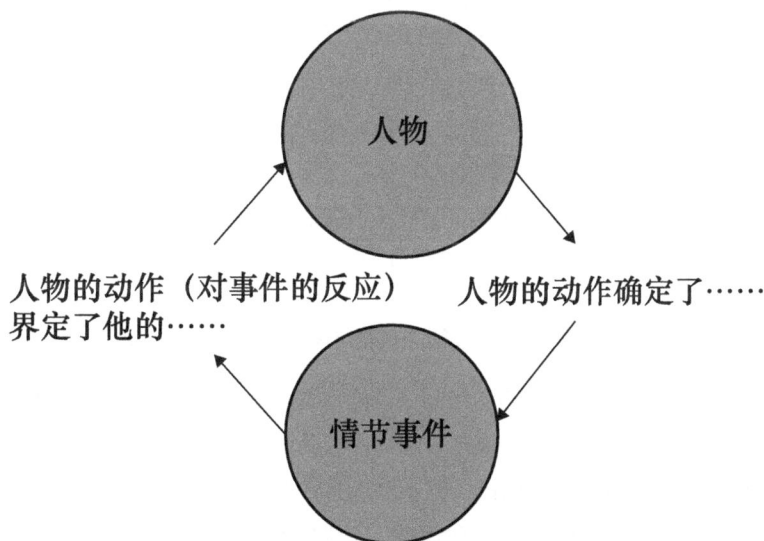

人物

人物的动作（对事件的反应）
界定了他的……

人物的动作确定了……

情节事件

因此我们有了一个循环的定义，表明人物的动作既确定了情节，又界定了人物性格。

角色的人物（性格）只由他的动作界定。

情节只由角色采取的动作确定。

情节由角色采取的动作确定，角色真正的人物（性格）由跟确定情节相同的这些动作界定，情节由角色采取的动作确定，角色真正的人物（性格）由跟确定情节相同的这些动作界定，情节由角色采取的动作确定，角色真正的人物（性格）由跟确定情节相同的这些动作界定，情节由……

人物和情节都由角色采取的动作来确定。为什么这一点对你来说很重要？

创意写作班常常把焦点放在描述上。无止境的阐述和散文是完全没有人物和情节的。这样也没问题，只要老师告诉他的受害者们从故事的角度来讲这样做是毫无价值的。它唯一的正确性是作为练习，不作为真正故事展开的一部分。就像钢琴音阶练习——有技术价值，是非常棒的练习，但跟演奏歌曲不是一回事，当然也不算作曲。当然，做这种练习是因为对你、对你的能力有好处，但要注意：描述本身对故事来讲是一点用处都没有的。

同样地，作家们被建议做一张表，列出人物及人物特征。文学作品告诉你要像了解家人般"理解人物"。从他们一出生开始——他们的童年经历、他们的学校、他们的搬家、他们的兄弟姐妹——所有的一切。每个人物我们都必须长时间地仔细思考作为"人物"的他们是什么样子，列出他们的性格（traits）、特征（attribute），从他们的体型特点到他们的喜好、厌恶、敏感、韧性、弱点、祖先，以及他们怎么看待周围的人物，他们面对生活事件的姿态，他们吃什么，他们喜欢什么样的生活等。再强调一下，这是有用的，我并不是说你不应该这么做，但这些做法应该伴随着一个健康警告：预先确定人物会严重地伤害你的情节！

在你知道人物要做什么事情之前你不可能界定你的人物。

只有你的主角采取的动作——具体来说就是压力之下、面对困境采取的那些动作——能够界定这个人物，因此预先把人物定位成工作中的滑稽小子或土耳其烤肉店古怪的希腊人肯定是行不通的。这么做会导致人物不能自然地对所需动作有所帮助，让你感到受挫，反之亦然。

作家们在这里容易犯的错误是他们逐步深入了解了一个人物并且花了一年来界定他的特征。他们还会创造一个细枝末节都很清楚的情节。然后他们发现人物的行为方式如果真的符合他的性格特征的话，对情节走向是没有帮助的，另一个不同的人物（性格）才能令人信服地驱动那个情节。故事从一开始就打折扣了，因为人物不适合做情节需要他做的动作。

因此，回到我们的起点，情节是人物，人物是情节，因为一旦人物采取了有意义的动作，他们就在驱动情节，*不论你喜欢与否*。相反地，只要发生的事件引发了主角有意义的反应，那么他的人物（性格）在观众眼里就处于塑形过程中，*不论你喜欢与否*。

注意，揭示主角人物（性格）的不是事件，而是他对事件的反应。同样地，驱动情节的不是事件（你可能会这么想），而是确定事件、驱动情节的人物采取的动作。

因此要拟定你的人物（性格）；要拟定组成情节的系列事件。但拟定的过程要尽可能作为回顾性的、背景的练习，让情节和人物都可以变化和成长，因为他们会相互影响。

以上内容的实用之处在于我们必须高效地发展情节和人物，*在同一时间且作为同一件事*。起点可以是情节事件或者人物曲线，依据你灵感的主题来定，稍后我们会对此进行探究。如果你的情节事件不能引出人物动作，那就要考虑这个情节事件存在的意义。如果你的人物动作不能够推动情节往情节必须走的方向前进，那就要问自己为什么要有这样的人物动作。我要更进一步提出，我现在发现只有当故事中的情节和人物是同一回事的情况下，情节和人物才会起作用，这是必须的。其关键在于冲突。冲突迫使你的角色在压力之下采取动作，冲突迫使人物采取界定人物（性格）和情节的动作。因此我们要再进一步研究一下。

第六章　冲突和对抗

故事的生命力是冲突。我毫不夸张——生命力这个词选用得很谨慎。因为没有让人物在压力之下进行抉择的冲突，我们就不会有故事。如果你的故事要抓住人心，人物必须进行艰难的抉择，而冲突正是让这些抉择有意思的东西。

根据我们的目的，冲突被界定为两个相互对立的目标相遇，只有其中一方能够胜出。通常，好人的目标和坏蛋的目标是相互对立的，但是，如我们所知，还有其他几种有用的冲突。在我们谈及什么是冲突之前，先讲讲什么不是冲突。编剧们常常把"冲突"和"艰难的挑战"混淆在一起，把这两者区别开是非常重要的。如果我们让登山运动员挑战登山，我们不会对他们充满激情地接受挑战感到惊讶，我们不会为他们每天的行程感到担心。我们知道他们是专业的，在他们的抉择中我们找不到让人焦虑的东西。是的，这是个危险的旅程，他确实也是用生命来接受这项挑战，但在这个抉择中不存在困境。一个登山运动员选择登山，我们可以从中发现他们采取这个动作过程中的快乐。这确实是一个艰难的挑战，也存在明显的冲突——男人对抗大山——但对他来说这是件简单的事。他可能会遭遇致命的危险，但他会专业地完成任务，当他达到终点时会觉得非常满足。要创造真正的冲突，我们必须扩展问题问问自己："做这个抉择的价值是什么？替代方案是什么？做出抉择时他承担了什么样的风险？"这不是跟他所做的抉择相关联的危险。这涉及选择这个动作所付出的代价。现在让我们引进三角关系。

6.1　三角冲突

我们假定登山运动员必须选择是否登山。如果选择登山，他必须冒着登山时失足死亡的危险，因为天气很糟糕，形势很恶劣，他几乎毫无生还的希望。如果不选择登山……？嗯，他会安全地待在家里休息，这些不是邪恶的选择，没有困境。他可以选择登山，但他不是傻瓜。这太危险了，因此他会等上几个星期，直到天气好转后登山，依然是一个挑战，但这里没有真正的冲突。如果这样呢：登山运动员必须选择登山还是不登山。如果选择登山，由于天气糟糕，形势恶劣，他会面临失足死亡的危险。如果他选择不登山……他那个断了腿困在山顶的登山伙伴就必死无疑。

现在我们开始了解登山运动员真正的人物特点（性格）了。他会听天气预报员告诉他的"气候条件很恶劣，你不可能活着到达伙伴那里"；他会听妻子所说的"我再也无法忍受了，如果你不能认识到对我和孩子们的责任，转身冒着生命的危险去进行一场毫无希望的营救任务的话，我们就会离你而去"。他还会记得跟登山伙伴的郑重约定："如果我们其中一人成为威胁生命的负担时，另外一人要离开他以求自保。"或者他是否会以自己的生命及妻子和孩子们的幸福为代价冒险去营救朋友，因为他不会容忍自己不做尝试就放弃。

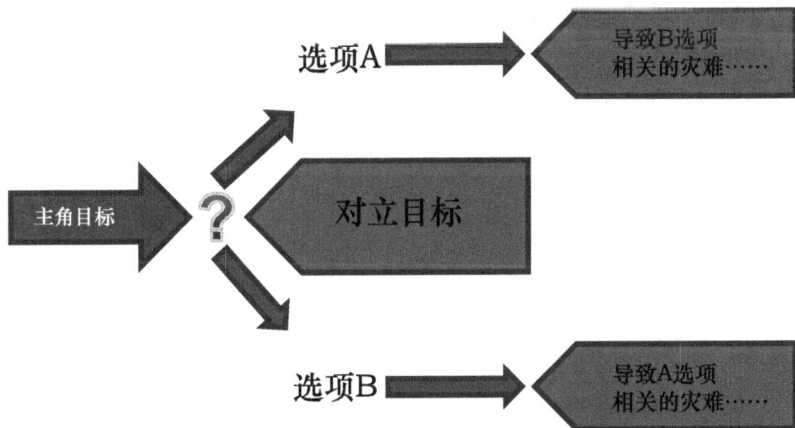

现在两个选项都有代价，也都有好处。他必须在两者之间做出抉择——这一个或者那一个。以自己的生命去冒险还是让他的伙伴死去。这就是冲突的三角关系——选择其一且不可兼得另一选项所付出的代价——把挑战变成了展现个体真正人物冲突（性格），以及将采取的有意义的动作。

体育明星在决赛中为了是否服用违禁药物（道德困境）而陷入两难。如果他对不服用违禁药物能否胜出没有把握，并且认为自己能够侥幸过关，对一个不太诚实的人来说就可能做出这种选择。因此编剧通过确保有个违禁药物委员会在他比赛完后立即对他展开药物测试，把这个情形三角化。体育明星面临抉择——服用违禁药物还是不服用——但不论他选择哪一项，都会成为另一个领域的催化剂。遵守道德自我抵制违禁药物——输掉比赛；赌一把吃掉一嘴发光的药物来赢得比赛——无法面对道德谴责和违禁药物检查机构。现在我们给这个三角关系加上人物（性格）。假如体育明星的女友在违禁药品检查委员会工作，并且正是女友做违禁药品检查，因而他服用违禁药品。他会置女友于压力之下吗？如果他选择服用违禁药品，女友会怎么做呢？现在她面临着有碍职业操守的关系冲突。她会做一个专业而诚实的人、揭露他的作弊行为吗？这样可能会导致关系破裂。还是会篡改结果，让男友赢得比赛以维护感情、保证未来的经济条件？现在她对他们之间的关系感到焦虑。他真的爱她吗？还是会在赢得金牌后把她抛在一边？这个问题会持续困扰她。突然间整个事情变得比简单选择作弊与否有意思多了，并且注意真正的人物（性格）如何来到生活中。角色的动作（反应）（作弊与否、忠诚与否、屈从他人与否、坚持职业操守与否……）界定了他们的人物（性格），因为这些动作是在冲突压力之下采取的。别忘了角色采取的动作也决定了故事情节（storyline，故事大纲、剧情、故事线）。突然间角色必须在压力之下进行精彩而尴尬的抉择，故事鲜活生动，出现在我们的面前。现在我们真正在写一个有恰当动机的故事了。

故事产生于人物在压力之下被迫做出抉择。

实例

由温子仁（James Wan）导演、雷·温纳尔合作编剧和主演的、始于2004年的血腥恐怖电影《电锯惊魂》系列，完全是建立在精彩的、尴尬的、可怕的、不可思议的三角冲突之上的。例如，其中一个角色发现自己被要求割开被麻醉但仍然活着的人的身体，从他体内找到挂锁的钥匙。很显然，脑袋正常的人都不会这么做。他们会找其他打开挂锁的方法。因此编剧做了三角化处理。挂锁把一个炸弹锁在了主角的脑部。如果她不在规定时限内把挂锁打开，她的头部会被炸掉。如果必须做决定：杀死别人、切开他的胃并从中找到钥匙，或者接受即将来临的头部爆炸最终死亡。随着故事的展开，故事让大多数角色面临类似的极端三角关系，要求他们参与杀戮以求自保。整个故事都建立在这类令人难以忍受的冲突中。一个真正不可思议的故事，其力量来源于编剧把冲突三角化的能力。你可能不喜欢血淋淋的恐怖片，但我不得不说，《电锯惊魂》系列电影的故事非常好。因此我们在哪里找冲突？让我们来看看我们能够找到冲突的所有区域，看看更多的片例。

6.2　冲突的层面

冲突存在于四个层面当中。大多数故事把焦点放在了其中的一两个，最优秀的故事在四个层面中都有相互关联的情节。这类故事让我们的大脑长时间地运转；一个层面上的一条情节线受到另一个层面情节线导致的动作的冲击，我们的人脑常常挑战去尝试、评估主角选择之外的其他选择的后果（即我们感觉到情绪，故事就成功了）。

冲突的层面有以下几个。

6.2.1　内部层面(易实现的)

主角有内部冲突。也许他受到了欺骗，充满了内疚，或者受到自卑的折磨（就像乔治·麦克弗莱一样）。这样的主角必须要做的选择是跟他自己的动作和内心信仰之间的冲突。通常人物的大脑会跟他的内心斗争，或者，像那个服用违禁药品的运动员，有现实生活中获取利益的可能性，但要压制他自己的良心才能做得出来。

在《金砖街》（*Brick Lane*，又译《砖块街》）这部电影中，娜兹尼恩［Nazneen，由塔尼斯塔·恰特吉（Tannishtha Chatterjee）饰演］由于内心的恶魔而郁郁寡欢。她努力调和因在孟加拉国成长导致的罪恶感，以及她的宗教信仰和在第二故乡伦敦占主导地位西方文化的冲突。英国文化潮流彻底扫荡了她的孩子们，并且给了她诱惑和机会。她想要在这种文化中看到的其他女人拥有的东西——工作、独立、爱情、自由。她必须在不失去自己珍视的一切（包括她的思想）的情况下在这个新世界建立自己的地位。她的丈夫强烈反对这种占主导地位的文化，如果她不屈从的话她的丈夫就会生气。她能强大到（赢弱到）选择保持孟加拉国的文化标准吗？或者被台阶前的诱惑所压垮？她必须有所付出。

这些就是"易实现的"冲突，因为这些冲突完全在主角的掌控之中。

6.2.2　关系层面(部分可控)

关系冲突是主角在其中能够对事件有强大影响的冲突，因为冲突是在他和跟他有个人关系的某人之间发生。基本的正面冲突可能再次在主角和对抗力量之间发生，但冲突应该被三角化以创造困境，因此，举个例子，采取动作引发跟你男朋友的冲突可能会恶化跟你丈夫之间的关系。同样地，在一个层面发生冲突可能会在另外一个层面产生意外的冲突。我们想服药的体育明星可能会决定服从道德自我（内部冲突），不服用提升体能的违禁药物。他的女朋友可能会不高兴。她可能意外地冲进来咆哮："你这个家伙最好把那些药吃掉，不然我就走了。我不会嫁给一个失败者，我可以改变现状让你成功。"（关系冲突）现在他要怎么做？在《金砖街》中很明显可以看到当娜兹尼恩被要求对与丈夫沙尼［Chanu，萨蒂什·考希克（Satish Kaushik）饰］之间的关系做出抉择，风险很高。如果她的动作是让自己的文化价值观妥协的话，家庭以及整个家庭关系都会陷入混乱。这样会非常精彩地把我们所知的存在于她内心的冲突三角化。如果她在关系冲突中采取内心渴望的动作，她会在内部冲突中让步，反之亦然。她会怎么做呢？

　　这是"部分可控"的冲突，因为主角在冲突中心的关系中有50%的筹码，因此对结果有一定程度的控制能力。

6.2.3　体制层面（少许控制）

　　在个人与超出他们紧密关系的、更大的世界之间也常会发生冲突，更为重要的是，这种冲突超出了个体能够直接影响的范围。你工作的单位或给你亲人看病的医院或许有这种势力。同样地，警察、医生、法官也会有。或更进一步，由税务员、法庭、出版社（有一个跟我关系密切）、足球队、投注站（我觉得另有一个跟我关系密切）或学校做出的决定——任何数量的个人或组织，从你能对他们的动作施加影响力的角度来看，跟你的关系不怎么密切，但从你可能会遭遇的结果来看，他们能给你带来会导致困境和冲突的可怕问题。再一次，我们可以很明显地看出这些因素如何与关系层面及内部层面冲突的因素重合。纳兹尼恩持续与英国文化冲突，英国文化给她提供了机遇但从内心把她撕裂了。她得到了工作（与丈夫的意愿和她的文化要求相违背），这导致了她跟一个后来成为激进组织领导者的青年产生了感情。她跟这个组织的冲突及通过这个组织产生的冲突就是体制冲突的例子，跟她与英国文化和工作场所冲突的例子一样。她能够抵抗这个组织及内心闪现的爱情带来的激情吗？

想想基于主角反抗看不见的组织、残酷固执的组织不公正地伤害他的众多故事：《囚徒》（*The Prisoner*）中藏在后面的当局；《亡命天涯》（*The Fugitive*，又译《绝命追杀令》《逃亡者》）因想证明自己的无辜从FBI手中逃脱；《无路可走》（*No Way Out*）；《昏迷》（*Coma*）；《霹雳钻》（*Marathon Man*，又译《马拉松人》《小人物与大逃犯》）；《谍影重重》（*The Bourne Identity*）。这些故事以及其他很多故事，都利用遥远的制度的残酷力量来提供不知影踪的对抗力量，这使得主角无从交涉。

通常这类冲突的解决来源于主角找到体制留下的细微破绽，而这个细微破绽主角能够把握住；主角对事件的少许控制是有针对性的、需要寻找的、撬得动的并且通常都能够胜出。

6.2.4 外部及巧合(无法控制)

冲突最广泛的层次来自主角无法进行任何控制的因素。简单来讲，这意味着冲击力是通过气候、疾病、意外事件等施加的。它也包括了所有他无法控制但更微妙的事物，例如不相干的人物或实体的行为、撞车或抢劫。在此脑海中要记住的经验法则是因为一些巧合得到解决的故事情节通常无法让人满意。故事情节必须通过正面人物动作来解决，不然你的观众会觉得受骗了，因此要非常谨慎，别让主角无法掌控的随机事物神奇地把事情解决掉。

然而，巧合因素的合理利用实际上也可以做得非常强大，尤其是作为铺垫的一部分。影片《第六感生死恋》（*Meet Joe Black*，又译《第六感生死缘》）让乔·布莱克［Joe Black，布拉德·皮特（Brad Pitt）饰］被车撞倒。车子不知道从哪儿冒出来，完全是意外；事情发生在故事的开端部分，在电影特别强大的、让我们从心底受到震撼的片段中。这个巧合因素是一个强大的、令人难忘的激励事件（虽然影片其余部分让人感到有点羞愧）。《土拨鼠之日》中如果没有那场意外的雪的话一切都不会发生。汤姆·汉克斯主演的《荒岛余生》（*Castaway*）整部影片主要建立在意外的、无法控制的层面上——飞机坠毁，在荒凉的岛屿上求生。全球突然变冷是影片《后天》（*The Day after Tomorrow*）的基础。但是要记住，这些巧合因素不是故事解决的一部分。实际上他们通常是问题产生的原因，对巧合冲突的反应是故事动作的基本驱动力。现在让我们以《玩具总动员》作为各个层面冲突的例子。这是一个非常有意思的故事，有两个原因。

·一是没有坏蛋。冲突的设计一直"戴着脚镣跳舞"：你不能用真正的邪恶力量来吓倒那些5岁以下的小朋友。

·二是冲突在四个层面都有发生。最"经典"的故事中都有各种形式的冲突完美地盘绕其中。《玩具总动员》就是个很好的例子。

你是说"一个故事中包含四个层面的冲突却没有坏蛋"？他们怎么做到的？

问得好！好故事要求有好人和坏蛋。十次中有九次，我们会找个主角并通过和坏蛋的冲突抛给他一些问题、给他设置困境。好人和坏人——最好的儿童片会从"误入歧途"的好人当中创造"坏蛋"，这样他们可以从中吸取教训并抛开"真正的恶人"。再以《欢乐满人间》（Mary Poppins）为例。"坏蛋"来自非常和蔼可亲但误入歧途的父亲——一位忘了如何活在当下、享受人生、享受天伦之乐的银行职员。他跟自己的焦虑相冲突，这个家庭对父亲走动时伴随的训导感到不安。上帝佑护的玛丽·波平斯给我们指引了正确的道路。她在开心、幸福的氛围下管理得更好、更有纪律。

高潮时，孩子们的行为给父亲带来了巨大压力，迫使他不得不向职场上的西装革履的同事们解释自己，他展现了铁一般的专业素养，不然他会失去银行里宝贵的工作。他下定决心，抛开无聊的银行家的职责，跳着舞去和孩子们在满是烟囱碎屑的大街上放风筝。此后他们生活得很幸福。这设计非常聪明！父亲绝不是一个真正的坏蛋——他是一个迷途的好人——但他完美满足了故事对抗的需求，直到人物得到了优秀的成长和学习，让他对生活意义有了新的认识，然后故事结束（影片没有表现之后的房屋被收回、婚姻破裂然后开始酗酒，也没有表现父亲变成一个无家可归的吸毒者，无所事事地喝着啤酒游荡在大街上，但已经够了。这是一部儿童片）。

接下来还是回到《玩具总动员》。

6.2.5　《玩具总动员》——关系冲突

在《玩具总动员》中主要的冲突发生在伍迪和巴兹光年的关系层面上。巴兹光年是个现代的、有吸引力的玩具。他出现在场面中立马带来了冲突，因为伍迪想保持作为众多玩具领导者以及安迪最爱的地位，而其他所有人突然间都崇拜巴兹及他的电子小玩意。关键问题提出来了：巴兹会不会取代伍迪的地位？伍迪处于压力之下。他们的关系就像两个孩子之间的关系——爱争论，好斗，充满了明显的关系冲突。孩子们和父母们会喜欢吗？当然。

6.2.6　《玩具总动员》——内部冲突

伍迪和巴兹有内部冲突。伍迪没有安全感，不顾一切地去维系安迪最喜欢的玩具以及玩具领导者的地位，他在考虑打破自己的道德准则并"成为坏蛋"来改变现状。故事把我们带入第二幕的转折点处，安迪和他的妈妈外出。妈妈嘱咐安迪"只带一件玩具"。安迪来到楼上，伍迪只有很短暂的时间采取行动确保自己被选中（压力之下他不得不做出选择）。他也不想做违反道德的事（内部冲突）但难以抵抗。他要"意外地"把巴兹推到桌子后面，让安迪找不到巴兹，从而带上伍迪。这条计策出了差错。巴兹没有掉到桌子后面，而是被推到了窗户外面，从20英尺的高度掉落到地面然后消失了。其他玩具看到发生的事情，突然之间伍迪不仅失去了"安迪最爱"的地位，而且还受到了自己的伙伴们的指责和不信任。他的朋友们现在不但不尊他为领导者，反而认为他是凶手。伍迪同时面对着内部冲突和关系冲突。压力之下他采取动作进行补救，但没有用——这使得他的生活实际上变得更困难了。这是使《玩具总动员》从第一幕的铺垫进入第二幕的激励事件。

巴兹也有错觉形式的内部冲突。他认为自己是真正的太空骑警，不理会伍迪揭露他只是个玩具，他的错觉驱动事件往前发展。实际上，他的错觉给了自己信心和优越感、存在的理由、采取果断动作的动机以及领导者的气质［由人物（性格）驱动的动作］。当他开始意识到自己可能只是个玩具的时候（内部）冲突就起来了。随着他精神跟现实情形的斗争，他的整个世界开始崩塌。他的领导力和自信心的崩溃对伍迪来说完全不是时候，因为伍迪现在需要他的那些能力来使他们脱困。巴兹向内部冲突投降对伍迪全力应对的体制冲突［逃离悉德（Syd）的房子］有重要的、负面的且出人意料的影响。突然间，伍迪逃不了了——不止于此，他还得背着巴兹，因为巴兹现在意识到了自己只是个玩具，从而导致信心崩溃。

6.2.7　《玩具总动员》——体制冲突

在体制的层面，伍迪和巴兹是渴望被人类世界所接纳的玩具，因此体制冲突对编剧来说是极为丰富的素材。玩具们发现他们自己面临各种势力，他们对其几乎没有控制力，这要求他们在压力之下做出正确的选择。例如悉德和他的狗；车辆；安迪和他的朋友们——实际上还包括所有人类；门和机器；悉德房间里的另一帮玩具等。

6.2.8　《玩具总动员》——外部冲突

在巧合层面，也有大冲突。伍迪和巴兹迷失在更大的世界里，他们想找到回到安迪家的路，跟地理位置这个大问题在斗争。即使他们发现自己被关在了邻居家的房子里，他们还是要克服巨大的不可控的因素来达到回家的目的。安迪的生日宴会是个巧合因素［实际上，这是冲突以巴兹（错觉）形式首先出现的原因］，搬家也是如此（把他们置于时间倒计时的冲突中——这也是他们控制不了的），安迪去披萨行星（Pizza Planet）也是如此（记住这些是巧合因素——即使在安迪的世界是可控的，但在伍迪的故事里仍然是不可控的）。搬家给高潮提供了关键的元素。就在他们即将回到家中的时候，他们发现"家"变成了搬家货车的形式在移动。看起来好像他们所有超人式的努力又再一次受到了阻碍，因为他们努力想回去的地方已经不再是原来的家。他们不得不让自己再次振作起来做更大的努力，来克服阻挡他们的问题。这次"回家的努力"不是主要的故事元素，但主导了第二幕。这样处理有时是很聪明的，因为所有孩子们都会认为"坏蛋"应该迷失并且找不到回家之路，但是在这里并不是真正意义上的"坏蛋"。

即使天气的因素也卷入进来了——雷雨导致悉德延迟炸掉巴兹，给伍迪和巴兹留下了整个晚上的时间采取危险的自我拯救行动。还有一阵极不凑巧的风（有一辆路过的汽车刮起）熄灭了最后一根火柴——这根马上可以拯救他们的火柴。

最后，正面主角的努力完美地解决了所有的冲突。伍迪没有被巴兹所取代，但伍迪没有因他恶劣的行为而得到回报——当他成为忠诚的好朋友时得到了回报——一种强烈的道德信息无形地驱动了人物成长，也因而驱动了整个故事的发展，并给故事带来了巨大的三维空间。巴兹不再失望。他接受了当一个玩具并认同了作为一个玩具的价值，不再妄想，这促进了重要的人物成长，并塑造了极有价值的道德修养。回家的目标成功地完成了，但看看这是如何完成的吧。伍迪和巴兹一直有冲突——尤其是自我中心的冲突，他们企图通过支配对方的自私方式解决——他们不能如愿。只有他们开始作为一个团队一起努力，才能获得胜利。他们的行为曾经像个坏蛋，一旦他们克服自己自私自利的一面，就会精彩地胜出。通过《玩具总动员》的主题可以再一次学到极有价值的课程——人生经验教训：安于自身身份，合作胜于自私。

在之前我们关于"心理学和故事"讨论的语境中，值得注意的是，我们所说的所有的坏蛋都是本我主导、自私自利的，由无情的自我扩张所驱动，侵害到更广泛的社会的利益。所有的好人都是无私的，为道德规则和牺牲小我而奋斗，这有助于所有人提升需求层次。在《玩具总动员》中，伍迪和巴兹在从自私成长为合作时"学习"（隐含着"教育"）了这个教训。当他们自私自利时他们实际上是坏蛋，当他们懂得尊重社会利益的时候这个世界就正常运转了。这里非常聪明地把*典型的本我*作为坏蛋，但将其放入作为好人的人物中，而不是通过人坏蛋来展现。决定能否成为好故事的必要的人物成长就在这里：这对伙伴从自我中心、本我中心发展为合作和慷慨无私。

6.3 实际应用

总而言之，找到与观众们有联系的简单冲突，然后在可能的情况下，把简单的冲突跟其他故事事件交织起来使之更为复杂，然后尽可能多地将其三角化，在合适的地方给你的主角创造困境、采取行动的机会、罪恶的选择（或与其对立的善良的选择）。当主角采取动作解决冲突时应该带来意料之外的结果——既不是观众预期的结果，也不是主角计划达到的结果——一般来讲，还是一个使生活更为艰难的结果，或者至少是意料不到的结果。你的思考要超出直觉的第一个创意。进入脑海的第一个创意可能是完美的答案，但也同样可能是你能够超越的陈腔滥调，再次超越可能会带来某些真正创新的、原创的东西。这样交替可以给你的故事带来全新的可能性。

如果故事比较短，或者你觉得故事缺乏冲突，或者你需要使冲突三角化的其他情节线索，那就在所有四个层面寻找利用故事血肉的方法。任找一个事件，想想如何能够发展出不同类型的冲突。例如，《玩具总动员》中像"去披萨行星"这样简单的段落也可以从任一冲突角度来看。这对伍迪来说是外部冲突，他只能去那里，没有其他选择。而对安迪来说，这是部分可控的（如果他不愿意去，他就会跟妈妈在此事上产生关系冲突）。而对安迪妈妈来说是完全可控的。如果她不想去，她会在信心的层面上产生内部冲突——假如她经济条件不许可，那么她是屈服于儿子的压力去披萨行星让他开心，还是按自己的意愿行事？给披萨行星创造体制冲突，我们可以设计为上次他们已经被禁止去那里了，但无论如何还是决定要去并想办法溜进去。已经到场的悉德带来了额外的关系冲突。通过在不同层次上雕琢冲突可能性可以很容易地找到可能的因素。

可见要注意"可能在哪里""可以""一般地"这些词汇的运用。不是每个冲突都可以被三角化或写得精彩复杂。不是每个结果都能够出人意料地、自然而然地让生活变得更艰难。这些事情不要强来——寻找机会，但这些都不是"规则"。别让你的故事拘泥于形式、硬生生地塞进这些东西。利用关于这些元素的知识来寻找机会、把情节和陪衬情节的事件穿插起来，让你的创造性思维集中起来并给思想提供精神食粮，你会知道什么时候恰到火候的。

6.4　反面角色

如果说有一件事是编剧新手特别容易犯的错误，那就是故事中的反面角色塑造。为什么？因为我们是好人。我们从来没有杀过人，也不是强奸犯，也没有全球称霸，也不是政治阴谋家，也不是喜欢指使人的精神病患者，也不是我们所写的其他任何种类的恶魔。我要再深入一步：作为编剧，我们可能比一般人更加温和、敏感，甚至更加无法处理对抗。我们在生活中不喜欢恶魔，因此即使是虚构故事，我们也会本能地想让好人脱离悲伤，让坏人陷入困境。我们被教育发自内心地写作，因此我们这么做了。结果是从第一页开始，我们就让坏蛋丧失其成功所需的氧气……在观众们的眼里我们的剧本马上就可以扔到垃圾箱里了，因为反面角色的力量降为零了。

除非你让自己受苦，否则在你的故事中公平地对待坏蛋并不是很轻松就能实现的，比起那些能够代入到坏蛋的角色中并且把作品中的痛苦带到生活中来的编剧，你需要十倍的努力。因此你必须用尽所有的能量和想象力让反面角色的力量令人信服，让坏蛋真正地坏起来。在你纯洁内心的某处有个小黑点。如果你的生活换种方式你可能是个混蛋，要跟这个小黑点联系上。你充满愤怒，你猜疑嫉妒。你不想承认，但你已经在做手脚了。你已经觉得憎恶了。你知道如果在最秘密、最黑暗的时刻，自己可能会干掉某人。试试用自己的性格吓吓自己。他们都会在细微之处反映出你自己，因此你必须跟你的潜意识作战，你让好人有多正直，就要愉快地给潜意识灌输同样的邪恶。如果不这么做的话，故事就会很虚弱。

为什么要让自己经受这些？

要这么想：如果你戴上其他帽子——电影院中观众的帽子——我们渴望看到坏蛋的逼近。这是我们在真实世界中极力避免的经历，但影院能够让我们如此接近坏蛋，我们能够闻到邪恶的气息，由于这种经历你会觉得紧张、激动。但只有在编剧正确地完成了他的本职工作的情况下才会有此体验。

如果你努力成为邪恶的自己，看看从主角的视角（Viewpoint）给了自己什么样的工作。主角的英勇程度只能和打败坏蛋所需的努力差不多，因此你必须赋予坏蛋力量使其显得无懈可击，甚至你还要让坏蛋更加强大——看上去明显是不可战胜的——还要把好人的力量降到看上去不可能战胜坏蛋为止。这样，你的主角才能够赢得相当漂亮、特殊——我先看看他怎么赢得这么漂亮。

每位电影观众从他们看到海报的那一刻开始就知道谁会赢谁会输。他们都看了很多电影，坐在观众席上心底里信心满满，知道电影结局对主角有利。在电影院里当故事情节让我的孩子们有点紧张时，我会悄声对他们说一切都会好起来的。我跟他们保证最后好人会赢，我总是对的。作为一个编剧，你的工作是让我感到不安，让我担心你紧接着会传达令人吃惊的情节，并且担心我对自己的孩子们撒了谎，因为有可能——只是有可能——这一次好人最终没有成功。这完全依靠于你创造强大、可信、有说服力且几乎无懈可击的对抗力量。

第七章　对白

　　小说中的对白跟视觉媒体中的对白不同，影响力更大。以菲利普·K.迪克的小说为例，我们看到作者带我们进入人物的内心，使我们不用去深挖潜台词就可以对他所思所想和传达的话语和行为进行比较。换句话说，小说中的对白通常代表着特权认知差异，因为我们已经知道主角真正的想法了。

　　然而，电影中同样的对白是通过人来传达的，他们真正的思想和感觉是隐藏起来的，就像在真实世界中一样，因此口头所说的对白不能代表真正的想法。观众会自然而然地去寻找传达潜台词真相的视觉线索，因此在电影中对白经常用于误导和在台词、思想和行为间创造对比。这种对比给人物带来了立体的生命，但同时也使台词写作更富技巧性。

　　小说中的对白承载了更大的力量，因为就其本质而言，对白对其他任何写作形式都是平等对待的；我想说的是读者吸收"说"出来的含义，同时也会对伴随着对白的动作和说话方式有着同样的专注力。在视觉媒体中，对白明显地没有视觉信息那么重要，视觉信息跟对白信息相比重要程度的比重约为8:2。

　　有个说法是"动作比话语更响亮"，毫无疑问在剧本写作的语境中确实是这样的。如果某段对白特别重要，你想保证观众们都能够理解，那你要确保说对白时没有发生有趣的动作，不然你要把这个信息重复几遍，或者最好的办法是，找到通过动作传达对白含义的方法。

　　我给你一个通过动作传达对白含义的实例。在影片《回到未来》中，当比夫和他的跟班从餐厅开始追逐马蒂时，马蒂把过路的孩子们的小推车改成了滑板用以逃跑。我跟你赌一杯啤酒你没有注意到逃跑这个动作期间，马蒂绕着广场一圈回到餐厅旁时，餐厅内的人有如下对白。

　　女孩："他脚下踩着什么？"
　　男孩："一块下面有轮子的木板！"

其含义当然很清楚，那实质上是滑板发明的萌芽期，但这两句对白不但对表现这个场景的核心目的来说毫无必要，而且你还注意不到，因为同一时刻有紧张的视觉动作正在进行。

在某种意义上，这好像意味着电影中的对白不重要，但实际上并非如此。当动作留出对白的空间时，意味着对白要经过非常精心的打磨，首先因为这样才可以通过表演传达出正确的潜台词，其次这样才可以让观众注意到对白。如果你为了台词而压抑动作的话，观众会注意到你的对白。在上面提到的段落中还有第三句台词，第三句台词以你能够注意的方式表达出来的。

女孩："他脚下踩着什么？"

男孩："一块下面有轮子的木板！"

罗琳（崇拜地）："他实在太帅了！"

你注意到罗琳的台词的原因是因为在罗琳说台词的时候动作被压制了。而前两句台词是在我们看着比夫开着车追逐踩着滑板的马蒂时低调地传达的。然后画面切到罗琳的特写让她说台词。我们听她说话的同时看着她的脸和表情，我们暂时把激烈的追逐放到一边。成功了，我们听到了她说的话，同时也听到了重要的潜台词，也从他们身上发现了情节点（她开始浪漫地欣赏自己的儿子）。

保证所说的台词能被注意到的其他技巧是让台词有力度，并以让观众等到句子说完才能得到完整信息的方式组合句子。当我们回顾之前的节拍时，我们可以说理想的情况下，每个节拍都应该让观众产生疑问，让观众被每个节拍中意料之外的内容牵着鼻子走，并对结果感到惊讶。所说的句子必须起到节拍这样的作用。把句子里的关键词留到句子的末尾，一直把观众"吊着"，直到结尾。尽量用不寻常的、有意思的台词，使台词更能引人注意。罗琳没有说"哦，我的天哪，我太爱他了"，还有比"我爱你/他/她/它"更老套的台词吗？如果是这种台词的话，就会很乏味，抓不住观众的注意力。所以她没有这么说，她说的是"他实在太帅了"，这台词很棒，短而有力，就所选的单词来看，用得很有意思，但最重要的是，在她说出最后的关键词之前我们不知道她会说什么。"他实在太……"我们会想"什么？他实在太什么？"这个句子结构把我们从视觉拉到台词中，让我们仔细听台词以找到问题的答案——实在太什么？一切都有可能！她说出了最后一个单词，我们听到了，然后回到动作，而我们已经得到了编剧想让我们收到的信息：罗琳迷恋上了马蒂——这是主要陪衬情节中的关键元素，因此导演对这两秒进行了谨慎的处理，以确保观众得到这个重要的信息。

在小说里，我给自己制定的规则是尽可能多地使用对白。这条规则把人物放到对白中，让读者感受到这是人的故事。在电影剧本中，我给自己制定的规则是"对白不一定有必要"。对白是对故事有益的补充，就像背景音乐和声音设计一样，对白能够强化情绪；但一般来讲对白不应该有更高的价值。我不会在做好充分的准备之前进行剧本初稿写作，这样相对容易保证写上去的台词是恰当的。在做好准备之前不要写任何的台词。规则是"秀而不说"，顾名思义就是让人物尽量少说话。当然，人物要说话，甚至相当普遍，但在我赋予他们说话的力量之前，我已经对故事事件非常了解了，因此他们的台词不太可能带来错误的印象。

看看影片《赎罪》的前半部分。这是一个很好的故事，前面五十分钟左右的故事表现堪称完美。这部分都在一个场地（英国乡下的一座宅邸中）拍摄，除了其他方面的优点，前半部分的台词很精彩。很长时间（一个没有台词的段落，整整五分钟甚至更长的时间）都没有一句台词，可以有什么样的台词都是经过仔细推敲的，这样台词用得更加经济，让演员可以不用台词、纯粹通过表演技巧来传达复杂的事件。我们在脑海里阐释每一个运动、每一个面部表情、每一个动作，把故事打造得臻至完美，因为我们把人物理想化成我们想象中的心理意象。对白瞬间表现出了跟我们自己内心设计（一种对我们自己来说很完美的设计）不同的个性深度和作者构思——画面表现出了千言万语，而十个单词就去掉了其中百分之九十的信息，说得越多质量越差。

《赎罪》的前半部分充满了潜台词，树立了电影如何传达故事的一个典范（我总提前半部分是因为影片在第二幕有点迷失了，原著更好些）。一个类似（也许更好）的例子是《老无所依》。注意影片如何在没有台词的情况下形成超凡的张力，然后想想如果这些紧张的、出色的人物非常健谈会多么的糟糕！

安德鲁·斯坦顿（Andrew Stanton）和彼得·道格特（Pete Docter）共同编剧的儿童片《机器人总动员》（*Wall-E*，2008年），在影片前三分之二都没有台词，一个字都没有。很有意思的是，台词一出现，这个精彩的故事就稍稍丢失了一些魔力。

7.1 《普通人》

出类拔萃的影片《普通人》（*Ordinary People*，又译《凡夫俗子》《慈父严母》）是改编自朱迪斯·格斯特（Judith Guest）同名小说的奥斯卡获奖影片——以处于紧张状态的家庭开场。他们都知道原因，而我们观众不知道。即使他们都知道问题所在，他们也都不会公开谈论，形成的张力令人难以承受。当我们发现父母和正在看心理医生的孩子之间存在的问题时，认知差异在三个维度反复被打破。由此我们意识到这个家庭将会对大儿子的死达成共识。我们看到母亲［玛丽·泰勒·摩尔（Mary Tyler Moore）饰］、父亲［唐纳德·萨瑟兰（Donald Sutherland）饰］、二儿子康拉德［Conrad，蒂莫西·赫顿（Timothy Hutton）饰］都从各自的角度以不同的方式对待丧亲之痛。在最后治疗的部分，男孩最终打破认知差异，我们知道了所有事情。随着层层揭露，认知差异终于消解。故事最后我们知道，康拉德，即故事开始时苦苦挣扎的这一位，"病了"的这一位，在影片结尾时是最强大的；而假装一切都很好的母亲，最后离开了丈夫。正是"病了"的、常在看病的这一位（想做点事情的这一位）实际上是所有人中最健康的。他已经学习了、变化了、成长了。把一切都装到瓶子里继续坚持的那些人有着最严重的、长期的问题。㉒

7.2 人物成长和学习

之前我们已经几次提到人物成长和学习了，但没有深入探讨。伟大故事最重要的三个因素之一是人物贯穿故事的、清晰的渐进式成长。作为故事讲述的结果，你故事中的某个人物必须在某处变化和成长，就像《普通人》中的儿子康拉德一样，就像《圣诞颂歌》中的吝啬鬼一样，就像《土拨鼠之日》中的菲尔一样，就像《玩具总动员》中的巴兹和伍迪一样。理想状态下，大多数主要人物都有自己的故事，你可以想象出他们各自与众不同的故事，但只要某个人物明显地学到了东西，那么观

㉒ 在被维京出版公司（Viking Press）看中之前，《普通人》曾被多家出版社拒绝。其中一封拒绝信上写到朱迪斯·格斯特的"写作水平难以引起读者的兴趣"。然后这本书卖了50万册，同名电影获得包括奥斯卡最佳影片在内的多个奖项。这是成为编剧/作家路上可能面临的东西。即使最伟大的作家也会被拒绝，你要保持信心，不要退却。

众也会跟他们一起学习，这样故事才会令人满意。当我们谈及所有好故事之下的原则时，这条肯定是其中之一：成功的故事中至少一个人物学到了人生的经验教训。

在《玩具总动员》中，伍迪和巴兹在变化和成长之前什么也干不了。他们无法实现目标，直到他们学会携手合作。他们从自私到合作的变化是很明显的人物成长，使得该故事成为好故事。当然，在《玩具总动员3》中，大家的眼睛都湿润了，因为所有人物已经往前推进了12年，现在是变化、成长到一个全新阶段的时候了。所有人都是如此。安迪离开了妈妈的看护去上大学了，妈妈进入到孩子不在家的新阶段，玩具们从被孩子拥有过渡到……谁知道哪里？垃圾堆？捐赠箱？阁楼？是安迪真正决定了故事中的成长关键。一开始他想把玩具们放在阁楼里，但他克服了自己的多愁善感，意识到这些玩具最好送给其他小孩玩。

《回到未来》中谁会学到人生的经验教训呢？如前所述，人物被典型化了，在他们的模式化类型中表现得中规中矩。实际上，他们看上去没有特别明确的变化或成长。比夫是个恶棍。不管给他设计什么样的情节，他都会将其打上恶棍的标签。同样地，罗琳是"待嫁"的女孩。每次她出现在银幕上，她让所有事件都带上浪漫的视角并且让人心跳加速。布朗博士是一个"疯狂的发明家"。每次他出现，都处于疯狂的、头发凌乱的发明家模式。故事讲述过程中以上这些人物没有一个有明显的变化或成长。即使故事的主角马蒂也没有变化或成长。他仍然只是个普通的小伙子——代表我们观众的、非常丰满的个体，带领我们走完故事之旅。[23]

但是，有一个很明显的例外。在故事的绝大部分时间里，乔治·麦克弗莱都被塑造成懦弱和自卑的人。也就是说，这是我们得到的印象，除非他被推到极限。时穷节乃现，真正的人物（性格）在重压之下出现，当他忍无可忍时，他战胜了恶棍比夫，在学校停车场里用一记左勾拳把比夫放倒了。这个事件中，他突破了自己的模式化形象，以戏剧性的方式变化和成长，使他自己和他的家庭在马斯洛的需求层次中得到了跃升。乔治是影片《回到未来》中成长变化并学到人生经验教训的人物。《回到未来》是个真正伟大的故事，在故事的伟大中乔治的人物

---

[23] 在这方面，约翰·苏利文认为："我努力让一个人物代表观众。他是问观众之想问的人，跟观众一起疑惑、受到启发的人。谈到《回到未来》——这是主角代表观众、带领我们走完整个故事历程、回答他人问题的最典型的例子。"

成长是关键因素之一。乔治是不是主角其实不重要，只要有人变化和成长，故事就可让人满意。

7.3 关于情节和人物的几点说明

关键点：首先，故事都是关于**人物动作**的事情。不管你喜不喜欢，人物在重压之下对处境的反应同时确定了人物（性格）和情节。因此要保证所发生的事情都要跟主角有关，让人物对事件的所有反应都有助于他向着目标前进。

其次，对于我们想要避免的陈腔滥调，实际上大多数好人都有一定程度老套的表现。这是因为我们只是讲述对故事有重要作用的事件，因此我们只会界定能够从人物中提取的重要的人物性格和情节。

如果你对《回到未来》进行分析，就会发现故事中的人物几乎都有点滑稽地套在这些套路中。懦弱的书呆子；无可救药的花痴；恶棍；发明家——他们一刻都没有脱离人物（性格）。但这是"协议"的一部分：作为故事的消费者，我们明白他们所做、所感受的其他事情——因为那些事情不相干，所以无须讲述。一个懦弱的书呆子在数学课的某个时间点上会变得非常强大、非常自信——在其科幻小说《利益集团》中。无可救药的花痴仍然在学习，除了男孩和婚姻之外还有个人的野心，但这些事情跟故事发展无关，因此人物只有跟驱动故事发展相关的人生经历才会表现出来，因此自然而然地这些人物会显得有点典型化，甚至有点套路化。写作过程中不要为此担心。个性鲜明的人物能够更容易、更自然地推动故事发展，只要你的人物面对冲突的压力、被要求做选择时能够真正表现出其个性，他们以"典型"方式回应也仍然是逼真的。原型和套路及模式化都不一样，我们最好能够区分清楚。

7.4 模板和原型

套路会给我们带来可预期的、让人厌烦的东西，带来我们以前都见过的东西。模式化给我们带来对真相的夸张描述。例如，"所有足球球迷都是小流氓"——我们能够将其想象出来，不是吗？平头、文身，靴子中插把刀，在足球场上寻衅滋事。但每次我来到足球场都没有见过这样的人。他们并不一定真正存在，但我们都会带着这种想象，将其认作模板。甚至那些参与暴力活动的人看起来都不是那个样子，大多数足球球迷都是像你我这样正常的人，跟那种夸张的形象相差了十万八千里。这是模式化，跟原型不同，模板跟这个类型的人物几乎都不一样。

原型是潜在的模型，是这个类型所有成员的根本。如果你拍一部跟足球流氓有关的电影，他在周六给这个世界带来一场暴力，没有多少人能够理解他的故事。然而，如果故事添加了跟我们共通的、触动其生活方式的因素——孤独、不自信、缺乏家长关爱、某个群体的需求——这些是普遍因素，通过这些因素我们能够理解这个人物及其动作。

我最近看了迪斯尼皮克斯动画工作室的影片《飞屋环游记》［*Up*，彼特·道格特、鲍勃·彼德森（Bob Peterson）编剧，2009年出品］。多么精彩的故事。表面上，这是个儿童故事，讲的是年老的弗雷德里克森［Fredrikkson，由爱德华·阿斯纳（Ed Adner）配音］先生和他不喜欢的8岁的累赘［罗塞尔（Russell），由乔丹·长井（Jordan Nagai）配音］之间的故事，这带来了关键问题：他们能够成功地把弗雷德里克森的飞屋降落在南美洲的"仙境瀑布"上吗？但实际上，这个精彩的故事讲的是因妻子逝去而来的孤独，讲的是未兑现的承诺和未实现的梦想，讲的是生命与死亡、希望和恐惧。这些都是人类基本的价值观，都是原型。你不需要有个孩子才和他一起喜欢这个故事。我现在向你隆重推荐此片，这部影片是故事讲述极为优秀的例子。

7.5　创造性的约束

在本书前面内容中，我们曾谈及结构性的限制如何迫使作者想出在强加的限制里写作、如何使其成为正面力量的绝妙方法。还有以相同方式起作用的其他类型的限制也值得一提，从编剧如何迅速地让一个新创意落地生根开始。我把这个内容放在"情节和人物"这部分里，因为我们关于事件和人物特征的第一个创意通常都不是最好的。

实际上，我制定了一个规则：绝对不要向创意的第一缕阳光挥手。很可能那只是对提供火花的环境的条件反射。我强调要努力重新考虑这个创意，然后再三考虑：首先，确保给予每一事物以充分的时间和努力；其次，保证自己没有提出老套的东西或下意识地重复他人作品。也有可能我的第一个创意是最合适的，但这种情况很少出现。第一个创意只是个平台，不要让自己仅仅满足于第一个创意，要让自己在此基础上进一步完善，拿出更好的东西。

其他形式的限制同样也是有益的。我现在给一个音乐作品写故事，有一点非常非常明确：故事一定要强大。大多数音乐剧，尤其是歌剧，在故事层面都是令人费解的；在你了解故事发展之前，你必须先购买并阅读原作（我最近看了《胡桃夹子组曲》。音乐很棒，芭蕾舞跳得也很棒，但即使看过表演、读过原著，我还是不知道故事讲的是什么）。当然，施加在音乐剧编剧身上的限制显然更大。故事必须完全通过歌曲（甚至舞蹈）来传达，在歌剧中只能由大人高声呼喊。其实一首歌曲只能呈现简单的情绪，而不是复杂的台词，潜台词的表达更是难上不止十倍，因此作为编剧我身上有很大的限制。然后还有"跟音乐家相互配合"的限制。他们有自己新创作的、热爱的歌曲，他们不惜一切代价想把这些歌曲塞进去。因而他们经常会来拜访我，激动地告诉我："我们有很棒的歌曲！故事中我们要有一个七岁的小女孩。现在她迷失了，一个人在雪地中。"

我告诉他们故事已经在没有迷失的、头顶积雪的小女孩的情况下接近完成了。现在已经没有空间了，再要改变并强加一个人物进去是不可能的了。他们有情绪了，接着制片部门告诉我这首歌曲很优秀，我必须在本周结束时把七岁的小女孩加到故事里，让她头顶着积雪。我回家后仔细思考，你猜怎么着？找到方法了——女主角闪回到恐怖的童年，回忆起她被遗弃的时候，在空旷的、铺满干冰的、下着雪的、梦幻般的舞台上，唱着这首歌曲。非常棒！最终我打开了人物，强化了故事，加入了可爱的孩子，给这首新歌曲增加了强烈的情感渲染，所有人都被感动得热泪盈眶。加在我身上的创造性限制逼出了新的、绝妙的创意，如果没有这些限制我绝对想不出来。

个人时间

最重要、最难处理的其他形式的限制是**个人时间限制**。我见过的绝大多数有抱负的作者/编剧都会年复一年地雕琢他们的作品，结果什么也没有完成。由于故事没有规定的完成时间，作者/编剧的大脑又总能够找到"改进、完善"的地方，因此总是围着故事跳舞。我跟其他人一样对故事进行了过度的修改。在作品不够完美或者担心人们不喜欢的情况下，年复一年只是作为"一个作者/编剧"但不发表任何作品会安全得多。自从我给自己设定期限，我的产量增加了四倍。当你知道作品的出版日期，当发行已经提上日程，当戏剧"首演"的日期已经确定，当电影拍摄期已经确定，这些事情会让你聚精会神；如果有了上述期限，你会变得更为娴熟，而不会以虚构的完美为目标。

威利·罗素告诉我没有确定期限的话他什么都完不成。他收了佣金，然后拿不出任何自己觉得能够让人信服的东西。然后期限快到了，他希望自己没有接过这个活。由于时间太紧，他找到了老板想把钱还给他们，但他们朝他晃了晃合同，告诉他最好继续把作品完成。无法可想的情况下，他只能流汗流泪，他开始写作，在紧迫的截止期限的压力下，最强大的、紧张的剧本开始成型。作品走上了舞台，大受欢迎，被认为是一部杰作，同时威利在黑暗的房间里颤抖、流汗，对自己喃喃自语"绝对不干了……"

所有成功的作者/编剧都告诉过我在他们最好的作品背后都有相似的动态。紧迫的截止期限逼出了好的作品。非职业的作者觉得自己有特权，可以花很多年的时间来完成作品，但其实不是这样。最终的作品——如果能够完成的话——会缺乏即时性。问题是：如果没有真正的期限的话，你如何给自己强加一个假的期限呢？我的答案是永远根据学年来创作。我给自己设定了具体的任务清单，我必须在学校假期之前完成。一旦学期结束，我不允许自己在学校放假期间写作（我只允许自己做下一学期的计划，并且深入思考创作思路），因此我努力在强制的假期之前完成工作目标。我知道这仍然只是一只纸老虎，但我发现学年对写作来说是个很好的工作作息时间表，给整个学年强加了很好的纪律。

据传史蒂芬·金每天强迫自己写2000字，星期天、生日、圣诞节——每一天都写2000字。有时候午餐前就完成了2000字，有时候到深夜仍然奋笔写作，但2000字一定完成。所写的2000字可能会被扔掉，也可能是实实在在的金子。这没有关系，重要的是他制定了每天2000字的规则。我保证你每天写的内容只要达到他的四分之一，你的写作质量和效率都会戏剧性地提升，同时你成功的机会也会大大提升。

如果某人只是投机地写作，没有期限，那就太容易在一些事情上琢磨很多天、很多周、很多个月……这是上述内容中的重点；期限和限制对你来说绝对有用。去制定期限和限制，给自己强加尽可能严格的期限。你会看到你的写作水平快速上升。解构你的故事，解构你的写作习惯。解构是个好东西。

故事没有终点线，因此不要以完美故事为目标。但故事有底线，要努力超过它。

7.6 类型和主题

在更广泛的术语中，有两种其他因素会给故事写作的创造性强加限制：类型和主题。

类型即故事的类型——喜剧片（Comedy）、科幻片（Science Fiction）、恐怖片（Thriller）、西部片（Cowboy）、悬疑片（Mystery）等。在电影工业领域完整的类型定义会界定**目标观众（Target Audience）、格式（Format）、背景（Setting）、气氛（Mood）**。例如，《歌舞青春》（*High School Musical*）是一部家庭电影（Family film）（目标观众）。该片是音乐片（Musical）（格式），背景是"当代美国高中"，气氛是"多愁善感、甜蜜的包装；一团糟糕中渗透着美国式的浪漫"。

"气氛"真正地表达了故事的氛围。当你写电影剧本时，你会发现自己有时候要向摄影指导（Director of Photography）描述画面。摄影指导会努力从你这里提取出气氛，这样他可以布光并营造出影片该有的视觉感受。《歌舞青春》是明亮的、乐观的。摄影指导选择在加利福尼亚富裕的邻居家拍摄，打着明亮的光线和有点饱和的色彩。《指环王》（*Lord of the Rings*）是黑暗的、不祥的。因为这种气氛，所以选择在荒凉的新西兰岩石区以阴郁的光线拍摄。要了解自己作品中的气氛，以便在写作过程中帮助自己选择恰当的名词和形容词。"寒冷"这种词暗示着恐怖片的气氛，"令人毛骨悚然的"意味着惊悚片，"骇人的"意味着悬疑片，"令人不安的"是心理片（Psychological Drama），"提心吊胆的"意味着喜剧片。

按照季节或场地来考虑故事气氛也很有用。例如，影片《未了阴阳情》（*Truly, Madly, Deeply*，又译《真爱，狂爱，深爱》）是在秋天的伦敦汉普斯特德（Hampstead）拍摄的。重要的、阴郁的日子里平凡的维多利亚式房间及变色的叶子营造了金黄色的气氛。想象以电影明星饰演主角也会有所帮助。当人们谈到演员的印象时，实际上指的是气氛。布鲁斯·威利斯（Bruce Willis）把我们放入动作片/悬疑片中。本·斯蒂勒（Ben Stiller）把我们锁定到喜剧上。

主题告诉我们故事的中心思想，是故事涉及的主要情感领域，如接纳、背叛、贪婪、爱、家庭、自由、公平正义、友谊、救赎。主题通常是故事结束后留给我们的总体道德或下意识的弦外之音。《歌舞青春》的主题可以视为教育、成长、关系和友谊，《玩具总动员》的主题是合作和友谊。

你看完电影后常有对生活和人生观的新感觉吗？影片《死亡诗社》（*Dead Poets' Society*）的主题由新任校长约翰·基汀［John Keating，罗宾·威廉姆斯（Robin Williams）饰］在他教导孩子们"抓住今天"时概括出来，并且让同学们站到桌子上"换个角度看待人生"，将主题符号化了。主要情节是学生们想让自己的身份和"自我"一致，他们一方面必须让自己适应独裁体制，另一方面要让自己能够为朋友们所接受，并对自己感到满意。但不论我们在故事中看到什么，我们都要坚定地享受今天的人生，而不是一直计划着可能永远无法实现的伟大的未来。主题不仅封装在整部影片中，而且也常会在故事前面部分的某个象征性时刻简洁地体现出来，如《死亡诗社》中学生们站在桌子上的那一刻。

一个紧凑的故事可能只符合一种类型，但可能有多个主题。类型和主题很重要，因为这两者设定了观众预期，为编剧设定了人物行为和可接受的动作的界线。如果观众会接受人物的动作，编剧应保持在给定类型的"规则"内。例如，在《哈利·波特》这样的魔幻（Fantasy）类型片中，前所未见的怪物穿过墙壁飘浮在空中，飞来飞去，施展着奇怪的魔法，这是完全可以接受的。然而在西部片中，怪物穿墙而入飞来飞去并把人变成青蛙是行不通的。这完全打破了约定的类型，观众会很不满意。

为你的故事设定类型和主题。现在回到你的故事基线按下面段落填写相应的内容。

故事名称是<故事标题>，这是一部<类型，时间和空间位置，环境，气氛，主题>。

7.7　情节和人物——小结

到目前为止，我们看到了伟大故事的四个要点。

1. 我们要有激励事件和关键问题，导致完美地解决所提出的关键问题的对决。

2. 我们要在故事中不同参与者之间设定认知差异，并将其分布在潜台词中。这些认知差异的存在、深度和广度跟故事的质量直接相关。潜台词越丰富，故事就越好。

3. 我们要有人物冲突，使他们在压力之下做出展现他们真正性格的决定。

4. 我们至少要让一个人物变化和成长起来，让他们通过组成故事的事件学到人生的经验教训。

在以上列表的语境中，用这些术语制定出标准故事结构的经典模式是很有意思的。

一个有着个人问题、烦恼和困难的角色被塑造出来了，他的问题、烦恼和困难导致他行为失常。例如，斯克鲁奇贪婪、悲惨、无情，并且讨厌圣诞节；乔治·麦克弗莱懦弱而自卑；菲尔反社会、自私（这是故事的人物发展线索）。在他们的痛苦和缺陷人格导致的镣铐之间通常会有一定的关联。

关键的戏剧性事件发生了（如斯克鲁奇受到鬼魂的困扰；马蒂被送回到过去；菲尔重复地活在同一天）。这是由**故事事件**驱动的故事，最可能围绕激励事件/关键问题机制建立。

人物对事件的反应由人物的缺陷驱动，因此也是不恰当的。他们企图用不融于社会的方法来解决问题，但只会让他们陷得更深（斯克鲁奇企图欺负鬼魂，然后又企图把穷人的困境归咎于他们自己；菲尔对"重复同一天"的反应是利用他对这一天的了解，甚至变得更加自私、更加反社会；乔治的自卑体现在每个关键点中）。这是由人物对戏剧性事件的反应驱动的故事。

当看上去一切都将失去时，人物面临着最后的取胜机会，如果不能把握就会全盘皆输。但要赢的话，他们必须克服自身的缺陷人格，变得能够融于社会。这是人物最终面对艰难抉择的地方，这种艰难会揭露人物的真正性格。尽管艰难，但还是要做出抉择。他们做出了抉择，此后快乐地生活（斯克鲁奇变得慷慨大方并喜欢圣诞节了；菲尔变得无私了，他利用每日的优势帮助他人；乔治站起来对抗恶棍）。结果由戏剧性事件导致的问题解决了（鬼魂平静地离开了斯克鲁奇；菲尔打破了那一天的循环；马蒂回到了更好的1985年）。人物通过最极端的冲突学习并成长起来，故事则通过人物成长往前推进。

在解决时，世界变化了。人物已经通过学习成长了，作为人物动作的结果，这个世界看起来更加平衡、更加和谐、更加美好了（斯克鲁奇有了朋友，有了欢乐；菲尔有了爱人；乔治完成自我实现，有了更优质的生活方式和家庭）。

　　当然，跟前面所讲的一样，这不是成功的公式，但我们可以很有意思地看到，有许多故事遵从了这些原则、模式，展现了情节事件和人物事件之间的关系。

第四篇

故事创作过程

写作很容易。你要做的只是盯着一张白纸，直到眼睛盯出血。

——吉恩·福勒（Gene Fowler，1890—1960）

第八章　故事的种子

所有故事开始时都是一样的——都起源于一个基本的创意。这个起点和最初你觉得这个创意有意思的原因是很重要的，因为在你深入故事、觉得自己只见树木不见森林（只看得到细节而看不到整体）时，想想故事初衷及核心问题常常会很有用。这是我们要建立故事基线的原因。它会给我们一个基本框架，当我们继续往基线上加东西、完善基线时，我们要提醒自己记住故事的根源和核心价值，让自己走在正道上。

鲍勃·盖尔说《回到未来》始于下面这个简单的创意。

小伙回到过去，见到年轻时的父母，但母亲爱上了他。

就是这样。一句话，21个字，但已经很有趣了。你可以想象自己成为电影公司执行官，伸手拿支票本同时说"告诉我多一点"。值得作为一个原则记住的是，即使在写作早期阶段、在这种极为精简的形式中，优秀的故事也有可能泄露出强大的力量。电影公司喜欢"高概念"（High Concept）的故事，也就是说，能够用一两句话概括清楚并显示出成功的迹象。不只是因为它有成为好故事的迹象，还有——在他们看来更为重要的是——这也是市场发行定位清晰且容易的迹象。当一个创意在一个段落中就显示出力量时，编剧一般就会知道自己找到了炙手可热的东西，我们的生活就是为了搜寻这些金块。我觉得很有意思，即使在这种高概念形式中，《回到未来》的创意也展现了我们到目前研究过的所有三个方面的核心价值观。

· 引发有趣冲突的人物。

· 戏剧性的故事事件。

· 潜台词。

一旦我们有了个创意，其挑战就在于采取恰当的步骤把这个简单的设定培育成完全成熟的故事，且不丢失赋予这个设定潜在力量的心跳。我们如何捕捉那种力量？我们怎么做才能把这个设定往前推进？

故事是关于那些可爱的认知差异的事情。如我们所知，伟大的故事总会在所有故事参与者之间有相应的认知差异——主角、反面主角、其他角色、作者、观众——包括所有参与者。好故事中的任何一个时刻，每个参与者都会比其他参与者多知道一些或者少知道一些。在故事诞生时，其发展过程就是展开和界定最长故事曲线的主要认知差异的过程。

下面是鲍勃·盖尔关于《回到未来》早期创作阶段不得不说的内容。注意有多少他讲到的内容变成了提问或创造、填补认知差异。

跟所有编剧一样，罗伯特·泽米吉斯和我也是从一个创意开始的，我们的创意是这样的：小伙回到过去，见到年轻时的父母，但母亲爱上了他。

就是这样。这个创意，这个起点。我们开始"审问"这个设定，看看它必须表现什么。例如，从这个设定中立马挑出一些明显的东西：一些人物，一些必需的场面（不可避免的事件），以及更多的问题。

首先，我们知道必须有三个人物——一个小伙子，还有他的父母。从这个设定中我们可以推断出这几个人物的哪些东西？嗯，如果他的母亲会爱上儿子而不是父亲的话，我们知道这个母亲正在找男朋友。我们也知道这个小伙子必须有跟父亲不同的特质，这样这个母亲才会觉得有吸引力。因此我们设想如果父亲没有父亲的样、不是父亲告诉孩子如何为人处世，而是倒过来，会是什么情况？别忘了，1955年，他的父亲只是个孩子。为什么他会有父亲的样？来自1985年的马蒂可能更有生存能力，是强者，而他的父亲是自卑的，他从孩子身上学习。很棒！因此，乔治·麦克弗莱这个人物有了初步的形象（懦弱、自卑）；他未来儿子的形象也出来了，马蒂（聪明、生存能力强）；然后是母亲罗琳（浪漫、期待结婚）。

其次，很多很多问题自然而然地从这个设定中跳了出来。他怎么进行时间旅行的？他为什么要进行时间旅行？是有意为之还是纯属意外？他最后回家了吗？在父母那个年代小伙子会干什么？有什么样的危险？他母亲爱上他之后发生了什么？

如果你任选这些问题中的一个，深入挖掘，你会得到更多的人物，更多的事件，更多的行为，更多的问题以及更多的答案。以第一个问题为例。他怎么进行时间旅行的？答：可能要有一台时间机器。那时间机器由什么构成？来自哪里？谁建造了时间机器？看上去是什么样子？可能是某个公司造的。那为什么要造呢？可能是政府的资产，可能是小伙子偷的，可能是某个疯狂的发明家的杰作，成功啦！我们知道这是正确的答案，布朗博士就此诞生——我们的第四个人物——一个头发凌乱的发明家。

怎么样、什么、在哪里、为什么……每拿出一个答案，都有助于构造故事。因此，举个例子，我们问自己，小伙子在父母的年代会做什么？如果他在那时发明摇滚会不会很棒？这对故事来说有什么作用？嗯，这会设定时间表——意味着他必须回到1955年左右，这也意味着那个年代的气氛、文化、态度被带入到故事中。还意味着铺垫部分马蒂要展露出自己的音乐才能，因此他在1985年的乐队出现了，他弹吉他的才能和音乐抱负也出现了。这些都要在铺垫阶段有恰当的表现。

同样地，我们还想为什么马蒂不能发明滑板？我们决定让马蒂在1955年发明滑板，因此我们要在1985年的铺垫部分设定他为滑板爱好者。你可以看到这两个小例子中，马蒂的人物（性格）自己就浮现出来了——他将成为乐队里的吉他手，他还是个滑板爱好者——这也影响到了他的行为——他参加了"乐队之战"比赛，并在小镇上滑滑板。

我们很早就开始用心考虑结尾了。如果你不知道故事的发展方向，你就无法向着目标前进，因此我们把对设定的"审问"集中到了结尾上。例如，我们一致同意要让他回到1985年，让他回到1985年后比之前离开1985年时的生活状态更好。我们知道这么多。很多时间旅行的故事结束时都是有益的故事：如果你搅乱了时间，一切都会变得很糟糕。我希望我们的故事是正能量的，但要与众不同，因此我们让马蒂不情愿地回到1955年去寻找自我——他从来没想穿越时空——他的根本目标是回到1985年的女朋友和生活中。我们也安排他意外地搅乱了时间，让他发现只有把事物修正之后才能回家。这给我们提供了很好的危险和依赖——主要情节要在次要情节搞定之后才能解决，时钟已经在倒计时了——当然，这是建立张力的经典装备。我们不能让主角简单地回到1985年就算了，还需要某些更高的东西。他必须为了某个戏剧性的目的回去，这是马蒂回到过去之前我们安排布朗博士遇害的原因。在1955年，马蒂意识到他可以回到稍早于1985年的那个时间点，这样他就可以拯救博士的生命，这样故事就突然超越了仅仅回到1985年那样的简单故事。

所有这些情节事件都是通过"审问"故事设定得来，因为一切都可以联系到基础设定上，所以故事保持了它的完整性——它的凝聚力。

因此故事始于简单的设定，这个简单的设定唤起了一些重要问题，这些重要的问题要在故事的主体部分提出并回答。这些问题要由人物及其行为提出并回答，因此这些问题会含蓄地帮你塑造适合这种行为的恰当人物，恰当的行为成为动作。

问题——或认知差异

究其定义，所有问题都是认知差异，但不是所有的认知差异都是问题。即使在早期，我们也可以看出参与者之间几个很好的认知差异给了我们好故事所需的潜台词，但这些不是故事中的人物会提问或回答的。马蒂在1955年的那段时间，我们观众，以及马蒂自己，知道他是来自未来的时间旅行者。其他所有人都不知道，直到年轻的布朗博士发现真相。同时，我们观众以及马蒂，知道乔治和罗琳会爱上对方并结婚。他们都是17岁。他们不知道这点，在故事的大多数时间里如果让他们知道这种事情的话，他们会感到尴尬（乔治）和害怕（罗琳）。规定故事的两个极佳的、深入的、普遍的、持续的认知差异抓住并吸引了我们。但这些都不是问题：没有人问过或者查探过马蒂是不是时间旅行者。这是个认知差异，而不是问题。

关键问题

在设定激发的主要问题中，其中之一有可能是**关键问题**。那个贯穿整个故事曲线来回答的问题，那个不解答观众就觉得故事没有结束的问题。确定关键问题可以让你的故事收尾，因为高潮和解决要回答这个问题。

从以上鲍勃·盖尔的言语中我们可以看出，列出的问题之一是"马蒂能够回到自己的那个年代吗"，这成为《回到未来》的关键问题，为整个故事提供了关键的戏剧性曲线，让我们对高潮和解决有了一个明确的期待。但他们不是从这里开始的。他们从故事设定开始着手。他们设计了故事设定的自然含义。后来，他们会看到一些事件自然而然地要在其他事件之前或之后发生。有些问题比其他问题"更大"。围绕马蒂被送回到过去的事件成了清晰且顺理成章的故事主线，故事主线会提出关键问题，并且成为高潮和解决的驱动器。如果他们选择其他事件贯穿整个故事的话，他们会提出不同的关键问题并写出不同的故事。

　　同时也要注意，基本的故事创作技巧建立在创造性的、富有想象力的过程之上，而不是依赖预先设定的结构或规则。是的，我们用我们的经验帮助大家引导创意能力，从故事设定培育理想故事，当我们选择讲述的事件时，事件当然会给故事带来结构的问题，但我们要让创意引导我们，由此故事会进化成自然要发生的样子。

第九章　段落

随着"审问"故事设定的过程产生了人物和事件、行为和思想，同时还会引发进一步的问题——我们怎么输出？回到鲍勃·盖尔的方法。

当我们喜欢一个答案时我们所做的就是把事件写在索引卡上，然后将索引卡贴在故事"地图"的相应位置上。索引卡上可能会写："马蒂发明了摇滚乐。"这会让我们再写一张索引卡，我们知道这一张要在刚才那张之前。如果马蒂要在1955年上舞台演奏摇滚，我们最好设定他会演奏音乐，因此我们写了另一张索引卡："设定：马蒂会演奏摇滚乐。"我们按时间顺序将其放在写着"马蒂发明了摇滚乐"那张索引卡之前。

故事创作过程

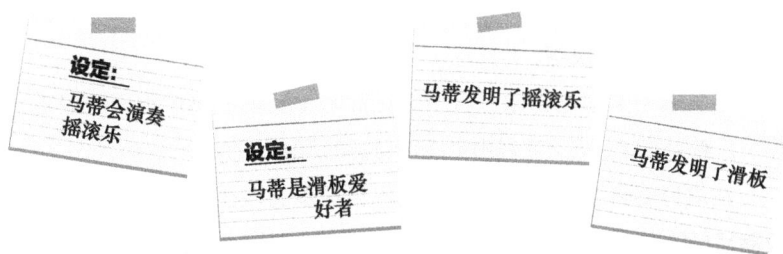

设定：
马蒂会演奏
摇滚乐

设定：
马蒂是滑板爱
好者

马蒂发明了摇滚乐

马蒂发明了滑板

在"审问"故事设定、得到答案的过程中，索引卡越来越多，故事开始呈现在你的眼前。我建议你离开电脑，采取同样的方法。弄一堆空白的索引卡，每张写上场景目标，另一些索引卡确定需要什么东西来帮助事件发生。当你把索引卡铺到地板上时，你可以看到整个故事呈现在你的眼前，这比在电脑屏幕上看强多了。你可以随意地移动索引卡，用你创造性的直觉来感受什么应该放到哪里。

我必须承认，我曾经对抛开电脑使用索引卡工作持怀疑态度，但跟鲍勃会面后我试了试，我不得不说这是非常正确的事情。这样可以让你总览故事全局，而电脑做不到，在做长片剧本时，索引卡好像提供了更为自然、更为直觉化的工作机制。我推荐这种方法。

鲍勃谈及上述方法时说每张索引卡代表一个场景。在本书中我想将其改成每张索引卡代表一个"事件"，因为有些时候一张索引卡代表一个场景，还有很多时候实际上代表的是段落，段落后面会分解成场景。同样值得注意的是，当有三四十张索引卡贴在地板上时，已经足够多了。很多编剧新手觉得可能需要一百个事件，但实际上，有十几张或许就可以代表你的整个故事了。最好是先写出很多索引卡，然后进行筛选，只留下"肉多"的，但最终的故事可能会由略少于三十张索引卡组成。

9.1 酝酿剧本大纲

如果你按部就班地根据本书来写你的故事的话，现在要注意，你还远不能开始写初稿的细节。我们要完成剧本大纲，剧本大纲必须在细节写作之前完成。看这一章时要想着你的创意怎么样转化成强大的故事事件，但还不到展开去写的时候。

我们假定你有一张索引卡上面写着段落目标，如"马蒂被送回到过去"。为了开发这个创意，在索引卡的背面，我们写上一个句子，描述我们如何实现这个段落。

每张索引卡都这么做。索引卡正面写上实现故事的重要"段落目标"，索引卡背面写上实现那个段落目标的可能的方法。

注意只要索引卡正面的段落基本目标没有发生变化，索引卡反面段落目标的实现方法就是变化无穷的。换句话说，如果你不想用建在德罗宁汽车上的时光机把马蒂送回到过去，那你可以把德罗宁汽车换成电冰箱（这可是原创的创意），或者飞马，或者梦境段落，在段落层面对故事的传达绝对没有丝毫影响。这对在较高层面对故事保持控制很有好处，因为在后面涉及细节的部分会变得非常复杂。

如果你能够用连词（如上面例子中的"但是"）在索引卡背后写句子的话，你会让故事有趣得多。如果跟最初方向有不同结果的话，连词传达的含义很可能包含非常重要的转折点，"但是"一般预示着类似的动态。"主角A希望X能够发生，但是Y发生了。"

> 马蒂见到布朗博士在拍摄时间旅行实验的纪录片，但是意外地把自己送回到了过去。

你可能会清晰地看到我们开始把结构加到我们的创意上了，但这并不意味着我们可以停止创意。实际上，我们用心研究段落表达的句子，迫使我们自己尽可能地把创造性和才华都用到创意的实现上是很重要的。你第一个实现某个段落的创意可能不是最好的——可能是从其他故事中得来的条件反射。你的第二个创意可能是跟第一个相反的老套路。可能要动三回或者更多的脑子才能够拿出真正原创的、令人满意的东西，因此花点时间仔细推敲写在索引卡背面的句子。

现在就做。假定索引卡的正面写着"男孩遇到女孩，然后他们在一起了"，至少要想出三个不同的、可以实现那个场景并写在背面的情节。

完成了？注意你的第一个创意如何成为老套的东西。我们大多会想到"男孩遇到女孩"的老套路上，我们会想到搭讪用语、初见时的开场白，这些对话可能出现在酒吧谈话中，或者工作会议时，或者舞池中。这太无聊了，因此如果你想让某个场景换个方向的话，可以跳到反面。你考虑的下一件事情是："我要让他们一开始就吵架或者彼此都讨厌对方。他们起初是争辩，然后发展成吵架，然后升级成……接吻。"这样效果会好些，思路绝对正确，因为通过这次冲突我们让冲突和情感历程从负面转向了正面，但还是有点平庸，这种桥段我们在《老友记》（*Friends*）中每周都可以看到一次。除非你再次思考、再三思考，不然不太可能拿出真正原创的东西。那么接下来往哪个方向走？我的下一个想法会依靠人物：如果男孩很害羞、完全没办法跟女孩相处，怎么办？遇到女同性恋会怎么样？他跟她在一起觉得比较安全，因为他们没有性别的张力，可以像朋友那样相处；没有性关系的危险。她也是这么想的。男人是伙伴，不是爱人，因此他们都能相安无事，各走各的道……
然后他做了或者说了一些愚蠢的、政治立场错误的事。她应该很愤怒，
但她笑了。当我们根据她的人物（性格）有所预期的时候，她却不在
意。哦，我的天哪……我觉得她发现他有魅力了……

　　看看我们离最初的想法有多远吧？从非常老套的情节——酒吧里
"穿上外衣，亲爱的，你得分了"——到原创，过程更有趣，经历了人
物（性格）、冲突到潜台词驱动的三级跳。

9.2　设计场景

　　一旦我们抽出心思去保证我们对段落层面的故事及每一个实现段落
目标的方法感到开心时，我们就可以往前推进了。

　　注意，我们在故事发展的上一项工作结束时，我说过可能你已经准
备好全凭自己源于直觉的讲故事能力简单地实现每个段落。这绝对是合理
的。每个段落都代表着一个独立的故事，每一个段落都是你轻而易举就能
开心地、创造性地完成的短篇作品。如果你是这么想的，那就放手去干
吧。这一章将提出把"段落"小故事进一步分解成更小的"场景"小故事
的方法。如果本章的方法不适合你，你可以用适合你自己的方法。这就是
说，你学习我在这里给出的方法是有价值的，而在未来写作中你可以采纳
它，也可以抛开它。

　　还要注意，每次你选择进入下一层次的细节时，你也同时减少了故
事的弹性。每个层次的细节都会把故事的某一部分钉在相应的位置上，
因此总是——永远——最好在尽可能高的层次解决故事中不如意的东
西。如果现在你就知道故事有问题，就绝不要只是想想"真该死"就放
过问题，然后就进入下一阶段，只是为了觉得自己在前进。对自己严格
一点。把段落研究得更加透彻一点，搞清楚你想怎么实现这些段落。看
看结尾，结尾必须完全正确，不然整个故事就都沦陷了。

　　如果在段落层面已经完善得无法再改进了，那么你就可以前进了。
段落层面的修改即使没有花上你几个月甚至几年的时间，至少也会花上
几个星期的时间。现在的目标是把你的故事以剧本大纲的形式呈现出
来。其方法是对每个段落进行扩展，从几句话扩展成几段话。理论上
讲，每个段落都有自己的开端、发展和结尾，因此每个段落都应该可以
套上全套的故事动态。不一定总是可以，也不一定让人满意，但持续好

多分钟的段落如果没有一个主角、反面主角、段落目标、冲突、高潮、解决和明显的转折点的话，会显得不太正常。

因此我们要对每个段落目标进行扩展。

段落扩展——实例

要开始段落扩展的话，首先你得有一个段落目标。举个例子，如果你的索引卡上写着段落目标是"主角必须找到列文斯通（Livingstone）医生"，你知道或预先确定他必须在组成这个段落的场景中达成这个目标，然后你知道经典的场景结构如下。

1. **场景铺垫（布局）**。段落的铺垫（布局）必须能够引发观众恰当的疑问，如"主角能够找到列文斯通医生吗"。

2. **渐进式纠葛场景**。对抗力量必须清晰地跟主角的目标相对立。在这个场景中，主角寻找列文斯通医生的能力会受到质疑，也许还会失去控制。对抗力量很可能占有优势（因为我们知道最终主角会成功，所以要尽可能让主角看上去成功不了）。

3. **进一步复杂化的场景**。进一步复杂化的场景是个可选项，有必要的话可以有若干个（如果你仔细想想这个问题的话，故事中的一个小时或者第二幕的大部分，都只是在第一幕寻找故事关键问题和第三幕回答关键问题之间进行的渐进式纠葛）。这也是可在其中嵌入或实现为其他段落或情节线索服务的素材的自然空间。

4. **高潮**。最终的对抗发生了。主角胜出，找到了列文斯通医生（从这个角度来说，主角的命运摇摆到了正面）。

5. **解决**。在现在这个点上，我们知道了铺垫部分设定的关键问题的答案，这个世界看起来是什么样子的？事物是怎么发生变化的？如果把目光转向其他情节线索的关键问题，尤其是在主要故事情节线索的层面，暗示了什么内容？（如果他成功找到列文斯通医生，结果在他不知情的主要故事情节线上被大翻转，转到了负面的话，这个场景会非常强大。想想认知差异，想想潜台词。）

现在，这五个场景中的每一个段落目标（即设定和回答关键问题）的实现为的是一件事，但段落目标实现过程中要注意，每个单独的场景也都要承载着力量，也就是说，每个场景本身都要有生命。我们怎么来实现呢？嗯，仔细地、孜孜不倦地推敲**每个场景**，确保每个场景都有一个转折点。换句话说这五个场景中的每一个都要有以下内容。

· 主角。

· 主角的目标。

· 反面角色及/或对抗力量。

· 冲突。对抗力量或反面角色目标跟主角目标直接对立。

· 经过整个场景之后主角命运有了变化，从正面到负面或从负面到正面（即转折点）。

· 潜在的故事进展。

现在我们还是以寻找列文斯通医生中的每个场景为例，故事有可能是这样的：我们假定有个主角强尼（Johnny），他的兄弟罗尼（Ronnie），以及无助的少女康妮（Connie）。我们希望提出的关键问题是：强尼和罗尼会把康妮安全地送回城里的家吗？他们正一起徒步穿过丛林，想实现更大的故事目标——把康妮安全地送回城里。她是有钱人家的孩子，坏人们想绑架她。

场景1

场景铺垫。丛林中露营，三个人在计划第二天的行程，准备回到城里，罗尼阻止康妮继续喝酒。第二天早上，他们醒来后发现康妮觉得身体很不舒服。罗尼装作对这种特殊的丛林疾病有所了解，并对强尼说他必须尽快找到住在丛林山谷里的列文斯通医生，不然康妮会死。强尼当然相信自己的兄弟，跳起来超人一般地跑去找列文斯通医生了。

这个场景有它自己的主角（康妮），她的目标是安全回家。强尼是整个故事的主角，但康妮很明显地成为这个场景的主角，原因如下。

1. 处于危险中的是她的价值。

2. 她是这个场景中跟反面角色冲突的人物。

3. 强尼（电影的主角）仍然全面受到以康妮为中心的动作的影响。

这个场景的反面角色罗尼也有着明确的目标（杀掉康妮），跟康妮的目标（顺利地回到家中）对立，因而存在冲突。我们现在也有潜台词了，因为我们现在意识到罗尼在男主角强尼的背后偷偷进行着一个邪恶的计划（我们观众、反面角色罗尼在这个点上知道的比康妮和强尼都多）。我们也听到罗尼虚情假意地为康妮进行医疗护理以及跟强尼撒谎的话语，因此在这场对话中也会有惯常的潜台词。这个场景有它自己的铺垫、复杂化（纠葛）以及作为段落层面激励事件的转折点，提出了这个段落的关键问题：强尼能够成功地到达列文斯通医生那里吗？大故事包含的关键问题是"康妮能安全地回到城里吗"。这个场景有自己的转折点，因为无助少女的命运从负面（中毒）变为更负面（她的英雄正飞快地跑去找列文斯通医生，把她留在了坏蛋的魔爪中）。这些元素都到位了之后，这个场景可能就是个很好的布局场景。

场景2

强尼刚跑出视线，罗尼就告诉康妮实际上强尼是个坏蛋，想杀她，而他把强尼支开了。她很幸运地被罗尼救下来了。她必须在强尼回来之前尽快跟他走。康妮对罗尼的救命之恩非常感激，同意跟罗尼走。他们带上行李向相反方向朝罗尼的藏身之处走去，罗尼准备在那里执行自己的邪恶计划。

这个场景有它自己的主角康妮，以及她的目标（顺利回家），反面角色罗尼，还有冲突（罗尼的目标跟康妮的目标相反）。对康妮来说事情从糟糕变为极糟糕了。她已经中毒了，她的英雄也离开了；不止如此，而且她现在认为主角是坏蛋，坏蛋反而是好人，还愿意跟坏蛋到他的藏身之处，她即将在坏蛋手中遭受无法言说的痛苦。她不知道观众知道的信息，强尼也不知道，因此故事在潜台词层面自然而然地推进了。又一个好场景！

场景3

主角强尼到了山脚下，河中有鳄鱼，以及一座东倒西歪的桥。这使得他过河非常困难，但他还是成功地过了河，并看到列文斯通医生家的标记。他快速地朝医生家冲过去。

这个场景有它的兴趣点，但感觉不对。为什么？我们看看这个场景是否具备了所需的东西。这个场景有一个主角（强尼），有明确的目标（过河）。反面角色是东倒西歪的桥以及河中的鳄鱼，但它们没有真正地跟主角的目标相对立。鳄鱼看起来很凶猛，但他们是无关痛痒的，因为强尼没有跟他们对抗。桥是有点挑战，但穿过破桥救女孩的性命也不是一个艰难的选择。桥还是好好的，因此这里没有真正的反面角色——实际上，桥帮了主角。看看冲突，桥和鳄鱼没有正面对抗强尼的目标。这是剧作中很典型的疏漏之处，错过了真正冲突中的艰难挑战，这个场景是无效的。我们要对此进行修改，加上更强烈的、更真切的冲突。我们来试试。

强尼来到山下找到已经坍塌的桥。路牌显示下一个过河点在下游25英里（约40.23千米）处。他没有犹豫，他会冒着自己的生命危险去拯救康妮。他脱下鞋子往急流中走去。他没有注意到河对岸的鳄鱼已经悄无声息地滑入了水中……

主角：强尼。目标：过河。反面角色：跟主角目标（过河）对立的鳄鱼和快速流动的河水，因此我们有了冲突。当强尼乐观地来到河边，然后突然发现他的任务看上去不太可能完成时，对他来说重点已经发生了变化。场景中的转折点也很合适——他从有望完成变为不大可能成功。我们知道有鳄鱼存在，这是个特权认知，其中潜台词已经非常明显了。在这个场景中，我也会加上展现坏蛋进程的潜台词，以突出段落和幕层面的潜台词（强尼冒着生命的威胁踏上了毫无希望的营救之旅）。现在这个场景就对了。

场景4

高潮场景。强尼与激流抗争，此时他非常希望小时候学过游泳。即便不太会游泳，他过河并不太困难，直到鳄鱼出现。回去已经来不及了，因此他跟鳄鱼奋勇搏斗，成功到达对岸。他以长焦（Long Focus）和慢动作（Slow Motion）的方式出现在对岸时，已经筋疲力尽了，但他又很性感，因为在和三条鳄鱼搏斗的路上，他的衬衫被撕掉了。而罗尼奸笑着把康妮绑在铁轨上，然后得意地抖动着小胡子。强尼出现了，他找到列文斯通医生，求他去救康妮，列文斯通医生同意了。同时，康妮已经被绑在了铁轨上，城际快车10分钟后就到了……

高潮场景有个明确的主角"强尼"，强尼有个明确的目标"过河"。有跟主角目标明确对立的反面角色目标。他的价值观从开始时的负面转到了解决时（成功过河）无可置疑的成功。在段落层面，他的关键问题得到了回答：强尼能找到列文斯通医生吗？是的，他找到了。再一次，潜台词出现在了罗尼成功地把强尼骗入危险动作的认知中，同时作为坏蛋的罗尼，正顺利地进行着对康妮的卑鄙计划，因此"真正的"故事在潜台词中前进。因此尽管强尼在场景层面获得了明显的成功，但大故事经过这个段落之后从正面转到了负面，坏蛋实际上在这一幕中做得很成功，故事层面的目标——让康妮安全回家也明显地转到了负面。

你很可能会发现有松弛的地方，这种松弛将场景拼接起来对抗明显的段落目标。然后我们检查每个场景，确保其具备实现更高级目标时期望找到的所有元素，并且在发展道路上充分利用、使故事错综复杂。

对这个段落的成功来说绝对关键的是，呈现的表面动作和背景或在潜台词（准确地说是次要情节中的潜台词）中前进的"真实"故事的二元性。我们跟着强尼成功实现找到列文斯通医生的目标。他很勇敢，很有活力，很有进取心，很果断，慢慢实现了着手去做的目标……同时我们知道更大的、更重要的目标——拯救康妮、使其安全回到城里并抓住坏蛋，成功的可能性却越来越低。

从创意和结构之间关系的角度来说，要记住的关键点是场景内的创意必须产生一个转折点。每个场景都是这样。故事时间里接二连三的场景有小场景、中场景和大场景之分，但转折点每个场景都要有。如果你仔细考虑，在讨论结构过程中涉及的所有转折点实际上都是在场景层面实现的，因为故事的传达最终是场景的工作。因此每个场景都必须包含小转折点、中转折点或大转折点，创意面临的挑战是确保场景联系起来组成段落，段落组成幕，幕最终组成故事，一个又一个场景得以实现［当然，如果你是小说家，这也同样适用。请记住，我们只是用了电影中的术语而已。如果你想看到小说"逐个场景地"实现，可以看看迈克尔·克莱顿（Michael Crichton）的任一作品］。

我必须说在这个点上，我用了相当强烈的语言来推动你一定要找出转折点并嵌入到冲突中，以此类推。我之所以这么做，是因为一旦我使其成为可选项，你就有灾难性的机会给自己借口不把自己的故事做到最好。当然，不是所有的故事事件都能够转折，也不是所有故事事件都应该有转折。因此我在这里重申本书不是规则书！记住我说的：如果一个场景效果很好，谁会来管结构怎么样？谁会来管有没有反面角色或冲突？别忘了，当我们观察某个场景效果如何时，我们甚至只是刚开始接触结构而已。如果一个场景很精彩，我们一点都不必关心结构怎么样。因此，如果你觉得你的场景不需要那种推动和动态关系，那就不要勉强。有些场景可能需要先后退一些，然后再回到正常的节奏。

鲍勃·盖尔指出

在写场景时，要问的首要问题是动作是否为整部影片的传达做出自己的贡献。不是所有的场景都要有冲突、反面角色以及转折等等。如果你的故事中所有的场景都承载了那么多的能量，我觉得看起来会很辛苦。规则书告诉你必须具备的那些东西，在

"马蒂发明摇滚乐"那个场景中一个都没有。没有反面角色，没有相关的冲突。这个场景没有传达任何次要情节，甚至主要情节，但这个场景效果好不好？根据旁人告诉我的观点来判断，这是《回到未来》最被认可的、让人印象最深刻的场景。

因此我们回到你的直觉上。我们只是在觉得某个事件有问题、想找到这个事件为什么困扰我们的线索时，考虑到了故事结构而已。这是我们检查转折点、确定确实需要什么东西的时候。然后我们可以期待对结构的研究会很快地带领我们找到问题。

另外，研究转折点的另一个因素是如果我们有一个段落目标，并错过了创建非常适合故事的转折点的良机，那么我们就弱化了故事。检查这种创建转折点的良机不但提升了事件的力量和吸引力，而且还聚焦于可利用的冲突，这样可以帮助我们确定更多的情节可能性。

9.3　场景动态

别忘了，场景通过人物"有意义的"选择实现转折点。我在这里强调有意义，是因为他们的选择应该带来理想的困境。通常，场景设计出来就是要为主角提供选项。那么关键问题来了：他会作何选择？这个选择会付出代价：选择A就放弃了B，选择了B就失去了C，选择C则触发了D。赌注很大，但必须做出选择。通常当我们还在评估A、B、C、D的含义时，主角选择了Z，让我们往前看时大脑还在苦苦思索这是什么意思。让我们对"有意义"的意思进行深入一点的研究。

当绝地武士（Jedi Knight）决定用光剑砍掉帝国突击队队员的脑袋时，我们从其中收效甚微，因为这完全是我们看到绝地武士遇上黑暗面的代表时所期望的决定。当然，这是个挑战，因为这些突击队员可能是狡猾的家伙，如果你没有打倒他们，他们就会打倒你，但这不是困境，也不是伟大的故事，因为内心深处我们知道谁会出现在冲突的顶端。然而，当一个绝地武士因为他父亲成为黑暗面的代表，面对砍掉亲生父亲的脑袋这样一个困难的决定时，我们给人物带来了真正的困境及会让我们把扶手抓得更紧一点的艰难选择。影片《星球大战》中的卢克·天行者［Luke Skywalker，马克·哈米尔（Mark Hamill）饰］被置于这样的困境中。选择帮助亲生父亲、让他活下去——跟黑暗面同流合污、让自己置身于父亲的血腥魔手之下，或者选择正义的道路——为亲生父亲的冷血屠杀负责。哦……这选择太艰难了……

当一个参与者面对艰难选择（本身也是挑战的组成部分）时，他的内心就揭露出来了，突然间真正的人物性格（因而还有他的动作以及情节）跳出来了，变得立体了，我们因而也有了巅峰对决。总而言之，这些是故事变得鲜活、给人启发、抓住人心、吸引观众的时刻。这个场景和故事将会展现他的选择，我们心里都迫不及待地想了解接下来可能会发生什么。

在我们专注于一个故事时，大脑在很多层面上工作。随着故事的发展，我们在脑海中建造了一个"架构"，事件的建立相互交叠，就像一棵树的结构一样，就好比我们从当前状态（如我们理解的情况）展开想象，经过一系列可能的结果，最终看到某些未来的、渴望的结果，在此处我们认同的主角抵达了我们想让他去的地方。节拍构成了场景，场景构成了段落，段落构成了幕，我们的大脑通过之前传达的信息飞回过去构建对当前状态的理解，通过对未来事件的想象来构建之后的故事。

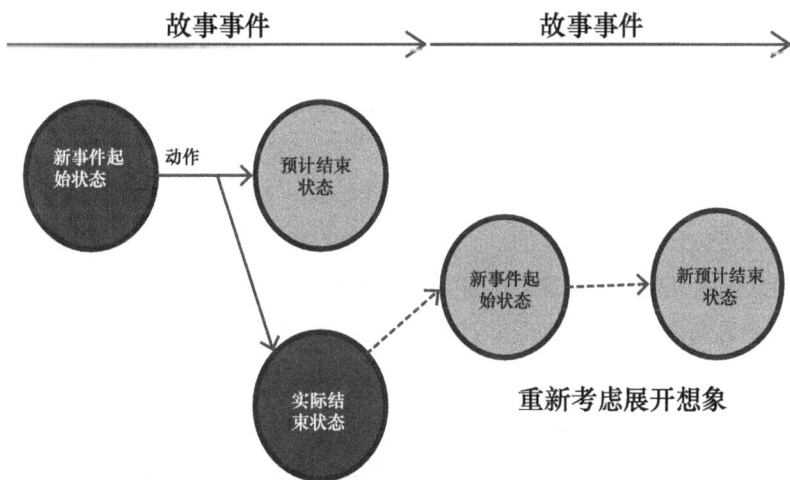

每个转折点都会引发我们对所获信息的新见解，每一次信息都不会跟我们期待的一样，我们必须回到最新见解冲击的起点重新装配故事。在中途时观众可能在脑海里累积了三十个场景的信息。他们会下意识地展望下一个场景会把他们带到何方，那个场景在整个故事情节的方向里意味着什么。观众们在脑海里推测关于人物下一步必须前进的故事方向，以回答关键问题。当一个他们意料不到的新转折点让他们回到故事前半部分深入思考，并且被迫在心理上重新构建他们已经吸收的若干或更多大、中、小转折点的含义。他们匆忙地构建了目前为止故事的心理影像——从新见解冲击到的起点开始的所有主干枝叶——并推测故事下一步发展的新方向。

这是作者要处理的思考过程。已经传达的信息意味着观众会自然地被引导到某个期望上，包括现有故事"状态"的真相，也包括他们对故事后续发展的推测，都只是为了把他们引到另一条路上，让他们再次（在脑海中）回放。观众们喜欢故事这么做。这是让人特别愉快的脑力劳动，这也是情感的本质。这是我们这么喜欢结尾部分有纠葛的故事的原因。这样的故事会给我们自己（重新）建构故事的独特体验，从头到尾、从纠葛冲击之前的那个点，直到高潮的完整含义及解决的本质。

在影片《回到未来》的高潮处，1955年当闪电击中钟楼时马蒂挂上了闪电接收器，他被传送回了1985年。第二天早上他醒来时恰好是整个故事的第一幕中的铺垫部分。当马蒂醒来发现一切都很好时如释重负，他成功地让历史回到了正轨并安全地回到家中。但当他了解自己的家庭和环境时，他意识到情况已经不一样了。房子装修得很精致，他的姐姐吃着健康的水果作为早餐，同时跟他穿好正装准备去上班的兄弟谈论众多的追求者。他的父母达到了"自我实现"的状态，相互之间关系非常好。而比夫对乔治·麦克弗莱很顺从，给他的汽车打蜡，并对他非常尊敬。

一瞬之间，我们意识到，马蒂不只是修正了因他在1955年的动作而被改变的历史事件。是的，他让父母相遇并相爱了，这使得他未来的出生回到了正轨，但在这个过程中，他改变了父母的相遇方式。最开始，乔治被车撞，并被作为受害者带到罗琳的房间。罗琳对他觉得很抱歉，由于她可怜他，两个人才走到了一起——布朗博士称其为"南丁格尔效应（Florence Nightingale Effect）"。在新的事件过程中，由于马蒂到来引起的变化，乔治作为穿着亮闪闪的铠甲的骑士进入到罗琳的生命中——一拳把比夫打晕，通过人物（性格）的力量赢得了她的芳心和崇拜。这一拳改变了乔治对自己的认识，也改变了其他人对他的感觉。乔治从被欺负和排斥，变为声名鹊起且受人尊敬，并且获得了延续到之后三十年乔治和罗琳的婚姻和职业生涯的自信和自尊，他们和孩子们的自尊也因此发生了变化。

作者的技巧通过新的信息、回报、惊奇、揭示、思考和方向的变化持续地锻炼着观众的思维。场景必须改变观众对世界的看法，必须改变信息的总量，观众们在此基础上建立新的见解和预期。

第十章　剧本大纲

　　到目前为止，我们手头已经有了故事概要（大前提）——一两句话的故事；我们有了激励事件、关键问题以及高潮，如果详细展开，还会用一两段话来解释故事。这就是**高概念**。我们有**段落**的清单——索引卡的正面，上面描述了整个故事的主要节奏，如果将其完成的话还会形成**故事梗概**（Synopsis，大概500字）。而段落事件——索引卡的背面，如果将其完成的话，会通过一系列步骤在段落层面描绘故事——大概两三千字。将其充实为上面讨论的场景事件，就成为场景层面的剧本大纲，如果将其完成，可以变成故事的陈述（Treatment，论述、论证），大概为5000字到20000字（这个数量的变化更多根据你的个性及喜好来定，而不是任何给定的标准。我写"剧本陈述"一般在3000字到40000字。无论是什么，只要对你有效就行，不管怎样，可以作为销售工具就行，并且越短越好）。

　　在我们戴上销售员之帽进入市场的"第十四章　商业世界"时，你会看到除了完成终稿之外，我们可能还要把以上才智转化成能够应对任何需求的剧本推介套装。

　　然而目前，我们要继续打磨故事中的细节。剧本大纲是你的金创意，是结构和前期设计与完成剧本之间关键性的桥梁。这是整个故事的第一个完整的代表，但是严格来讲剧本大纲依然还有弹性。我们在写剧本大纲时，会发现新的创意和有趣的机会。我们会对人物有更多的了解，会开始发现故事隐藏的深度，并确认哪些事件强大、哪些事件孱弱。我们甚至会改变或发现给整个故事带来广泛影响的全新元素，例如最后发现一直追求的完美结局，或激励事件的新调整或关于次要情节的新创意或整部片子的色彩基调。我知道很多故事从这里开始因为作者脑海中闪现的新创意被改得面目全非，因此要保持你的理智。好的新创意能够激发全新的故事！这是剧本大纲的价值——这是一辆促进故事发展变化的运载工具，同时它是针对最终产品的。

10.1　写写写

看，我已经做好了所有准备。为什么不从头开始写点东西呢？

我对这个问题有同感。我们天生的写作能力怎样带领我们踏上成为编剧的道路，从第一页开始一头扎进去呢？我们写短故事，我们刚刚完成。我们从头开始写到尾，整理修改，然后将其分发给吃惊的、赞赏的观众。

有些人也会用较长的篇幅来达成同样的目标，但我觉得这是难以忍受的。任何长度的故事，在我们能够信心满满地提交终稿之前，我们真正需要的是结尾。直到我们确定结尾，我们才能够把材料组合起来，让故事走向那个结尾，如果我们从第一页开始埋头写作，我们不会到达终点……直到结束。一旦我们首次完成了故事，并在写作过程中想好了结尾，如果那个结尾让我们感到惊讶（我向你保证，那个结尾跟你最初写"很久很久以前……"时的结尾很可能大不相同），我们必须回去推倒重写跟新设定的结尾不一致的那些内容。

于是你开始修改。这是有点痛苦的，因为你必须修改第一遍写作中喜欢的东西，偶然的新元素会有微妙的涟漪效应，因此要保证没有留下变成瑕疵的旧事物。但你依然充满乐观，因为你知道结尾会给你一支强心针……还有一些新创意。实际上，第一次修改和新结尾一起增加了吸引人的新纠葛和次要情节丰富的可能性。你拼命地想吸收这个事件精彩的新转折，但想从10000字的小说里摘出相关内容并进行改写来改善效果，要面对的东西可能太多了。写完整的长片作品是个马拉松，不是短跑，即使你真有勇气进行一遍、两遍的改写，你也不太可能有勇气进行第四、第五遍的改写。让我们放弃或完成的就是这个节骨眼。我们对这个故事感到疲惫，看不到故事原来跳动的心脏。我们的能量耗尽了，故事最终消亡于抽屉中。

然而，有了这个剧本大纲，修改就变得容易了。实际上，这是个快乐的过程。按新顺序重新安排事件，停下来看看，试验一下多种可能性。修改第四个完成稿时不能只是简单地苦思冥想，晚上做梦想想新创意然后将新创意吸收进来也是个激发创意的好方法，要从我们的众多创意中挤出最好的创意。

因此先避免直接进入细节或写全稿，先评估一下你的剧本大纲。在往下进行之前，我会在剧本大纲上花上几个星期甚至几个月；实际上，我不停地雕琢剧本大纲，直到剧本大纲带来更多新的可能性。一旦剧本大纲得到了完善，很可能你就找到了能够成为剧本初稿的版本。你的创意和新点子会有很大的修改空间，但只要你的主体故事找到了自己的结构，这些修改一般只会有限地影响个别场景的细节和创意，而不会造成段落或幕层面的影响。

这个时候要提醒一下：你会无休止地想出人物动作、对白、噱头（gags）以及事件的新创意、新段子，并且你迫不及待地想放到故事中去，拼命地想将这些东西保留下来。开始堆积材料吧——我称之为"仓库"——你把所有这些创意放入你忘不了的、足量的细节中。然而，不要写出整页的对白或动作的初稿。要抵制这种诱惑，推迟你的快感。只要做好重要事件或动作的扎实的笔记即可，然后继续。我保证这样做是对的。

10.2 什么样的信息可以进入剧本大纲

剧本大纲是呈现在"事件"层面的故事——处于索引卡的背面。无所谓段落、幕、场景、节、节拍、章（你会找到对你有用的层面），只是一个逻辑事件。也就是说，我做了两种类型的"步骤"。第一种，"事件"代表了段落；如我们所见，其是相对较高层面的故事进程的表现。第二种挖得更深入，每个事件都代表了最终故事中的一个场景。在这点上，别太担心事件是段落、场景还是其他东西。只要让它符合逻辑地挤到故事创作中自然出现的步骤上即可。现在，目标是列出**重大**事件，而不是分析或将松散的事件组合起来。

剧本大纲明显是私人化的——实际上，剧本大纲不是给任何其他人阅读的——因此你只要找到最适合你的就行了。现在也要记住：剧本写作不是完成一系列清单的工作就可以了，你也不是只要根据索引卡背面内容拉出剧本大纲就可以了。虽然这是你的焦点，但你也要继续前进——改变实现段落目标的方法；把所有创意都放入"仓库"——然后倒回去——在你构建认知差异和进入细节时，重新研究段落和更高层次的故事事件，进行修改、调整、删除或替换。现在你不断地在不同的层面加工你的故事，从开始考虑细节一直到俯视整个剧本。

除了故事内容之外，每个步骤都额外包含一定程度的技术信息，使你能够跟踪更大范围内场景或段落实现的目标，因此每个步骤都包含跟结构相关的信息，例如你可能会在索引卡的角落记下"**主要情节激励事件，第一幕高潮**"。再次说明，这不一定对每个人都适用——我倾向于觉得故事可能存在问题时才这么做——但如果你担心故事结构的问题，那么在这种语境下看看接下来的例子可能会有帮助。

实例——情节分段大纲

这个例子摘自我自己写的儿童故事，名为《叮当声和鸟人》，你可以很快地掌握这个方法。下面是第一个段落的写作步骤。

段落卡正面写着："伯德一家在机器人战争中输掉了。"

段落卡背面写着："在机器人战争中伯德一家遥控着他们的机器人。乔治·伯德（George Bird）很乐观地认为事实会证明他是一个发明家，但他们输掉了。"

大纲上写着以下内容。

段落1 第一幕——主要故事布局

我们的故事开场时，兴奋的观众正在给机器人系列战争倒计时。三个自制机器人和四个室内机器人在获胜者唯一、至死方休的战场上战斗。三……二……一……开始！战斗打响了！这些机器人当中冒着烟，金属飞舞，兴奋的人群和戏剧性的评论充斥其间，战斗中一个圆锥形坦克状的机器人被外表强悍的类人迷你机器人（叮当）追逐。两个孩子——马克斯（Max，13岁）和维基（Vicki，10岁）在操纵叮当。叮当追逐着坦克状机器人，武器通过遥控器控制，机器人的相互斗打中，人群开始后退和尖叫，火花四溅。孩子们的父亲（乔治·伯德，36岁）在后面给他们紧张地提建议，他们的母亲［哈蒂·伯德（Hattie Bird），33岁］到处乱跳，通过指缝观看比赛。

孩子们干得不错——一记又一记勾拳，一个一个地把其他机器人都打败了，直到场内只剩下另外一个机器人。这是一次快速的金属机器人之间的战争，非常的震撼。最后叮当（由维基控制）摆脱了坦克状机器人，穿过战场，把这个庸俗机器人的可爱的天线打碎了。坦克状机器人失去控制团团打转，掉入矿井，起火爆炸。孩子们赢了。

在后面的电视采访中，他们的胜利采访节目被打断了。裁判认为他们有两个机器人参战，因而被取消资格。一家人垂头丧气地回到家中。

乔治特别沮丧——作为一位发明家，这本来可以让他成名的。

段落1——检查（可选）

如果你对这些内容有把握的话，就无须为这些检查担心！

有没有主角？伯德一家。

主角目标——赢得机器人战争。

有没有反面角色？机器人战争中的其他竞争者。

反面角色的目标——赢得机器人战争。

主角目标和反面角色的目标处于对立当中吗？是的。

段落有激励事件吗？ 机器人之战开始。

有没有提出段落的关键问题？ 伯德一家能否赢得机器人之战？

主角在威胁之下的价值观：取得胜利。

起始价值观——乐观。有获胜的可能。

结束时价值观——沮丧的失败者。

段落有转折点吗？ 是的——他们从赢家变成输家。

关键问题得到回答了吗？ 是的——他们输掉了机器人之战。

开场相当顺利——具备了有效事件的一切标记，困难的开场尤其让人开心。结构本身也很好：很好地介绍了故事最重要的主题——机器人和小发明；很好地介绍了各位家庭成员，而且还有大量的动作；恰当的转折点以及高潮处意料之外的纠葛。这个段落对故事整体来说也很有代表性——这是关于家庭的故事，焦点在于乔治想成为发明家，叮当是这个动作中很重要的一部分。这个段落成功地概述了整个故事的主题和气氛：乔治输掉了战争，但他还有家庭；通常是在好故事的前面段落中都能够找到的关于主要信息的"伏笔（foreshadowing）"——这有助于引导观众，让故事更明确。一切都显得前途无量。㉔

因此每个段落都按上面的方式做了记录，每个段落后面都有备忘录。在第一幕的结尾，我又加入了一整套额外的约束，这是为了确保在故事层面可能已经实现的其他元素真正地起到作用，例如故事层面的激励事件和关键问题、第二幕结尾处的中间幕转折点、第三幕的高潮转折点等。

㉔ 作为题外话，这是商业片的世界中发生的例子，我一卖掉这个故事，制片公司做的第一件事就是去掉机器人战争段落。对于只用一次的场景设计来说（实际上是两次，但他们不愿跟我讨论）这个段落太昂贵了。因此我被要求另写一个开场段落——典型事件。我写了效果有些打折扣的新开场，不得不将这个原开场废掉，写一个相对更廉价的开场。

你可能会发现存在问题，剧本大纲中存在三种常见的问题。

背景故事

如果你觉得整个段落对故事来说都是必要的，但在其中你看不到应该承载的力量，那么很可能这些段落在交代背景故事。请从这些段落提取出有用信息嵌入其他段落中。通常故事事件的"渐进式纠葛"段落要花掉大量的时间将信息嵌入到背景故事中，或者为未来事件打基础。

相关性

我很确定——百分百确定——在你第一稿的剧本大纲中，故事中有些素材应该被删掉。你将其保留下来，只是因为你喜欢它，但没有用。如果跟故事没有关系，其他人是不会喜欢的；即使这个素材很精彩、很滑稽、很形象、很壮丽——只要跟故事没有关系，就没有用。把这些"宝贝"保存起来留待他日之用，但在这个故事中，它们应该像街头的流浪狗一样被枪毙。

一旦你有信心总能拿出新的创造性的创意来满足故事需求，那么删掉应该被删掉的素材也会带来巨大的满足感。这些日子我删东西删出了一种不太正常的快感，因为我很清楚这些素材很棒、可以用到另一个故事中，且删掉这些素材对这个故事大有好处。我们至少需要删掉80%的创意。一旦你能掌握好质量掌控的尺度——准备删掉自己写的80%的内容，你的作品会更加有说服力。

次要情节

很重要的一点是，要认识到次要情节不是一个"独立的情节"。是的，次要情节常常是一个独立的迷你故事，但仍然要影响主要情节中的主角之旅。次要情节跟主角在既定旅程上遇到的冲突在形式上完全不一样。例如，影片《回到未来》中，主要情节是关于马蒂能否以及怎样回到1985年。次要情节是马蒂干扰了他的父母在1955年相遇的过去事件，因此抹掉了自己出生的可能性。他必须让父母回到相恋的轨道上以保证自己在未来的存在。但要注意，这个次要情节的解决跟主要情节有着直接的关联。从独立性的角度来说，这个次要情节确实相当独立，有自己的激励事件、关键问题、纠葛、转折点、高潮和解决，但最重要的是其跟马蒂的主要情节的进行紧密地联系在一起。如果这一点不能解决，主要情节也无法解决。一个经典结构的故事会有一系列因果联系的事件，因此当你进入到次要情节中时，它必须明显地影响向着主要情节目标前进的整个进程。当你观看《回到未来》时，注意有多少个精彩的场景是让马蒂·麦克弗莱做主角的。我告诉你有多少：除了一个不是之外（那个乔治打倒比夫的场景），其他都是。每一个场景都会推动主要情节！

关于剧本大纲的最后一件事：记住那是属于你自己的工具，因此不一定要跟我的一样。根据你的目标不断调整。重要的是它可以作为一个初稿写作时完全可靠的模板，不需要考虑是否准确传达主要事件的问题。它们已经被固定、被确定，因此剧本大纲"包含"了整部电影中的事件。你可以集中于正在写作的场景或段落的起点和出点，因此你无须考虑整部电影。

10.3 故事推介和陈述

不管你是作家还是编剧，在我们开始写作初稿之前，我们还有一件事情要做：接下来的几个星期里，让一些人坐下来，大声地跟他们推介你的故事。不要简单地读给他们听——你不能读给他们听——这是个剧本大纲，你不应该给任何人看。大声地进行故事推介，你还在开发这个故事，大声说出来会让你比其他任何时候更了解这个故事。

不要只是想着"无所谓"，然后就跳到下一章节。我知道故事推介过程令人不太舒服，但还是有存在的巨大价值。一旦你做过一两次故事推介之后，你就会意识到故事推介对写作过程是多么重要，因此请相信我。故事推介是有必要的。为了锻炼、提炼，你要自己完成故事推介——即使对方只有一个人，对你也很有启迪作用——因此找个人站在你面前，让你自己经历这个痛苦。

直到现在，当一个作家/编剧都是孤独的、隐蔽的。你可以告诉人们你是个作家/编剧，他们会从表层来理解，会觉得你很有意思，问你很多写作/编剧及关于你的故事的问题。从今天开始，当有人问及你的故事时，你要把他们带到某个安静的地方，让他们坐下来，然后给他们讲你的故事。

首先，推介你的故事是个很困难的过程，因为你在拿自己的创造性下注，把自己置于可能当众失败的情境中。这是你第一次跟诚实地评估你的创意的人打交道，如果你的故事很孱弱、问题突出、特别扎眼，那就一点都不好玩了，但这也是剧本创作过程中最有价值的事情。恰恰是因为故事推介会无情地揭露问题，它才能告诉你需要知道的关于你的故事的所有东西……如果你的故事有缺陷，它会告诉你需要做什么事情来修补；如果你的故事本来就很苍白，它会把你从几个月甚至几年无谓的写作和修改中拯救出来；如果你的故事很好，你会有充分的信心往下写，你知道自己在做有价值的事。

有意思的是，在你讲述故事时，你的多数发现来自你自己，而不是坐在你对面的人。在推介故事时，随着推介的进行，你会惊讶于自己凭直觉讲故事的能力需要改进的地方实在太多了。你会看到、感受到故事实时上演时的情景。推介过程中你会注意到自己自动地改变故事以保持正确的感觉，或者改变节奏，甚至在讲述时修改素材以保持正确的故事氛围。你会发现自己会省略部分内容——剧本大纲中花了很多时间的内容，现在放弃掉了，因为在你大声讲述故事的过程中你已经知道这些内容不行了——改变事件，重新排序。大声推介故事是一次赤裸的曝光，具有令人难以置信的价值。

每次推介之后，回到你的段落和剧本大纲上，按照直觉要求进行修改，然后再次推介。一次又一次地推介，直到你讲述的故事抓住人心、跌宕起伏、令人满意，并且不再需要省略内容或在事后进行修改。

忽略你的朋友们

绝大多数情况下，故事推介过程**不是**从其他人那里获得评论的机制。不管怎样，大多数你最亲近的人都不会告诉你他们真正的感觉，还有——说得残酷点——他们的评论大多是废话，毫无价值。亲朋好友不是你最终的目标观众，你跟他们之间的关系会扭曲他们对故事的见解的客观性。你要通过推介对象的耳朵倾听自己的故事，通过他们的表情做出反应，并由此知道什么地方要修改。我假定在可信的观点中能找到些有价值的东西，但更重要的是观察肢体语言，注意你对故事中引发那个人情感的因素的处理方法。我常在推介后自己思辨："我就是喜欢写在纸上的这个段落，然而在我推介故事时，我把这部分省略掉了。这到底是什么原因呢？"但我喜欢这个段落，因为它读起来朗朗上口，并且令人捧腹，但下一次推介时，我又将其省略掉了。这很明显是不对的，这个段落应该删掉了。

处理建设性的批评

如果你真的想从人们的评论中得到有价值的东西，你要迫使人们对你坦诚相待。大多数人不会盯着你的眼睛告诉你他们真正的所思所想。他们很可能会告诉你：你的成就很惊艳，你的故事很惊艳，你也很惊艳。你要非常感谢他们这么正能量，然后跟他们耍个花招，让他们告诉你最不喜欢的是哪部分。即使他们每分钟都很爱你，也一定会有最弱的那个时刻。努力迫使他们给出建设性的批评。一旦他们明白这个意思，什么都阻挡不了他们，这可能会有点痛苦，但这是必须的。

接下来，你要记下他们所说的，然后在自己脑海中进行评估。他们的评论引起你的共鸣了吗？这个人能代表你的目标观众吗？我跟我的孩子们推介《叮当和伯德曼》时很顺利。他们认真地从头听到尾，这让我很受鼓舞，然后他们想让我再讲一遍这个故事，我将之当作一种荣誉。我确实感到自己心里有些软肋（我指的不是自己心里有软肋，而是心里感觉到故事中有些软肋——哦，你懂的），发现自己有一两次切换到了追逐场面，下一次推介时我会注意这个问题。

推介过程是很残酷的。它会找出孱弱的故事将其丢在地板上任其死去。如果你的故事很强大，那么推介是个很棒的过程；但如果故事很弱，那就糟糕了。无论如何，它都告诉你必须知道的东西：你的故事是人们真正喜欢的赢家，还是毫无意义，完全不值得投入血汗、泪水和时间将其成稿并投入市场运作。如果是后者，就放弃它，汲取教训，把好的那部分存起来，接着构思下一个故事。

如果你害怕向人们推介故事，如果你不愿向人们推介故事，并且想跳过这个点直接到下一部分，很可能是因为你的潜意识在跟你对话。你内心深处知道这个故事很烂。不要骗自己。为什么你不想推介故事呢？你可能是在这个故事上浪费生命……或许现在就是考虑构思新故事的好时机。不然的话，可能是你缺乏自信。我跟很多编剧合作过，我很清楚不做推介绝不会成功，因为他们缺乏继续开发创意的自信，只能以他们自己的、跟这个世界的想法脱节的方式来实现他们的故事。他们来到像我这样的编剧老师举办的讲座上，希望找到能够帮助他们奇迹般地把他们的创意变成优秀故事的人。这是不可能发生的。编辑和制片人不可能从天上掉下来为你修改半成品的故事。如果他们能做到，他们自己就成为作家/编剧了。实现完整的好故事是**你的**工作。

　　要对自己的才能有自信，努力找到自己的方法。如果你仔细考虑，实际上没有其他正确讲述故事的方法——除了自己的方法，因此你不妨适应这种方法去做故事推介……

　　从积极的一面看，如果你完成故事推介过程后充满信心地走出来，那你就可以（至少在让人投钱之前）完全确定故事有真正的力量。如果你要找故事推介的对象，读书俱乐部和作家/编剧俱乐部是很好的平台，因为他们是陌生人，因为他们能理解你推介中的困境。事实证明向他们推介故事会更加困难，但比向亲朋好友推介故事要有价值得多。

　　你的故事推介完成之后，要将其写成故事的精简版。长度无所谓，只要跟你推介时的长度差不多就可以了。这将成为你的"剧本陈述"，可以作为陈述套装的一部分。很多很多的交易都是在剧本陈述的基础上达成的，而不是完成的剧本，因此要保存好留待他日之用。

第十一章　写第一稿

好了，现在我要做的是把剧本大纲成块地拷到我的剧本写作软件（一段时间之后会更多）里。然后我开始一次处理一个场景。我从段落1开始，在场景1、2、3、4这些组成段落的逻辑分段之间加入换行符，然后开始写这个场景。每次我完成一块，我会从剧本大纲中删掉完成的那部分，然后写后面的内容。就这么简单。

我会努力把每个场景都处理成独立的短故事；写作过程中，除了把这个场景变成短故事并将其修改得臻至完美之外，仿佛我在这个世界上再无其他事情可做。我必须让开场、中段和结尾都很完美，好像这个事件**就是**我的整个故事一样。如果我能够把每一个瞬间都写好，我就有一半的机会在完成时保证这整头怪兽都是好的。

这是我们激发全部创造力的机会。所有准备都得到回报，这是最美妙、最强大的过程。这是你的事情。剧本大纲中的每一步都是一个待写的小故事，同时也是件乐事，这样你会发现自己很出色。我会在公寓里为这个过程花上两三个星期，真正地把自己浸透到我创造的世界中，尽可能把我所有的能量都注入每个场景中。

下面是个重大新闻：我不会卷进去。这是个纯粹的写作，完全是你的作品。如果你的步骤催生了场景，你的场景催生了段落，那么你的段落会催生幕、幕会催生故事。很简单！

初稿写作中我能给予你的最佳建议是，别害怕回头对剧本大纲、段落甚至故事设定做进一步的修改。实现细节必然要产生新的创意和更多的优质素材，这些都要整合到你的故事中。如果出现了这样的情况，就请停下来，回到起点，重新调整所有东西以确保新素材的完美整合。因此不要关掉创造性的源泉，别害怕循环往复地完善剧本大纲。

— 第五篇

故事分析和难题解决

其实没有作者，只有改写者。

——阿农（Anon）

第十二章　故事分析

本章内容中的方法和技巧在完善故事/剧本成稿或修改棘手问题时非常有价值，但在故事创作阶段，如果我们现在就能够做好预防措施，可以为后面节省大量的时间和布洛芬止痛药，因此提前知道这点可能会有预防作用。

如果在分析之前对故事一无所知，我会尽量像故事消费者那样一气通读。我会尽量抵制改进的想法，让其像故事应该做到的那样影响我。通读之后，我会在一页纸上记下我的感觉。写故事不是为了分析，人们总是——一直地——对任何事物吹毛求疵，因此很重要的一点是不要成为吹毛求疵者，而要寻找正面的东西，看看故事对于我这样的一个人有什么样的影响。然后我会梳理灵感。让作者/编剧下决心把生命中的一部分奉献给这个作品的东西是什么？灵感就是其中心的心跳。

一旦我对作者/编剧企图实现的东西有所了解，我通常就明白了问题在哪里。后面我们会探讨如何解决故事中各种令人沮丧的问题。然而，就我的经验来看，问题一般在于大故事。

12.1　常见的故事问题

归纳故事问题并不像你想象的那么难。通常，故事问题都可分成相应的类别，因此我们先来浏览一下常见的问题。

12.1.1　问题和潜台词

很多故事读起来像日记，并且会为了推动剧情把生活中的问题夸张、放大。作者已经抓住了故事必须反映真实的思想这一点，因此它们呈现了生活的片段——充满焦虑的主角在生活的残酷现实挑战之间跳跃，首先是缺钱，然后是混蛋的老板，然后是混蛋的男友，然后撞车。接着吃完午饭，公司倒闭，兄弟偷了妈妈的钱、全花在了不良嗜好上，最好的朋友输了官司，贝蒂阿姨的丈夫离开了她，妈妈被诊断为……长长的一天就这么过去了。作者可以指出冲突、"真实的"人物，至少有一个是真正下流的、可信的、伤害好人的坏蛋，还有剧情、现实世界的真理。这样的故事怎么可能不行呢？这是一个很常见的问题，而且很难跟作者解释清楚为什么这个故事不行。

理论上来讲，问题几乎肯定是在于潜台词。潜台词一点都没有。用残酷的日常生活中的残酷真相作为棍子击打我们不能称其为故事。日记不是故事。不论这种手稿有什么样的潜力都不行，除非作者离开个人视角，引入错综复杂的剧情、通过潜台词及人物间的互动关系形成悬念。有很多很多真实的故事改编自特殊的人生事件和真实的个人经历。其技巧在于找到方法，利用前面深度讨论过的不同类型和机制的潜台词来呈现素材。

生活真实

故事存在于不是每天都发生的事件中；故事存在于改变生活常规并带我们到新场合的事件中。当你在看"真实故事"时，把那个人的故事从平凡生活中分离出来的关键事件是作者应该进行叙述的事件，而不是另外99%的索然无味的生活。是的，我们想让故事反映生活的真实，但不是通过我们每天看到的街道、人、办公室工作、坏脾气、愤怒、快乐和失望来展示。《三只小猪》（*Three Little Pigs*）的故事给我们讲了一个关于人生的真理，但是那些小猪建房子和狼发怒吹倒房子却没有任何真实世界的元素。这是我们追求的真实——那种跟生活原型和潜意识冲突产生共振的真实，而不是日常工作。

认知差异

正如我们所知，潜台词等同于认知差异，最大的认知差异是驱动整个故事的那个，即关键问题。缺乏潜台词的故事通常会在这个基础层面背离故事，关键问题模糊或者根本不存在，因此也没有激励事件，因此结尾根基不稳。我们稍后将进一步探讨跟潜台词相关的问题，但你可以看到潜台词巩固了故事中出现的所有事物，如果没有潜台词，那将是致命的错误。通常权威的、聪明的、相当有意思的作品都会被潜台词的缺失击倒。

12.1.2　基线分析

假定故事中的问题不明显（或者更可能的是出现多维度的问题），我会从好的老基线开始分析。

分析故事基线中的所有关键元素。再次回答下面这些问题。

故事的名称、类型和背景是什么？

谁是主角？

他的问题是什么？

他的目标是什么？

他实现目标的障碍是什么？

激励事件是什么？

所提出的关键问题是什么？

谁是反面角色？

他的目标是什么？

结尾发生了什么？解决了提出的关键问题了吗？

这个过程中可能会出现很多反常现象，我在这里不可能涵盖每一个情节。但很明显，如果以上基本元素不清晰、不存在，很可能问题的症结所在就揭露出来了。

如果你的故事基线不容易填充，如果每个问题都不容易回答，那么你的故事很可能不清晰、漫无目的或一团混乱。你要在继续写第一稿之前先解决这些问题。

第十三章　结构分析

13.1　结构分析

通常来讲，故事都有极为相似且为数不多的潜在结构。不少理论家提出新的潜在结构以及故事的"反结构"方法，但他们实际上是误入歧途了，如果你想听真话——他们就是错了。我很想看看是否有人能够做出才华横溢的、结构与众不同的新东西，但在过去都不曾发生，我也很怀疑以后会不会发生，至少到目前为止是这样的。在我自己的故事里，我都在适当范围的结构中完成工作。

其好处之一是给了我们结构之所以是极佳分析工具的两个原因。

·大多数跟人物、情节、潜台词等相关的问题是不确定的、主观的，结构可以客观地分析，并且能够直接揭示创意中的瑕疵。

·结构通常是问题之源。

因此对专门修改故事问题的故事医生来说，结构是容易实现的目标。先从最大的结构元素开始，最常用的故事"修改"方法之一是把故事分解成"经典"的三幕式结构。记住，结构就是选择讲述的事件和讲述事件的顺序，因此只要重新定位能够传达的关键事件，好像有了魔力一样，就能实现恰当的激励事件、转折点、渐进式纠葛、高潮和解决。在按照这种方式进行调整时我总是不断地对其给讲故事带来的好处感到惊奇。没有经验的作者常常凭直觉知道某样东西出了问题，但没有办法将其找出来。我们按照经典结构重新调整，然后会发生两件事情：其一，问题变清晰了（因为我们找到了阻碍所需结构的这些问题），其二，同样的故事突然成功了。我们都需要引导，尤其是体量巨大的长篇小说或剧本，经典结构给我们提供了很多我们所需的引导。经典结构就是有效，如果一个故事有了好故事的所有元素，很可能已经实现了这个结构。

现在——我知道这有点讽刺——依靠预先确定的结构听起来相当没创意，但真相是，它有效。就像你的骨架适合于你，你的故事结构会让它起作用。对我来说，你应该采纳的规则是：如果你想获得成功并赚点钱，首先用创作故事的才华确保故事适合久经考验的、正统的结构。这样故事编辑们才能够清晰地看出他们在跟一个知道自己在干什么、能让基本元素各就各位的作者打交道。

当然，也有一些故事不想或不需要套用经典的三幕式结构，但我们现在讨论的是*问题*故事的分析，就我的经验来看，问题故事通常都有跟选择讲述的事件以及事件排列顺序相关的问题。回到经典结构很有启迪作用。这不意味着你必须做经典结构，但信息很重要，这个过程常常会给你提供问题出在哪里的信息。

13.1.1　大转折点

为了界定主要结构性事件之间的边界，完整长度的故事可能至少有下面大转折点中的第一和第三幕转折点。

第一幕转折点。一个推动主角踏上征程的事件。这会给观众定向，他们会从这儿了解到结尾时对主角来说成功的（或失败的）故事结局是什么样的。

第二幕转折点。虽然跟其他两个转折点不同，这个转折点不是必然的、必要的结构支架，但如果兴趣点不是很突出的话，故事动态通常需要在中点处有个转折点，这常常是对主角前进的一次严重打击，是他努力达成目标过程中的一个挫折。

第三幕转折点。第三幕由大转折点决定其特征，在大转折点处主角进入跟敌对力量最后的冲突。这个终极战斗的结果会明确地告诉我们主角追求的目标成功还是失败。

13.1.2　关键问题

当然，你的激励事件（可能跟第一幕转折点结合）必须在你的观众的脑海里提出正确的关键问题。我不会再重复这个原则——你知道这个东西——但我们确实需要一个能提出关键问题的激励事件：《怪车大赛》（*Wacky Races*）中旗子落下开始比赛，关键问题是？对极了，谁会赢得这场赛车。裁判员吹响了足球赛中线踢球的哨子，关键问题是谁会赢得这场球赛。飞机从山上坠落，关键问题是乘客和机组人员能否活下来。

很多人会看着他们的故事想："这很好，但我的故事就是不需要一个大的、清晰的关键问题。硬要塞进一个关键问题是不对的！"当然，这不能硬塞。我们在本书中讨论的是界定中间的、主流故事的东西，我用带有典型关键问题的例子来说明这个原则。但正如我前面所提到的，大多数赢得最高观众口碑的故事都在主流故事一边，关键问题不一定会"放在盘子里并用霓虹灯照着"。在最优秀的故事里，关键问题通常是潜台词的一部分——一个观众通过对所见事件进行思考预测的认知差异——因此，如果你在写一个精妙的故事或者一个很复杂、很有文学价值的故事，关键问题可能需要花点时间从所写内容中逐步形成，过一段时间后在观众心里成长起来。但毫无疑问的是：不管关键问题及其实现方法多么微妙，好故事中总会有关键问题存在。是的，是有例外。《圣诞颂歌》好像是一个没有明确的关键问题的故事，但绝对很经典。实际上《圣诞颂歌》也有，它有六个段落事件问题。也许你的故事也是个例外，但我无法在没看到的情况下给你提建议。你可以通过网络跟我联系，我会跟你讨论（我真的是一个很好的、很亲切、看上去好像每过一年都会变得更有吸引力的人）。严肃说明一下，没有总体的、明确的关键问题的故事，一般会有很明确的人物成长和/或由包含关键问题的若干小故事组成。

如果你的关键问题很精妙、很缥缈或故意不显现，我不能帮你评估做得好不好。我知道你检查过：一方面，老是担忧没有足够的东西给观众"吸收"，但另一方面，你不想用放大破坏它的细微之美。我能给你的唯一线索是：绝对不要低估你的观众的智商。还记得前面讨论过的餐厅场景吗？观众会把你给他们的所有东西都拆解开来寻找故事走向的线索。你只需把种子撒向他们，然后他们自己会想象成大树。其次，你必须相信自己的直觉。那必定是让你感觉正确的东西，你要更多通过直觉而不是科学来正确地完成故事。

如果你是个几乎毫无经验、拥有微妙而复杂的小说情节的作家，那你应该先多写几个主流故事情节练练手，在你把复杂的作品写成理想的形态时需要更长的时间来积累经验。

13.1.3 伏笔

这经常让我感到惊讶，在我们还没坐进电影院里的座位之前，我们就都已经知道故事发生的基本节奏。我们看到电影海报上主角看上去很紧张，一个世界末日的超级怪物在他后面若隐若现。在电影开始前，我们知道他们俩会产生冲突，最后，好人会打败妖怪，善良会战胜邪恶。我们每次都是对的——这就是我们**想要**的！即使如此，我们仍然对观看这个历程感兴趣。我们想知道会发生什么事情。

现在，这个动态对作者特别重要。下面是威利·罗素跟我说的：我故意在一开始就告诉观众后面可能会发生什么。我知道听起来好像有点奇怪，但知道我们要找的灯塔的位置不但对于作者把握情节发展方向很重要，而且还会在每个场景中增加张力，因为当观众知道我们要去的地方时，比起对观众保密，观众更能了解其中的含义，然后我们在结尾时进行揭示。实际上，这样会朝着不可避免的方向堆积比其他方式更多的情绪力量。观众不应该始终问"故事把我带到哪里了"，而应该问"我知道故事会把我带到哪里——那我们究竟怎么才能到那里呢"。

一个很好的例子就是前面一再提到的《回到未来》。在每条情节线上，我们都被告知即将进行的计划是什么。然后我们看到人物们试图实施那些计划。博士和马蒂做了连上闪电导线、将马蒂送回1985年的具体计划。马蒂和乔治做了乔治如何跟罗琳约会的具体计划。他们随后又做了一个具体的计划——甚至到了通过角色扮演将其演出来的地步——乔治勇猛地从马蒂的不当求爱中拯救出来，让乔治显得强壮有力。所有这些计划都详尽地告诉了我们，在每个案例中，最终目标都实现了，但却不是以他们计划或我们期待的方式实现的。

这点真的很重要。很多编剧新手想秘密地构建故事（也就是说，以揭露潜台词的方式构建他们所有的认知差异），因为当揭示最终在观众脑海爆发出来时，很容易想象到那种揭示的力量。随着编剧的成熟，他们发现了特权潜台词的力量，虽然让观众提前获知后面的信息没有很多直观的意义，但我想现在你会意识到特权潜台词是怎样起作用的。我鼓励你去思考如何在你自己的作品中打破特权和揭示之间的平衡，并迫使你自己无论在何处都充分利用特权。

顺便说一下，这就是我们喜欢带朋友去看自己已经看过的电影的原因。因为我们已经看过电影，所有出乎意料的事情我们都已经知道了，因此我们愿意再次欣赏同样但现在以特权形式呈现的潜台词。我们以新"特权"的视角欣赏同一个故事情节，但也喜欢朋友们在揭示中接受同样的故事情节时跟朋友之间存在的认知差异。

13.1.4　高潮和解决

解决时你的关键问题得到回答了吗？或许你想让关键问题保持开放或不回答，让你的观众在自己的思想深处完成你的故事，不给出清晰的、封闭的答案。当然，那也没关系，只要结尾对关键问题进行过回应。不过，纯粹从常规故事处理的角度来讲，开放式结尾比结尾时关键问题得到回答的封闭式结尾成功的难度更大。

请参见"第3.10节——结构和非经典形式"，了解成功偏离主流的相关提示。

13.1.5　转折点和段落

下面我们进入段落层面的结构。在这里我们仍然在寻找转折点，但现在我们要先寻找缺失关键设计因素的暗示。你会回想起转折点是必需的，转折点只会在主角跟敌对势力进行只有一方能够胜出的正面冲突时才会存在。如果一个段落没有转折点，我们可以确定哪个元素缺失，然后做出明智的判断：这个段落能否在没有转折点的情况下过关（考虑到周围的环境），或者转折点的缺失从根本上破坏了故事。

就算一个段落确实有转折点，如果它驱动的事件跟顶层故事和主角的主要目标不相干（没有因果联系），它也仍然可能是有问题的段落。

13.1.6　情节和人物

你设定了关键问题和主角的追求，也给观众设定了对即将呈现的事物的期待。如果你的人物演出的事件跟情节曲线不一样，或者把人物性格与他们应该做的事情割裂开来，那么你的故事会变得让人晕头转向。

再看一遍"第5.2节——情节驱动还是人物驱动"——要保证你的情节是人物个性的直接结果（他们选择的相应动作的结果），并且你的人物（性格）由他们在冲突中选择的动作界定（而不是由他们说的事情或穿的衣服界定）。

我现在正分析一个故事，故事中主角显然很聪明，有良好的教育背景，有一份稳定的工作，对同事及他觉得恼人的事物有过分的自信。然后他来到了镇上，行为处像个小丑，引发一件又一件的灾难，然后受到了朋友们的嘲笑。这显然不是同一个人物。编剧一会儿想通过个性鲜明的、愤世嫉俗的人物写一个辛辣的喜剧，过一会儿又想通过无能的人物写一出低俗的、卡通化的闹剧。同一个人物没有办法同时表现两种类型的喜剧，因此虽然两种类型都写得不错，有时还很有趣，但难以让人相信这是同一个人物。

也有一些方法可以让其行得通。我们可以让他服用非法药物，遭遇类似《变身怪医》（*Jekyll*）㉕和海德（Hyde）的人物转换，这也能抓住观众。当然，也可以是一个人物在某件事情上高能——比如白天的工作，然后在另一件事上彻底无能——比如跟异性的交往。实际上，这样可以大大地增加人物的吸引力，塑造出极好的、立体的人物；但要很小心，两者之间任何重叠的处理都要一致，不然你的人物会在观众的脑海里瞬间分崩离析。

13.1.7　防止松弛

即使你的基线很好，你的激励事件构思也不错，但还是可能出现故事最常见的问题：松弛的第二幕。主要情节的激励事件很好，提出了明确的关键问题。高潮和解决把关键问题带到了尖锐的、不可避免的焦点里面，然后完美地解决。但在第一幕结尾的激励事件和第三幕高潮和解决之间还有很大的空间。如果第二幕的长度顺其自然的话，那么整个故事就太短了。如果将其拉长，则会失去活力，因为填料往往是牵强的。这是很常见的问题，尤其对于小说家来说更是如此，因为小说中需要填补的空间更为巨大。

答案在于次要情节。你现在的故事看起来是这样的。

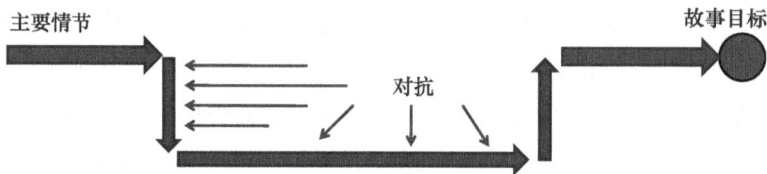

故事背后的灵感中含有主角要面对的极佳问题和敌对势力。很精彩，但是无法支撑到100分钟或100000个字。你要做的是在新敌对势力形式中找到次要情节，这样你的故事看起来是这样的。

故事分析和问题解决

你到哪里找这些东西呢？嗯，由于不知道你的具体情况，我很难回答，但首先要看的是前面在第六章"冲突和对抗"讨论过的不同层面的

㉕ 《变形怪医》，英国著名作家史帝文生的中篇小说，讲述受人尊敬的吉基尔医生喝了一种试验药剂、晚上化身成邪恶的海德先生作恶的故事，后多次被拍成影视作品。——译者注。

冲突。你可以想想《回到未来》，马蒂面对的主要情节冲突在两个层面发生：时间旅行科技；在1955年，没有1985年时的科技的情况下再次进行时间旅行的能力。这是跟马蒂实际上无法影响的势力之间的"外部"冲突。他不得不按给定的规则行事，离开这些规则他什么都做不了。根据上图，这提供了对抗1的转向。

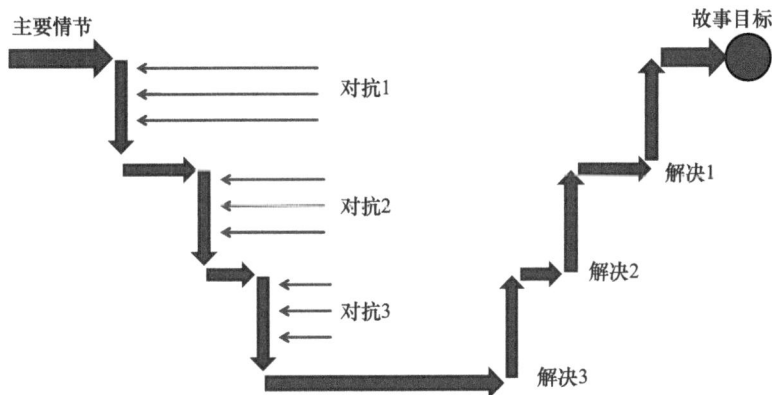

第一个次要情节中"体制"层面的冲突提供——或者在这个语境中说得更明确点，是"低控制"层面——马蒂干扰历史过程、有效地将自己从历史上抹去。这提供了上图中对抗2的转向，因为在他回去处理对抗1之前，他必须先让历史事件回到正轨。

我不是指《回到未来》就是这个样子，而是说明编剧需要进一步的纠葛来延长故事。现在再来看看其他层面的冲突——"关系冲突"和"内部冲突"。编剧引入了作为坏蛋的比夫·坦能。他干扰了马蒂准父母之间的关系，这是"关系"层面的冲突，成为对抗3的转向。比夫直接干扰了马蒂让他的父母相遇并相爱的能力，他必须在处理对抗2之前解决这个问题。

编剧还继续提供了主要的"内部冲突"：马蒂和他的父亲都严重缺乏信心。马蒂在第一幕音乐彩排失败并考虑放弃说明了这一点。后来，当他试图说服父亲邀请母亲跳舞时，他意识到这种不自信是多么令人沮丧，然后传达了他自己在第一幕中也缺乏的哲理："如果你全神贯注做事，你能够完成任何事情。"在故事结束时，马蒂的父亲出版了第一本小说并寄到了家里。乔治把书给马蒂并自豪地教儿子同样的道理："如果你全神贯注做事，你能够完成任何事情。"这是1955年儿子教他的道理。编剧用这个内部冲突来传达哲学前提——主题——整个故事的主题，还把冲突和对抗深化到了所有四个层面，并为界定故事首要哲理的乔治的基本人物（性格）成长提供了基础。我们观众离开影院时也会感觉到我们能够掌握自己的人生和未来，只要我们有恰当的精神并且不随波逐流。

《回到未来》——故事事件有因果联系并相互依存

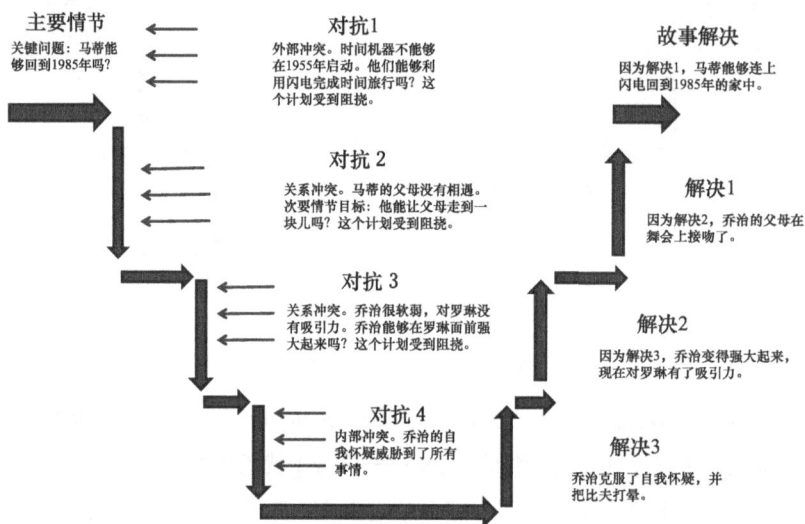

主要情节
关键问题：马蒂能够回到1985年吗？

对抗1
外部冲突。时间机器不能够在1955年启动。他们能够利用闪电完成时间旅行吗？这个计划受到阻挠。

对抗2
关系冲突。马蒂的父母没有相遇。次要情节目标：他能让父母走到一块儿吗？这个计划受到阻挠。

对抗3
关系冲突。乔治很软弱，对罗琳没有吸引力。乔治能够在罗琳面前强大起来吗？这个计划受到阻挠。

对抗4
内部冲突。乔治的自我怀疑威胁到了所有事情。

故事解决
因为解决1，马蒂能连上闪电回到1985年的家中。

解决1
因为解决2，乔治的父母在舞会上接吻了。

解决2
因为解决3，乔治变得强大起来，现在对罗琳有了吸引力。

解决3
乔治克服了自我怀疑，并把比夫打晕。

有意思的是，因为所有故事情节都有因果联系、相互依存，整部《回到未来》设定了一个男人的自我怀疑，而那一拳改变了那种自我怀疑。下面是该作品的图解格式。

因此第二幕如果没有足够的"渐进式纠葛"的话，就会变得松弛。你要寻找其他层面的冲突，找到层层架设这类美丽的复合体的方法，迫使主要情节在能够解决之前先进行迷宫般的转向。

13.1.8　冲突退化

还有可能在第二幕层面出现问题：故事遭遇冲突退化。这会出现在主角过早经历诗性的大冲突，使得后面的转折点与之相比显得苍白无力。再来一个同样力度的转折点也还是不能令人满意。如果蓝博已经跟200名士兵打过仗并且获胜了，后面再安排200名士兵跟他打仗也不能够像前面200名那样有吸引力。如果再来200名士兵，我们就会想出去喝杯啤酒了。我们知道发生了什么事情，因为我们已经见过了。你要对故事进行设计，随着故事的展开，要让每条情节线转折点力度逐渐上升，逐渐增加难度。

当然，这种方法无须应用于情节线之间。例如第二幕次要情节的铺垫和激励事件不需要胜过最近的第一幕高潮处主要情节的激励事件。因此，《回到未来》第一幕高潮处的极端情节之后（马蒂想逃离恐怖分子，结果被戏剧性地送回到过去）不久，我们看到了相对缓和的段落4的高潮——第二幕铺垫部分高潮，提出问题：马蒂能找到1955年的布朗博士吗？

13.1.9 人物曲线

在优秀的故事中，至少有一个人物在故事中经历了学习和个人成长。开始时他们的问题——尽管通过动作呈现——实际上是处理社会问题的不当方式。他们不能恰当地处理某事，面临着严重的后果。在故事结尾，他们已经学到了恰当的行为方式，再也不会犯同样的错误。在《回到未来》中，乔治·麦克弗莱在生活中苦苦挣扎，因为他不会维护自己的利益。我们认识到他缺乏魄力和自信，意味着他会受到比夫的欺负，对罗琳来说也没有吸引力。在故事结束时，他已经学到——我们也跟着学到——一点点骨气就能够让你走得很远。如果我们只是让生活冲刷着我们，我们就无法得到想要的东西；而如果我们主动、坚决，我们可以让生活给予我们想要的东西。

如果没有一个人物学习或成长，你的故事可能仍然有积极的地方，但它一定没有发挥出全部的力量。大多数作家，尤其是电影编剧，在故事进行中都会努力让尽可能多的人物获得某种形式的个人成长，如果能够自然而然地实现的话，故事就会非常棒。

次要人物的成长也能为次要情节做准备。在《回到未来》中，布朗博士可以算一个"功能型"的人物，他的存在就是为了给马蒂的主要情节上演提供所需的支持。但编剧研究了布朗博士并发展了他的故事。在第一幕中他受到恐怖分子的袭击并被杀害。马蒂在1955年的时候试图警告他，但他拒绝接受未来事件的信息。为了弥补这个问题，马蒂回到了未来那个时间点的前十分钟，以便防止博士原先的死亡。这整个次要情节几乎跟主要故事没有关联，但有助于给第一幕和第三幕的冲突带来复杂性，并使其"人性化"。换句话说，主要的敌对势力来自某种非感情的时间旅行定律。博士的"死亡"还有比夫都是用来使冲突人性化的，以便我们能够产生共鸣。

13.1.10　段落、场景、次要情节

接下来要为主要故事提出上述的所有东西，仔细检查所有的事件，核对所有相同的东西。下面是我们在剧本大纲里面使用的列表。

问问自己：你的故事事件是否有以下内容。

主角。

　　主角的目标。

反面角色。

　　反面角色的目标。

主角/反面角色的目标是否相互对立？

是否有激励事件？

是否提出事件关键问题？

主角价值观是否受到威胁？

开始时的价值观是什么？

结尾时的价值观是什么？（要比开始时明显变好或变坏）

事件是否有转折点？

关键问题是否得到回答？

是否通过潜台词叙事？

当然，这个检查应该针对所有事件，不管是幕、段落、场景还是整个故事。我们稍后会在"第十三章 场景分析"中通过具体实例进行更深入的场景分析。

13.1.11　爱上细节

尽管结构偏移允许有弹性，你也要对自己坦诚相待。通常，如果你的故事感觉就是不对，你知道存在问题，但无法确切指出问题所在，那么很有可能你爱上了某个细节，不愿让它被删掉。在写剧本大纲和初稿写作前的所有要点时，你很容易受到引诱写下华丽的细节——更糟的是——把对白也写了进去，导致给删除绝对该删的场景带来阻力。与其寻找放在错误位置、放进错误故事的素材，不如标出因为有超级诱人的外表而保留的东西。你甚至可能已经把它写进去了，仅仅是因为你不想忘掉它，然后你再将其深度扩展。因为你愿意写它，现在你要专门写故事中的细节了，这是你要花时间、精力和才华的地方。你已经爱上细节了，为了适应细节，你不惜把故事的其余部分扭曲得不成形状。

在处理深爱但误入歧途或错位的素材时，你自己要有个策略。如

前所述，这个秘密在于建造一个金创意库——不只为这个故事，而是为今后所有的故事。笑话、人物性格、次要情节的创意、标志性图像和时刻、卓越的对白——一切都不会丢失，但某件事物很精彩并不是你一定要把它塞进故事的好理由。我喜欢奶油冻，这不代表可以将奶油冻放在炸鱼薯条里。

可以通过情节和人物之间的关系对这种素材进行测试。如果你的情节符合你的人物，人物符合你的情节，那么任何故事事件中发生的任何事物都会将你导向主角的目标。这应该是不可避免的。如果你的角色按照他们的人物（性格）来表演，他们应该会不可阻挡地驱动故事往前发展，并为你规定情节。如果这个事件没有做到这点，那么它就很有可能被用在了错误的地方。

你有没有与向（清楚表述的）主角目标前进无关的事件？你有没有做了惊艳、滑稽、可怕的事情的人物，但这些事情不是主要情节线或次要情节线的一部分？勇敢一点，诚实一点，你知道怎么回事。现在就做，将其从你的故事里删掉，然后放到金创意库里。你是很有创造性的，你可以随时掏出更多的素材——这是你爱做的事情。你钟爱但被废弃的东西总有一天会找到自己的家，当它找到恰当位置的时候，它的光彩会更加夺目。如果张冠李戴，不但它毫无光彩，还会扼杀周围的所有东西。

13.1.12 对抗力量

你塑造的坏蛋真的够坏吗？他们始终在往他们自己的目标前进，还是傻站着不动、等着好人来将他们结束掉？你自己是不是一个善良而敏感的好人，以致创造不出有足够说服力的敌对势力？

绝大多数编剧都是彻头彻尾的好人。我们是文艺的、身体里没有一根卑鄙的骨头的和平主义者。我们都听说过大多数作品都有自传体的性质——嗯，你猜怎么着？你的主角是你，你将承受巨大的痛苦，要确保他获得所需的所有武器，用以传达你想通过故事传达的信息。你讨厌你的反面角色，你鄙视他，你没有在他身上花上足够的精力使其变得真实。我们没有人想成为坏蛋，因此我们不会把我们故事中的反面力量表现得太好。专注于敌对势力——这样跟反面角色近距离相处可能会让你觉得内疚、不舒服——但还是要试着进入人物。你不会因此下地狱。❷⑥

---

❷⑥ 当然，这可能不一定适合于所有人，但我就喜欢看到反面角色浮现出来时他们脸上的表

拟定反面主角的个人性格和情节发展，确保他们根据自身的个性呈现真正的"故事"。还要确保好人通过正面的、主动的出击战胜敌对势力，而不是通过坏蛋的无能和缺乏信念。**故事诞生于冲突**，因此你创造的冲突必须让人印象深刻。为确保达到这样的效果，你的敌对力量也要让人印象深刻。记住，你的主角只能跟他必须克服的挑战一样好，因此要让敌对力量很严酷、很强硬、很聪明、很令人信服，以至于你自己的朋友和家人都会因你内心有如此恶魔而感到彻底震惊。

顺便说一下，冲突也是真实生活的一部分。如果你花大量的时间和精力去息事宁人，竭尽全力在自己和周遭人们的现实生活中平息事态，消除冲突，那么或许你的生活完全不对头。人们首选编导为职业常常是因为他们能够在作品中不怕打击地表达自己。要开始适应你现实生活中的冲突，并留意自己的处理方法；有时顺其自然——偶尔介入并逐步增强，这也是一种努力——至少不要成为躲到下面并删除冲突的人。这样你会成为一名更好的作家。看看当你以静制动时现实生活中谁会有反应。如果你接受冲突成为日常生活的一部分的话，你会对有这么多人生需要引导而感到吃惊。如果你允许冲突进入到你的日常生活中的话，你也会得到更多的故事创意和现实的、逼真的人物。这样还会使你成为更强大的人。

13.1.13　故事分析和潜台词

还有问题？好吧。接下来，深度挖掘潜台词。选择你的故事中的几个关键时刻——如有可能，最好在直奔大转折点的那个场景中选择——分析与观众相关的每个参与者的潜台词，就像我们之前分析《天下无双的吉夫斯》一样（请参见"4.1.3 《天下无双的吉夫斯》摘录"）。如果没有足够的潜台词贯穿所有情节，那就很没意思。没有阴谋诡计，没有故事，就像测量穿过电池极点的电流一样，找不到生命。你手里有一节电池，但没有亮光。

就像我在本部分开头所说的，你的故事可能很多方面都不错，如剧情、正面的冲突、生活真实等方面。但如果没有潜台词，那就没有灵魂。请再看看潜台词那一章。此外，要确保你的主要情节和次要情节中有明确的关键问题。提出这些关键问题是提出生动的、更高级形式潜

情。有些编剧实在太好了，哪儿也进不去。这通常是缺乏自信的一种表现，这会破坏我们发行作品的能力。相信你自己以及你的故事，这样你得到成就的机会会更多。

台词的窍门（之前讨论过潜台词的更高级形式），因为你的观众会在影响其他情节线索的环境下接受实时动作。

13.1.14 还没找到解决办法

你的故事令人讨厌。找个正经工作吧。

正经地说，如果你还有问题，那么问题可能在于细节。看看下一章关于场景分析的内容，然后回到本章的起点从头开始。不要只是埋头"耕耘"全稿。你要尽可能先找到解决办法。我保证现在存在的所有问题只会被全稿放大。他们不会隐藏于精彩的对白或被奇妙的场景装扮得漂亮起来。问题只会变得越来越大、越来越糟。现在是采取行动的时候了。

13.2 场景分析

场景是故事中最小的有意义的元素。事件通过明显地改变主角命运的冲突界定。虽然这是很戏剧的或很电影的术语，但对小说或其他形式的故事也同样适用。当然，虽然我正在这里分析场景，同样的方法也可以应用于故事的事件或者整个故事。

场景分析实例——《回到未来》

让我们来看看影片《回到未来》第二幕开始处的一个20秒的场景，看看如何将其分解。你应该能够举一反三，将这种方法应用到任何场景上。这是学生们随机选的一个场景，他们的选择也很随意，选的正好是影片中点（即影片54分钟处）之后的第一个完整的场景。我本来可以自己选一个更简单的场景，但我想告诉他们这些原则可以应用于任何一个场景。

这个点是布朗博士意识到马蒂跟他未来父母（乔治和罗琳）的互动已经干扰到了历史进程。他的父母在本来应该相见的时候没有相见，这个动作意味着马蒂将不复存在。马蒂必须在他回到1985年之前让父母重新相恋，因此布朗博士和马蒂来到了马蒂父母上学的学校。这个计划仅仅是让马蒂把乔治介绍给罗琳。在原先的生活中他们很轻松地坠入爱河，因此本来只需要一个机会让这个过程再次发生即可，因为第一次相恋非常轻松。

随着场景的展开，马蒂把乔治介绍给了罗琳，但她完全忽略了乔治。很明显她对马蒂感兴趣得多。

场景目标：这个场景的目标是让马蒂介绍他的父母相识，使他未来的父亲能够跟未来的母亲约会（这是应该写在索引卡上的东西）。

主角：有三个对本场景同等重要的主要角色：马蒂、乔治和罗琳，因此在本场景中谁是真正的主角并不明显。确定主角的方法是问问："在这个场景中受到威胁的价值观来自谁？谁的命运从负面转向正面或从正面转向了负面？"这些问题针对的就是你的主角。有人可能会觉得乔治是主角，确实，这个场景确实改变了他的价值观（希望？），但他从"没有女朋友"变为"更加不可能有女朋友"，因此虽然这样想也行，但我还要继续探究。马蒂从有死亡的危险但感觉积极（因为他有弥补这个问题的计划），到"死亡的可能性加大"而感觉消极，因为计划失败了。这个变化也发生在潜文本层面（其他人物不知道马蒂的赌注是什么），因此我认为马蒂在命运和价值观上的变化更适合作为这场戏的主角。我将继续研究马蒂。

主角目标：马蒂的目标是让自己的父母相遇并坠入爱河。

受到威胁的价值观：马蒂受到威胁的价值是"生命"。他的存在依赖于父母相遇并相爱。

冲突：在故事的这个点上，冲突有几种形式，但对于这个特定的场景，有三个关键冲突与马蒂的目标相对立。

时空连续体：马蒂必须改变历史的进程让自己未来的出生回到正轨。

乔治的自我怀疑：我们知道乔治对自己、对他人都觉得不自在，更不必说女孩们了。我们也知道罗琳已经拒绝过乔治一两次了，他不能接受那种拒绝。就算罗琳会注意到乔治，他也必须克服他的自我怀疑。

罗琳对马蒂的爱：马蒂在父母本来应该相遇的时候替换了乔治的位置。这导致罗琳迷恋马蒂，而不是像原本历史中那样爱上乔治。这让马蒂处于跟罗琳的冲突中。

真正冲突的检验方法是看看冲突是否跟主角在这个场景中的目标处于对立的位置。起点处的历史进程倾向于马蒂未来不存在，因此跟马蒂让时空连续体回到正轨并生存下来的目标明显相反。马蒂的需求是让他的父母相遇并相爱。乔治的自我怀疑和罗琳想跟马蒂建立恋爱关系的愿望也跟马蒂的目标直接对立，因此这些冲突都很好。

转折点：这个场景开始时马蒂对生命持（相对）正面的价值观。

他有一个弥补所有事情的简单计划，因此在这个场景的铺垫（布局）部分，事情看上去是有希望的。然而，当他把乔治介绍给罗琳时，事情并不像预期那样发展。她迷上了马蒂，被他的到来所征服，以至于她甚至不搭理乔治。马蒂的动作意外地从给罗琳引荐乔治变为努力使罗琳不要喜欢上自己，而乔治屈服于自我怀疑，偷偷躲到了背后。然后罗琳被她的朋友们拉开并做了分级，她更喜欢马蒂了。她甚至注意不到乔治的存在。转折点的检测方法是看这个场景是否把处于威胁中的价值观从负面转向了正面或者从正面转向了负面。在这个例子中，马蒂的"生命"（相对）正面的起点已经遭到了严重的破坏。乔治没有信心让罗琳爱上自己。罗琳对马蒂太着迷了，根本注意不到乔治，而且罗琳已经跟马蒂说了自己喜欢"强壮的男人"。马蒂未来存在的可能性甚至比这个场景开始时还小。他的命运已经从正面转向了负面（或者你可以说从负面戏剧性地转向了极负面，实际上是一回事），因此场景发生了转折。

文本和潜台词

注意，改变了的价值观（马蒂的生命）不是直接由场景的内容处理的。这是故事在潜台词中前进的明确标志。

我们从场景的动作中理解的内容没有直接呈现在场景的动作中。

表面上，场景的文本内容是马蒂企图在朋友乔治及他认识的女孩罗琳之间牵线搭桥，文本的结果是失败的。然而，表面之下有很多事情在进行中。潜台词根据设定在每个层面浮现出来。我们可以考虑一下《回到未来》中的一些认知差异。

对白和动作

在基本的潜台词层面——**对白和直接动作**——当马蒂走到罗琳跟前然后说（文本）："罗琳？我想让你见见我的好朋友乔治·麦克弗莱。"我们听出他潜在的意思是"你们两个要在一起，不然我就会从这个世界消失"。在文本上，这只是年轻人的谈笑和人际关系。在潜台词中，生命本身受到了威胁。

然后乔治大摇大摆地走向罗琳。我们知道他不是真的那样走路的。我们知道他信心满满地靠着罗琳身旁柜子的样子不是真乔治。当他说"真的很高兴见到你"时，我们感受到了他的局促不安，因为罗琳重重地靠在柜子上，情不自禁地脱口叫出马蒂的名字，因为我们知道实际上是怎么一回事。她已经意乱情迷，她甚至不能回过神礼貌地对待乔治。实际上，她甚至注意不到他的存在。潜台词中，我们知道马蒂的计划、乔治约会罗琳及增强自信的企图都完全泡汤了。

移情作用

这也会在潜台词层面让我们产生共鸣。我们对乔治和罗琳都感到同情——我们记得自己生活中曾处于乔治的位置（或者至少，我们中的一部分像他这样……）——接近一个女孩，带着渺茫的发展关系的希望，然而知道——就是知道——事态的发展将会导致令人绝望的、尴尬的拒绝。我们理解乔治的境况：知道我们必须有所作为，但又没有信心做好。我们理解罗琳的境况：就乔治而言，不得不面对我们讨厌的面孔；就马蒂而言，不得不面对死心塌地爱上的人（他不知道我们的感觉或者对我们的感觉没有反应）并跟他进行深入交流。

罗琳彻底忽略了乔治。她走向了马蒂，问他在早前的撞车事件后脑袋怎样了。他避开了她的触摸，说自己很好。潜台词中，她在说"我想照顾好你"，而马蒂的潜台词是拒绝她。因为我们的"特权"位置（我们知道的比罗琳多——他想为乔治牵线搭桥，而不是自己），我们得到了很强烈的潜台词："这完全搞错了！她不知道马蒂是她的儿子！必须要采取点措施！"

但她再次尝试，告诉马蒂意外事件后她是多么担心马蒂，同时乔治偷偷溜到了背景处。这是个转折点。潜台词中，我们知道由于乔治走了，这个计划现在不可能成功，因为他不能把罗琳的注意力从自己身上引到乔治身上，所以马蒂在做无用之功。

学校的上课铃响了，罗琳的朋友拖着她去上课。我们看到她的脸，知道由于马蒂在学校遇见了她，使得她比之前更爱马蒂了。至此为止，马蒂还不知道这点……

次要情节和暗示

在特权潜台词中，我们知道得跟马蒂一样多，但比罗琳要多。我们知道马蒂现在想把他父母凑到一块儿来确保自己在未来的存在，因此他所做的一切我们都会放到这个罗琳不知道的语境中进行解释。

同样在特权潜台词中，我们观众知道得比马蒂多——前面的场景告诉我们罗琳已经迷恋上了他。我们知道马蒂还没明白这点，因此潜台词中我们已经在想"这个计划天真得可怕"。潜台词已经让我们为事情变糟做好了准备，同时，马蒂和博士正为事情的顺利进行做准备（还记得有意识情节和潜意识情节要背道而驰吗？）。

乔治将要做出更大的努力来克服他自己的自我怀疑，鼓起勇气真正邀请罗琳外出。我们知道得比他多——罗琳已经迷恋上马蒂，乔治的努力很有可能会遭到拒绝。

在这个场景的解决上演时，摄影机移到了布朗博士的脸上并停住，他看到了这个场景的展开过程，就像我们看到的一样（我们早前讨论过让人物"代表"观众视点的可能性。通常应该是马蒂代表观众的视点，但在这个场景中是布朗博士）。这会鼓励我们"拉开来"考虑更大的电影整体；换句话说，我们从段落、幕和故事的层面理解潜台词。在段落的层面，我们意识到马蒂离所要达成的段落目标（重新促成父母之恋）更远了。在幕的层面，我们知道他也更远离了他的幕目标：促成父母之恋后进到时光机里并接通闪电。在故事层面，我们感受到他现在更远离了他的主要情节目标：回到1985年。

花招

在花招潜台词中，马蒂知道得比罗琳和乔治都多。马蒂是来自未来的时间旅行者，是他们未来的儿子，为了自己的生存努力想让他们的浪漫史回到正轨，而且必须守住这些秘密。一套丰富的认知差异贯穿整个第二幕的所有场景。

一切都来自一个低戏剧性的、20秒钟的场景，这个场景中包含了一个小转折点和几十个字的台词。

13.3 设计场景

玩世不恭地讲，有一种设计场景的有趣方法如下。

看看主角贯穿这个场景的、受到威胁的价值观，并检查高潮处的价值观。假设我们希望主角成功，就设定场景开端的价值观为相反的另一极；主角要失败了，那么这个场景要成功。

自始至终把敌对势力设定为跟主角扭转价值观的可能性对立。

界定推动场景前进的事件：促成转折点的冲突中的动作。主角看上去能够成功！然后敌对势力把他打倒，看上去主角一定会输——但实际上不会！他惊险地获得了胜利！主角成功了，场景转折了。

要保证你使用的方法不老套、不被人轻易猜中——要找到更多有意思的方法来传达这个场景，而不是只用脑海里蹦出来的第一个。

保证全部事情中充斥着认知差异；也就是说，用潜台词来传达。

只有在你确实没有灵感让你本能地、愉快地完成这个场景的情况下，才用这种方法。这样总会有点做作，真的，不是吗？

— 第六篇

作者之日,推销之时

很多年轻的作者都会犯一个错误:封装一个贴了邮票的、寄给自己的信封,大到能够装下整本书稿,供编辑退稿之用。这对编辑来说太有诱惑力了。

——林·拉德纳(Ring Lardner,1885—1933)

第十四章　商业世界

像所有创意领域一样，两种不同的、割裂的心态必须结合起来，让艺术作品获得商业成功。一方面，我们是创造性的个体——"艺术家"，我们流血、流汗、流泪，花上整年的时间完成精彩的新作供这个世界享受。另一方面，我们也要有商业头脑——"生意人"，客观地把同一件作品看成一件"产品"，要对这件"产品"是否能赚钱做出判断。

这两类人看待生命的方式很少相同。他们生活在不同的世界里，有不同的工作要求。通常他们之间很少能够交流。我会更进一步讲，根据本性和直觉创作的最优秀艺术家，几乎不可能像生意人喜欢的那样进行管理或分类，他们获得成功的机会比不上稍逊一筹但有商业头脑的艺术家。

正如我在引言中提到的那样，好莱坞电影公司平均在一部电影上会投入100000000美元。我把所有"0"都留在这里，以便你可以看到并欣赏所有的"0"。这是一个很大的数字——100个百万美元——这是一个大冒险。这是2009年的平均水平。由于这个原因，故事部门（或者更像会计部门）要尽可能保证这些钱不是拿去打水漂了。如果可以的话，他们会把所有的猜测和主观性都排除掉，但他们做不到。他们能够做的极限是竭尽全力去找到"高概念"：能够以一句话表达清楚的、很有商业潜力的故事。我的一个好莱坞电影制片公司搭档只要概念——尽可能短的故事——并将其拿到电影制片公司。当制片公司看到吸引人的片名、有趣的故事线和有市场潜力的概念，然后他们就从中看到商机了。大部分情况下他们只需要加一两个著名的名字来获得商业上的成功。很悲哀，但事实就是这样。当我们绞尽脑汁、搜索枯肠让每一个字都意味深长、追求完美之时，制片公司要的只是一张海报。

看看《哈利·波特》，多么好的高概念。我们当中一部分人有过人的巫师天赋，他们存在于我们凡人间的一个隐秘世界里，他们有魔法。完美吗？隐隐显现出潜台词、冲突和魔幻，同时迎合了所有年轻人的梦想。非常完美！至高无上！然而，接着来看看如何传达故事。巫师们一起出发到他们自己的魔法学校。潜台词被去掉了，因为他们都知道他们有魔法。情节被缩减成一个维度，跟标准的"坏蛋"作战，高概念的潜力没有发挥出来。我知道这样说不一定恰当，但我认为《哈利·波特》故事的潜力还没有完全发挥出来。这个世界对《哈利·波特》买账是因为这个高概念异想天开的力量，虽然它把我们带入到了一个精彩的世界，但故事在实际传达中潜台词的力量遗失了。我不是暗示这个系列故事不好——当然不是，正如我之前说过的，J.K.罗琳（J.K. Rowling）创造的这个高概念及故事世界都很棒。我要说的是《哈利·波特》系列故事（尤其是电影版）给我们留下一丝遗憾，因为潜台词利用得还不够充分。故事应该还能够写得更好，系列电影应该更加能够经得起时间的检验。看看评级，你首先会在评级中听说这个故事。

但一定要记住优秀的高概念能够获得的成绩。高概念对你作为一个作者、对于故事成功的潜力真的、真的非常有益。

一旦他们有了自己的"高概念"，他们会投入一队内部编剧，他们的职责是应用本书中提到过的这些概念、技巧和方法，一些明星演员及其他因素也会被考虑进去。

因此当他们看到一些可能绝妙的东西，但很难衡量时，他们就会犹豫，就会止步不前，这跟有人让你把抵押增加一倍以证明你对艺术作品的信心时你也会犹豫一样。你会为了自己的故事而抵押房子吗？突然间，我们对作品价值的评价不那么确定了。可能作品确实很优秀，但这时还没有回报的保证。我们想让其他人来冒这些危险。然而如果你拿出某些精彩的东西，这些东西可以以他们信任的方式衡量，让他们坚信故事不但精彩且一定程度上可以得到证明，他们就会露出笑容问你是否愿意在这里或那里签字。

他们能够衡量的是有没有本书中这类原则、方法。因此我的第一个商业方面的建议是：写作中应用这些原则。不要在自己非常专业、经济上有保障并且有决定权之前要小聪明。音乐家斯汀［Sting，原名戈登·萨姆纳（Gordon Sumner）］，先是唱一些热门的流行音乐，在获得巨大成功之后再去唱放纵的爵士乐。斯皮尔伯格在获得《辛德勒的名单》（Schindler's List）的商业投资之前先拍了《E.T.外星人》。伍迪·艾伦也是先演了《007别传之皇家夜总会》（*Casino Royale*）然后才能拍他的艺术作品《曼哈顿》（*Manhattan*）。人们总是建议你学会跑步之前先学会走路，了解你的行业然后打一场持久战。

尝试一下做你的故事的生意人。开始前先写好海报。能够表现整个故事的情绪和气氛的那句话是什么？这就是众所周知的"故事线"（log line，有时也用"strap line"这个词组）——一下子钩住你的主题句，横在海报上的那句话，或者在宣传片中用低沉的声音讲出来的那句话。例如"太空中没人能听到你的尖叫"是《异形》最完美的场景定位器；《回到未来》的故事线则应该是这样的："遇上唯一在出生前就陷入困境的小伙子。"

很多经纪人、出版社和制片人会要求看名称、故事线和故事梗概（Story Summary）。故事梗概相当于写在书封底上的宣传信息，或者写在报纸上的故事情节概要。人们总会看书封底上的信息，并据此做出是否购买的决定。我想在写作中没有什么比写恰当的封底宣传语更困难的了，你会慢慢讨厌做这个事。如果你能够轻松地写出封底宣传语的话，就清楚地证明了你有一个高概念故事。有点讽刺意味的是，你的故事越好，潜台词就会越多，因此总结成寥寥数语的难度也就越大（这就是电影工业会漏掉好故事并且不知道为什么会与之擦肩而过的原因）。

但这是必须完成的，因此我的建议是看看激励事件和主角为回答关键问题必须克服的主要敌对冲突的含义，把这些作为故事梗概的基础。如果你觉得自己想把次要情节概述也塞进去的话，要想想你是否真的确定主要情节有那么强大。

把包括剧本陈述在内的原始想法写出来会比只有故事梗概更有价值。剧本陈述把整个故事装在3000字到10000字的篇幅里。对于长篇小说来讲，这可能是你之前写的精简版，或者可能是他们要求的前3章或前50页，也可能是5000字。对于电影剧本来说，把整个故事写成短小而全面的剧情简介会相对容易一些，因为电影故事比长篇小说短很多。

就我的经验来看，如果你用准备好的"陈述套装"来向电影行业目标人物讲述你的故事，让他们能够更好地、更轻松地做出判断，那么不管他们自己有什么特定的标准，他们都会很乐意接受，因此我会建议你用列出的那些项目做一个"陈述套装"，让你的故事得到最充分的展示。现在我们来看看这个"陈述套装"。

14.1 包装你的材料

那么你开始了一个颇为重要的旅程。从最开始展现激励事件、关键问题和问题解决等原始创意的几个段落，到现在，你有了令人印象深刻的全稿（原稿），5000字的剧本陈述、故事梗概和剧本推介、场景标题（Slugline）以及把所有东西整合起来的剧本大纲。现在我们要让它能够吸引生意人。过程是这样的。

做一个有封面的陈述套装，自己编剧作品的简历及相关的经验，以及你的作品的审阅人。审阅人会因经纪人、制片公司或发行商的要求而异（最好的目标是经纪人，因此之后我们会用这个术语）。多数文学经纪人会要求看前3章或前50页。多数电影经纪人首先会看标题、故事线、一页梗概，也许还有剧本陈述。你的陈述套装要能够满足他们的任何要求。我会从文具店买一个光面白色文件夹然后把所有东西都放在里面。如果是一本书的话，我还会有图片——"封面设计"——因为这样可以带来很好的感觉，让你展现对故事全貌和氛围的看法（也就是说，封面设计本身是很可怕的学科，很长很长的时间都化在讨论和修改意见上，只是为了做好封面设计。封面设计很重要，因为人们真的会通过封面来判断一本书，封面设计很难很难，但我还是觉得自己的图片在创造良好的第一印象上很有帮助）。

不要为精准的格式操太多心。我听过很长、很热烈的讨论，说电影公司拒绝任何没有在首页正确的位置以大写字母写明标题的事物、拒绝装订剧本的订书钉（或平头钉）数量不正确的稿子，出版社因为作品有拼写错误拒绝一部优秀作品。这些都是胡说八道。是的，你当然要有自尊，尽可能做到最好，但只要你的作品清晰明了、形象不错，故事讲得清楚，那么真的没有什么严苛的规则。不要太华而不实。不要试图"与众不同"。保证自己打开了语法和拼写检查器即可。

我通常把自己放在中间偏下的位置。不要小聪明，不搞噱头。我会使所有外围材料（简历、大头照、传记等）保持简洁且恰到好处，然后让作品说话，我觉得电影业专家看到这种方式会感到惊喜。尤其要说明，电影业专家们不喜欢特别花里胡哨的东西——他们会直接忽视它——并且绝对讨厌在你自己都绝望的情况下企图让他们跟你成交的东西。避免拉动情绪杠杆——这会让他们像躲瘟疫一般离开你。

列出恰当接洽对象的"目标清单"（后面的"资源和支持"一节中

有找到他们的方法）。不要把你的作品喷向全世界。经纪人会列出他们寻找的素材类别，确定少量的、适合你的对象可以让你恰当地集中精力，这样就可以避免收到大量的、可怕的回绝信，并且给所有人节省时间、精力和金钱。

跟经纪人最初的联系可能是通过电话交谈或电子邮件来征求兴趣。

最初的联系目标很简单：征求提交陈述套装的许可。只专注于这个目标，不要过多涉及细节。最重要的是，别太情绪化地说这是你最后的机会，如果不能很快成功就不活了。你有两条信息是他们想听的。

1. 故事的类型和性质，在相应方框中勾选表明作品适合他们的清单。

2. 陈述套装的存在和性质。

就是这样。除非你完全搞错了（把血淋淋的恐怖片寄到儿童书籍出版社之类的情况），经纪人的注意力会被吸引到呈现方式的简洁而专业上。陈述套装正是他们想看到的东西——还记得我们开头所说的吗？如果你手拿金项链站在那里，他们会抛开一切跑到你这里来更加仔细地验货。

做好第一次交流的准备，在呈现作品的"高概念"时要很熟练。你要精力充沛地排练让他们立即想知道更多的段落。如果他们问这个故事讲的是什么，然后你说"嗯，这个很难解释清楚……"，那么你立即可以从画面中退出了。如果一个故事很难用几句话来解释，那它就很难卖出去，因此他们已经在想这不是他们的菜。更糟糕的是，你还在那里喃喃自语。

"嗯，你看，这里有个怪异的教堂对吧？控制教堂的家伙是——就像专横的怪人，没人知道他是什么人，但他深信这个女人跟他勾结——哦，这是在爱达华州。顺便说一下，哦，这是在1970年。唔，他之所以这样的原因是当他成长时，是吧？他的妈妈跟当地一个经常过来的拔野鸡毛的人有些问题——他是意大利移民，他的父亲总觉得美国政府跟他过不去，因此他有点偏执，因此……"

你能想象电话另外一端的那个人的感受吗？你必须保持高水平发挥，你必须精心准备好那个段落。这个阶段的工作不是告诉他们你的故事，工作的目标是让他们想要知道更多。不要再深入；如果经纪人看上去想让你再深入一点，只要告诉他们陈述套装概括得怎么好就可以了。如果他们还需要更多的细节，我会开个小玩笑，问他们感兴趣的程度……如果他们想知道更多，他们会要求看陈述套装，这就是这个阶段

你要完成的任务。 ㉗

留下联系人的名字，约定时间，之后等他们的消息即可。大多数经纪人和出版社都很擅长履行承诺。真的，如果他们同意看你的材料，他们就一定会看。可能会比原先说的时间晚两个月，但他们一定会看，并且给你回应。他们也会考虑到作者和他的作品之间的情绪联系，会很得体。如果他们同意看你的故事，在反馈意见和拒绝的原因时他们通常会很敏感。如果他们立即拒绝的话就不太可能直接给你反馈或跟你联系，只有在往下进行一两步之后才会告诉你。

一旦遭到拒绝，不要再次拜访同一个人，缠着他们要更多的信息，除非他们邀请你去讨论修改的事宜。当然，你爱你的故事，你很想得到能够帮你改进的反馈，你不明白为什么他们不理解这点，总是想跟电影公司联系，问问该怎么改他们才会接受。你这样做只是在浪费自己的时间以及他们的时间。

14.2 应对拒稿

记住，大多数情况下稿子都会被拒绝——即使作品质量很高，远高于创意产品的底线——原因如下。

·它不符合出版社的专业范围，或者与合伙出版社、制片人、发行商等的合作范围不一致。

·他们现在没有资源（经济上或人力上）可以投到新客户身上。

当然，除了以上的可能性，还有可能就是你的作品确实还不够好。但我们假设作品质量很好，在最终得到传说中的成交之前，也仍有可能收到很多拒稿信（实际上，在你成交*之后*还会持续收到拒稿信）。多数大牌代理人几乎完全依赖电影业内的项目生存，那些项目更能保证让他们赚钱，那他为什么要冒险押注到未知数上？

尤其是书，书很大程度上是声誉的副产品。书店一般不卖书，它们卖"名字"，因此经纪人大部分时间都会作为中间人在著名作家（或其他领域的知名人士）及想利用作者声誉卖书的出版社牵线搭桥。名声用

㉗ 更明确一些地说，故事线跟"高概念"是有所区别的。故事线是海报上干净利落的一句话——这是市场营销的一部分，而高概念是故事的一两句话版本。例如《回到未来》中故事线是"遇上唯一在出生前就陷入困境的小伙子"。高概念则是"一个小伙子回到了过去，见到了自己的父母，而他的母亲爱上了他"。故事线是卖给大众的，高概念则是卖给电影行业的。

来售书跟用来销售太阳镜、美食、汽车及其他带价格标签的东西没什么两样。

值得注意的是，这跟文学价值无关，只跟市场开拓能力有关。很大程度上，我知道文学价值最高的作品签约的可能性最小，因为他们不太可能产生经济回报。托尔斯泰（Tolstoy）的作品你看过多少？陀思妥耶夫斯基放在今天能签约吗？答案很明显。如果有人拿着按照这些原则写得很文艺的作品给你看，你会投资吗？答案很明显。我也不会。大卫·贝克汉姆（David Beckham）写了自传——如果你是出版社你会投资吗？你当然会——他甚至不是一个作家——但他这个不是作家的人写的自传卖得比99.9%的作家还多。肯定的。但要是乔丹·凯蒂·普莱斯（Jordan Katie Price）㉓卖故事，如果你是出版社，你会给那些故事投钱吗？是的。先看她的那些稿子你有意见吗？当然没有。内容不重要。这些故事会畅销是因为她的身份。这些故事有市场销路。如果恰好这些故事还很不错，这是中奖了，但没有关系——你会因为她的身份而跟她签约，因为事实上她的书会很热销。书的内容是可以稍后处理的刺激物。文学价值远远地排在了第三位。

重点是，你绝不要因为收到拒稿信而自责。你**会**收到拒稿信，你要客观地看待此事。你对自己的作品注入了感情，你自然而然地觉得受到了某种形式的批评的攻击，但你必须培养出厚脸皮。你接触的是努力赚钱的人，金钱没有感情。你必须承认公司拒稿的理由有很多，你写得怎么样一般不是主要原因。

我有一颗敏感的心灵，我不能假装被重要的潜在机遇拒绝时不会受伤，但很大程度上我会从哲学角度来看待拒稿。我只为自己写作。我不会为任何他人写作或特意为达到出版目的而写作。我是为自己写的，不管这个世界怎么想，我会一直写，我写是因为我喜欢写。如果碰巧我能够让足够多的人满意，那么我很幸运，但即使无法获得商业上的成功也决不会让我停止写作。我会倾听评论家的意见，因为他们可能会说出一些有价值的东西，但最终，我是我自己最严格的评论家，很少会根据别人的意见进行修改，除非这些意见肯定了我已经有所怀疑的地方。

你必须从心底里写自己的故事，不要理会他人的观点。除此之外，再没有其他写作的方法。当你把自己置身于危险中，把作品呈现给公众

㉓ 英国明星，她的私人生活常刊登在英国小报和名人杂志上。——译者注。

（不论范围多广），总会有砖块和鲜花，你要"平等地对待这两个骗子"——换句话说，从容地接受两个极端，但两个都别太相信。从我感性的内心里面，我已经从感性的自我成长到能发现真诚批评的重要价值。实际上当人们赞扬我的作品时，我会觉得有点尴尬，我发现自己想让他们除了告诉我喜欢的地方之外，还要告诉我他们不喜欢的地方。我当然喜欢赞扬，但我也很重视批评。在实用层面，批评帮助更大。

因此接受拒稿吧。你永远不会喜欢拒稿，但拒稿会一直伴随着这份工作，要学会利用它帮你提高并写出好作品。你如何应对拒稿可能就是成功和失败之间的差别。

对你的作品负责

很多作者不知怎么觉得如果他们的金创意素材得到关注，叫作"编辑"的这个神奇的存在就会从天上掉下来，并且把他们的故事以可以赚大钱的、完美的形式写出来。不，他们不会的。编辑（经纪人、制片人……）想要的是基本上已经完成的东西。他们可能会要求修改，并帮助你进行润色，使你的作品得以完成并进行包装，但他们不会为你写作。

我的经验是编辑善于为他们的清单选择适当的作者和素材，设定书籍的印刷风格，让你的书籍做好印刷准备，在书籍付印上起到很重要的作用，但如果允许他们或鼓励他们修改内容的话，他们会糟蹋这本书；不是因为他们不知道自己在干什么，而是因为那不是他们的故事！他们怎么可能为你写你的故事？你要负起责任，确保每一个句子都是你想要的样子。然后坚持你完成的东西，除非某人对作品的批评引起了你内心的共鸣（当然也包括某人斥巨资让你以特定方式进行修改的情况）。

在电影行业修改剧本是很常见的，你很难拒绝你视之为重要联络人的业内人士所提出的大堆修改意见。你加班加点花了几个星期把他的意见吸收了进去，然后回来，他再次握着你的手并提出更多修改意见。在修改了几个回合之后，故事失去了原来的架构，这个业内人士看着他造成的乱七八糟的东西，哦……他觉得那是垃圾，搞不懂为什么自己会投入这个故事中。我通常会同意做一些简单的修改——尤其是我觉得他们的意见正确的情况下——但一般在同意并实施修改之前我会要求先签约。出书有了实质性进展的情况下可以修改，电影剧本可以作为一个选项来考虑，否则先不要进行修改，可以找个喜欢现在这个故事的人。我有一个薄薄的塑料文件夹装着我跟经纪人、制片公司和出版社签的六个合同。我还有一个鼓鼓的文件夹，里面装的都是拒稿信（我知道，难以置信，不是吗？）。我觉得不可能只有其中一个文件夹而没有另一个文件夹。我自豪地保留着拒稿信，因为有了这些拒稿信，最终作品得以出版时会感到更幸福。

14.3　资源和支持

从本质上讲作者的宿命是孤独的。始终客观看待你所创造的"野兽"是很困难的，在你写作时长期远离正常社会而不发疯也是件很不容易的事。也就是说，大多数作者开始写作是因为他们不知道其他的谋生方式，并且多数人喜欢独处。这或许有点悲哀，相比他们不得不在其中度过余生的真实世界，很多人更喜欢他们头脑中的那个，因此当可以隔离腐烂的、老旧的真实世界时，他们会觉得如释重负，并且投入他们为自己创造的另一个世界。

我发现自己有合二为一的需求。我喜欢做自己，同时也喜欢写作。很理想地，我把写作作为一份"白天的工作"，一旦满足了写作的时间要求，我就成为一个快乐的社会人。在那些否定了自己的个人时间、只身一人沉浸在写作世界的日子里，我承受着心烦意乱的痛苦，直到我再次满足了自己的需求。

关键在于你必须安排出时间来写作，但又不能走到不健康的极端。当我以前在办公室里工作，家里还有小孩，通常我在早上5点到7点之间写作。每天都是如此。在此之外如果我能够挤出零散的45分钟时间——午餐时间、乘火车等——这是额外收获，但那些早晨的时间是我的，最重要的是在那段时间里我不会因为家庭责任而分心。因专注于写作而导致你最亲近、最亲爱的人失望是完全没有益处的。你知道传说任何领域中最成功的人士都会100%地投入自己选择的事业中，并且是毫不妥协地投入。有些作者把这当作一种召唤，让他们抛开工作、离弃世界、在某个地方找个单身公寓，并且过着隐居般的生活。或许这对性格古怪的人有效，但我觉得这并不明智。如果他们想要理解正常人的话，作者也要过"正常"的生活。把你自己隔离起来实际上也隔离了你的经历，当你全心全意地写作时，会让你的内心和观众的内心处于不同的位置，因此作品引起观众共鸣的机会就降低了，尤其是你变得孤独和痛苦时。只因为你开始写故事……因为孤独和痛苦。你无法躲在改装的阁楼里通过网络来真正地了解人性。唔，你或许做得到，但你无法在你的作品中很好地表现人性。你要融入群体中、聚会中、家庭中去——要融入社会中。还记得马斯洛需求层次理论中的"归属感"吗？这必须在你接近"自我实现"之前获得。这两者是相互依靠的。

这也跟之前谈到过的"创造性的约束"重合。把你生活中的所有责任都抛掉可以给你带来很充沛的写故事的时间。你可以深入思考，做出很具体的计划。这看上去好像是件好事，但猜猜会发生什么情况？什么也做不好。经年累月，不会有什么完成的作品面世，因为你老是会指望着明天，而那些羡慕你有大把的时间、缠身于人生责任、忙里偷闲写作的人，却往往有意味深长的作品出来。当他们能够抽出时间写故事时，这种时间非常珍贵，作品会比较有热情，因为他们想最大限度地利用好宝贵的写作时间。不能写作的时间可以积累创造性的能量——在开车、洗澡、休息、坐火车时我们会思考、计划——因此当有时间写作时，这种时间是富有成效的。时间是有限的，时间越有限，你的创造性就越强。因此拥抱家庭吧，拥抱朋友和社交吧。做好你的工作，承担起你的责任。但是要记住：每天都要写。把写作列入你的计划，并把写作排在优先位置。要下决心利用好写作时间，使其富有成效。

14.3.1　增加人脉

如果情况允许，对于那些想写作者的最好的建议是参加写作培训。在我三十来岁的时候，我参加了白金汉郡（Buckinghamshire）英国国家电影电视学院（National Film and Television School）的短期课程班，并因其效果而吃惊，如果全职到那里学习的话课程班的作用会更大。不仅因为我会更早地掌握写作技巧，还因为——这一点或许更为重要——电影学院的同学和校友带来的人脉正是让工作走上康庄大道所需的社交网络。学习导演、摄影、作曲和表演的同学们需要拍摄用的剧本，因此电影学院里编剧的需求量很大，编剧同学的作品在那里被拍成电影，然后，周而复始。毕业生们在电影电视领域起到了很重要的作用；你是他们中的一员，他们是你的伙伴。当他们需要编剧时，就会给你打电话。当你需要摄影指导时，在你小小的记事本里有一堆摄影指导的名字。不幸的是，要先出版或拍摄的话，你认识什么人比你写什么故事更重要。对编剧来说几乎没什么事情比联系人更重要，作为教育或职业的一部分，认识正确的人会让你拥有巨大的优势。

跟我同领域的最成功的当代作家——如克莱夫·詹姆斯（Clive James）和比尔·布莱森（Bill Bryson）都曾为报社工作过，这绝对不是巧合。报社工作经历不但锻炼了他们的文笔，而且还给他们带来出版所需的人脉，一旦他们写完一本书，报社会给他们向读者进行宣传的渠道。非常完美！有些幽默作家还曾当过独角滑稽秀演员，有的在电台或电视台工作过——如本·埃尔顿（Ben Elton）、托尼·霍克斯（Tony Hawkes）和戴夫·戈尔曼（Dave Gorman）。丹尼·华莱士起先是BBC广播公司的制片人。要让你白天的工作成为可以提高你的写作水平的地方。

如果到学校学习写作已经太晚的话，可以尝试参与职业培训，这使你可以进到圈子里，使你能够每天写作。我参加的IT培训班没什么用——因此我成了一个技术性作者。突然我开始每天写作。如果你在某种公司工作，在IT行业或会计行业，诸如此类，那可以申请同样的工作（IT或会计岗），但要在出版领域、电影行业、电台或电视行业从业，这样你可以在工作中见到能够增加你的曝光机会的人，并且与之互动。找到一个每天写作的方法，找到一个在你真心感兴趣的领域工作的方法。

《作家和艺术家年刊》（*The Writers' and Artists' Yearbook*）

假如你不跟斯皮尔伯格同校，现在不能够回到学校学习，也不能在环球影片公司找到一份工作，那怎么办呢？联系人的主要来源是一本名为《作家和艺术家年刊》的书。一年一本，列出了所有的经纪人、制片公司和出版公司（还有报纸、杂志、比赛等很多其他内容），还有公司专业领域的简要介绍及他们的岗位需求。仔细看看该书，标出适合你的工作类型的公司。

我会建议把经纪人放到联系的第一梯队里。他们对新作家更加开放，适合作为刚出道者的初始路径。如果没有意外，他们很可能在拒稿的同时，给你一些为提升成功机会必须修改的意见；如果他们真的看中了你，他们心里会有一些具体的修改方法，这些方法成功的可能性很大。如果他们不是很有信心得到回报的话，是不太可能看中你的。实际上，经验表明，获得一个经纪人比获得一个发行商更难。也就是说，我的第一个突破点是直接跟出版社联系，即使我当时有经纪人，但他当时无法下决心做那部作品。想想看吧。在《作家和艺术家年刊》里，你可以看到哪些出版社可以直接联络，多数可以通过电话或E-mail进行初步的接触。

记住在这个点上自己扮演的角色。你戴着销售员的帽子，你在处理项目商业层面的事宜。媒体商家在跟艺术家处理商业事务时非常谨慎。艺术家常常是敏感且感性的人，尤其在谈到他们的作品时，很难在生意的基础上进行洽谈。不管艺术家作为一个人是多么的可爱，商家都会回避他们。经纪人是两者之间的接口。经纪人跟艺术家谈创意，然后跟商家谈生意。

很明显，有些很优秀的艺术家如此全身心地投入他们的创作中，使得他们甚至非常不喜欢生意人的粗鄙以及销售作品带来的出卖灵魂感。我们都能体谅这种态度，但是如果我们真想卖出作品的话，最好能够接受这个世界运转的方式，在一定比例的时间里戴上面具。多数媒体公司人员本身就富有创造性，他们比其他行业的从业人员容易交流得多，但事实依然没有改变，如果你能对商业世界和业务需要有所了解，你对那些想要包装并售出你的作品的人来说会更有诱惑力，因而你会更有可能签署合同。

网络资源

大多数电影制片公司都是通过内部项目、经纪人获得作品，另外还有被称为"第一印象"的作品库，公司可以对感兴趣的精品获得优先取舍权。大型制片公司、工作室绝不会直接接受默默无闻的、没有经纪人的作家的作品。电影经纪人也列在了《作家和艺术家年刊》中。我还有曾经通过网站成功找到合作方的例子，有些网站在编剧和电影行业之间提供平台，看上去确实可以联系上真正的电影人。这也是一个拿剧本下注的有意思的地方，因为久而久之，你就会明白人们放弃你的作品的关键点。谁看了你的片名、谁看了你的场景标题、谁看了故事概要，这些统计信息你都可以看到。如果他们对这些顶层元素感兴趣，他们会继续看故事概要，然后可能进一步看剧本陈述，最后看整个剧本。打个比方，随着时间的推移，你会发现很多人被片名吸引，然后看了故事概要，但看剧本陈述之前就放弃了。那么你可以检查一下故事概要，看看是否可以对其进行打磨，让更多的人进入下一阶段。

比赛

对书籍或电影来说，比赛是一个获得关注和合同的很好的方式。我的第一个成功的电影剧本是比赛获胜的结果。那是在《作家和艺术家年册》中做过广告的"欧洲电影故事大赛"（Euroscript Film Story Competition）。第一个奖励是跟一个专业编剧改编我的故事，合作中我们完成了我的第一个电影剧本。这个剧本当时没有卖出去，但比赛获奖大大地提升了我的知名度，使得人们愿意跟我聊剧本并看我的作品。你常会看到一个条款——"只接受'出过书的作者、拍过片的编剧及大赛获奖者'的意见书"。这也表明你的故事开始有的放矢，你应该朝这个目标继续努力。也许最重要的是这会给你带来能够告诉你有益信息的联系人和反馈。

网站

给自己做个网站。这样可以很便宜、很容易地把你所需的基本信息都放在设计精美的网站上。网站能让你发布正式信息，你可以通过它引起未来的经纪人和买家的注意，让人们能够通过很简单的方式找到你以及你的作品的详细信息。今天很多作家决定停止跟出版社合作，通过他们自己的网站来销售他们的作品。这是很实在的，因为通过书籍赚得的利润都是你的，而通过传统出版社出书，在获得版税前你必须把相当一部分利润支付给零售商、发行商、出版社和经纪人，这样你得到的大概只有标价的百分之五（还是税前）。这表明，要认真考虑一下**自助出版**（**self-publishing**）。当然，在你走上这条路之前，也要考虑到不利因素。

设计合理的网站可以给你带来以后打交道时的信誉，让生活变得比准备个人陈述套装、贴邮票、寄硬皮书稿更简单。我们中大多数人都相当努力地寻找推销自己的良机，而此时我们真正想做的是继续做下一部作品。网站可以帮助我们大大地节省时间，让你给人留下良好的印象。

现场演出

如前所述，书籍主要是声誉的副产品。一个让你自己从陈述套装解放出来的方法是将其搬上舞台，进行现场演出。有很多机会可以让你的故事进入演出舞台，从当地的俱乐部和兴趣小组到成百上千人的文化艺术节［艺术节上的观众比传统喜剧脱口秀（stand up comedy）的观众更友善。你真的不用像在其他场合那样紧张］。你也可以自己拍摄，然后放在YouTube或你自己的网站上——你只是不知道效果有多好。实际上没有人真正知道这种活动的真正效果。但我们可以确定地说这种方式没有任何害处，而且大大地增加了你对出版社的吸引力，因为你是带着市场潜力来的，而不是又一本需要冒险的书。

合作

有两种类型的合作。第一种是跟朋友合作。我跟朋友合作过，发现合作比一个人写作有趣多了，因为其中有社交因素。但这种"有趣"真的是个好东西吗？融洽的合作很快地把工作变成每周一次的啤酒聚会。我觉得这个问题的答案在于你跟合作者之间的关系。

合作的主要优点是能够激起灵感并让你们的灵感之间相互碰撞，并且由于工作量被分担，剧本可以更快地完成。喜剧，看上去尤其能从团队合作（还有啤酒）中获益，因此这实际上主要是组织的问题——谁负责做什么、就整体故事达成一致意见。合作编写故事的例子有很多（当然包括罗伯特·泽米基斯和鲍勃·盖尔在《回到未来》中的合作），如果你能找到好搭档，我觉得那是很好的写作方法。合作写作真的依赖于你的个性以及你跟搭档之间形成的工作关系。

第二种类型的合作是跟"专业"剧本医生合作。很多人做广告（尤其在网络上）帮人修改故事。他们因为酬金而成为你的合作伙伴。我的剧本是我自己修改的，因此我觉得必须承认可能会有所偏颇，但我认为我只能引导作者，而不是故事，这个界线我很清楚。考虑到我在故事方面的知识，这听起来可能会有点奇怪，但不论有多少知识都不足以使故事医生为别人写出他们的故事。剧本医生可能玩世不恭地帮助故事变得更为商业化，或者将其包装好用于陈述，但应该避免他亲手来改写故事事件；我前面讲过，我努力帮助作者找到他们自己的声音，实现他们自己的故事，以本书中传授的这类实用知识来帮助他们。

言归正传，在故事层面剧本医生不太可能成为好的"合作者"，我会对他们修改故事保持谨慎的态度。一旦他们改了，故事就不再是你的故事了，并且很可能会给你带来挫败。像《如何写最畅销的书》之类的书籍也是如此。不要靠近它。他们基本上都是通过结构导向的方法来完成任务的，而这种方法很可能让你失败、带来挫折感。他们或许能够指出故事的某些问题，这些问题本书中已经讨论过——激励事件没有提出关键问题，关键问题没有在解决时得到回答，诸如此类。你可以接受结构或洽谈方面的帮助，但我觉得从自己的脑海里完成故事是很重要的。

在创意写作俱乐部和跟朋友的合作中可以得到类似的（免费的）帮助。对于我来说，如果一个故事出现了问题，我会将这个故事抛开一两个月，先做其他的事情，而不是让另一个作者参与进来修改。当我用新的视野再把故事捡起来时，我一般都会发现对故事的看法跟抛开故事前大不相同了，我会发现新的灵感。还有些故事放在底层抽屉好多年，我不会再抽出时间把它们重新捡起来，我觉得这些故事讲述的是关于那个作品本身价值和质量的故事。

值得注意的是电影公司通常会选择呈现生活本身的故事。如果他们对你的剧本感兴趣，他们会跟你签订所谓的"一揽子交易"。这样他们买了把剧本发给"天才"修改的时间，他们觉得天才会喜欢分一杯羹。如果他们信任的演员、导演和其他人员回来热情地竖着大拇指并要求参与到这个项目中，然后开始围绕故事组建团队，那么据说这样"进度会快一些"。如果电影公司从被选来拍摄这部片子的全班专业人马得到肯定的信息，电影公司就会从信任的人马中得到开绿灯的信息，然后他们从你这里获得"期权"（给你支付报酬以得到一定时间内故事的控制权，通常是18个月左右）。在此期间，随着故事的完善和声誉的建立，他们会继续跟进故事的发展进程。如果人们都想参与进来，那么故事就自然而然地发展成炙手可热的项目，这全靠故事本身。如果故事得不到认同，那么就会冷下去，18个月之后你就拿回了故事所有权，并且可以再卖给其他地方（是的，你可以不断地得到"期权"交易）。

出版社也会采用类似的方法，报送的稿子在编辑团队内部有了保荐人，他会努力使其在书目中有一个位置。最终，同行认可了，故事达到了交易报价的严格标准。

你会发现自己一定程度上可以为你的故事采用类似的方法。那种持续激励的方法可以促使你完成作品。将可能完成也可能完不成的故事放到抽屉里转而去你钻研那个时刻觉得更有吸引力的东西。因此一点都不要去考虑你会不会将其搁置起来。这完全是标准的故事创作步骤的一部分，标准的故事创作步骤会告诉你很多关于你的故事的东西，以及如何探索故事。

自助出版

这是个奇怪的游戏。当我处理作者事务时，经常发现旁边的另一个作者在卖他自己出版的书，他每本书赚的钱比我多5～10倍。说老实话，这有点让人讨厌，我想在关键区域放一把小火。

我自己也出版了少部分书（我的儿童读物是自助出版的），在今天作者自己出版是完全可行的。我们都能够用Microsoft Word或OpenOffice Writer之类的软件写出一本书。我们能够用Photoshop软件设计封面，能够在附近找一个友善的复印店做出封皮。我知道有人印了10本书——只是为了自我满足——花了300英镑。2000～3000本的量，像我的幽默书籍这样标准风格和类型的书，每本花费大概在60镑（2009年的价格）。你甚至可以从尼尔森（Nielsen，英国ISBN代理机构）[29] 获得ISBN书号，单是这个行为就可以把你的书放到所有商店系统中，包括会神奇地出现在亚马逊（Amazon）这种网络书店中，只要有ISBN书号，亚马逊就会自动给其一个页面。因此，自助出版现在可以神奇地实现了，廉价而且简单。

但这并不意味着你就一定能够把它们卖掉。

我会警告想要自助出版的人，原因很简单：在没有做市场营销的情况下，你可能很努力挣扎却只能卖掉100本，留下几千本在手上。除非你有针对感兴趣的目标读者的清晰的营销方案，不然就别多想了。你最后会在房间里堆着1900本书，它们将陪你度过余生。

如果除了家人和朋友之外，你还做了一点市场营销工作，计算的经验法则是这样的：市场营销涵盖范围内的人群中10%会注意到你的作品。在这个数量中10%的人会购买你的作品。换句话说，你的收益计算的基础是，市场营销涵盖人群的1%会去掏钱包。这依赖于下面讨论到的广告类型，所选媒体的力量——比如现场演出，观众数量会比海报少，但购买率会更高。

市场营销是成功的关键，市场营销的关键是"营销手法"。如果营销手法好，那么营销效果就好。没有市场营销，自助出版是不恰当的，往往只是受虚荣心驱使的不理智行为。

这让我想到以下内容。

---

[29] 实际上，你最少要获得10个ISBN号，但仍然不会耗尽ISBN资源。他们还有免费的编目服务，把你的作品的基本细节信息放到公共领域中。

付费出版

对于付费出版，很简单：别这么干（除非是为了不要尊严的虚荣心）！如果你没有从经纪人和出版社处得到肯定的回应，就会有跟"接受自费出书的出版商（Vanity Publisher）"签出版合同的诱惑，这类出版社会帮你出版，前提是要你预付部分现金来共同承担风险。其回报是你可以告诉朋友们你签了出版合同。事实上这类出版商大部分都依靠你预付的现金来赚钱。他们通过你的虚荣心赚钱。这就是没有传统出版社跟你签合同而他们会签的原因。他们不是真的跟你达成出版协议，你只是付钱让他们帮你印而已。

他们用你的钱印了少量的书，他们会免费给你一二十本，然后把你的书放在亚马逊上（这一点你自己也可以做得到），仅此而已。就这样了，他们不会再做什么，不会有市场营销或哪怕只付出很少的力量来做营销。

提升销量的唯一方法是你自己投入市场营销中。如果你营销成功，使书籍畅销起来，而这背后是你个人付出的努力。接着你猜怎么着？你首先要跟你付钱让他们从你这里获得版权的"出版商"分享收益。如果你的故事卖给了电影公司，根据标准合同你付过钱的出版商又要从电影收益中拿走50%的收益！

无论从哪方面我都看不出自费出版的好处。如果你准备自费出版，那么赶紧停下来，转而采用自助出版。你能得到同样的结果，但能够保有自己作品版权的所有权。

14.3.2　作者软件包

作者软件包有很多，但实际上除了文字处理软件之外其实不需要其他软件。你可以用Microsoft Word，如果想用优秀的免费软件，那就用OpenOffice Writer。

如你所知，当你签署出版合同并准备把书稿交给出版社时，用的假如是Microsoft Word，它们会用设计软件如Adobe InDesign将其转成"排版"格式。因为这个原因，没有必要疯狂到在Word里把书做得非常非常漂亮，因为很多这方面的东西都会丢失，并在书籍排版软件中重做，因此只需要把书稿做得给人留下良好的印象就可以了。设计和排版软件会用来生成PDF（portable document format，便携文件格式的缩写）格式的最终版，这对于出版社付印是最合适的。

如果要按电影剧本格式来做，而你又是个急性子，想赶紧做到最好，编剧行业比较喜欢（最好的理由就是大家都在用）的软件是"Final Draft"。对于急性子来说大可以放心，虽然电影工业确实认为正确格式的电影剧本一页等于电影一分钟，但他们不会纯粹因为对白用了5厘米而不是2英寸（1英寸≈2.54厘米）的页边距而拒绝你的剧本。他们寻找的是恰当的故事，而不是一切都中规中矩的警察，如果他们真的看中了你的故事，他们会进行很多很多遍的修改，最后完成时格式会全然不同——即众所周知的导演的剧本，因此你不值得花费神经能量去过多考虑剧本格式。

免费的戏剧、电影、电视、广播、漫画剧本软件，可以用Celtx；不但非常棒，而且绝对免费。

另外还要记住威利·罗素说的：你的剧本要有拍成电影的**野心**。剧本不是电影。在那个野心实现之前，剧本首先要被对故事感兴趣的人阅读。因此先把剧本写成清晰的故事。先不要放入场景序号、摄影机方向之类胡说八道的东西。这只会让人从故事上分神，尤其是自己又做不好的情况下。如果你做了导演的工作，导演会很不高兴。把故事呈现为故事，在时机成熟的时候再来考虑往其他媒体的转化。

也就是说，把剧本按传统格式来做会让你感到自豪，做出看起来正式的东西感觉会很好。我再次承认我确实发现Final Draft很好用，因为这个软件就是为电影剧本写作而设计的，这个软件用起来比Word快，并且有大量的快捷方式来解决琐碎的工作，让你可以专心于写作。这个软件还有针对电影编剧的额外资源，如列出所有场景标题的场景层面的视图。不幸的是，我给软件做广告也不会有人给我钱。因此用Final Draft和Celtx会有写剧本的感觉，但不要做导演的工作——只要完成故事即可。

除了可靠的旧字典、辞典以及旺盛的精力，其他一切都不是必要的。我当然会避免使用那些告诉我它们会帮我写故事的软件，这些软件还声称你要做的是在这里放上奇怪的名词、在那里写上动词。我承认我从没试用过这些软件，但我的感觉是，如果这里就是你发现自我的地方，你或许应该考虑换个职业。

第七篇
访谈

任何人都会同情朋友的苦难，但要对朋友的成功也感同身受的话需要很好的本性。

——奥斯卡·王尔德（Oscar Wilde，1854—1900）

第十五章　访谈引言

如你所见，在写这本书时，我首先要避免的是将本书写成规则手册；其次，避免写成纯理论和纯学术、对有抱负的作家来讲缺乏实践价值的书；再次，努力获取来自各种主要媒体从业人员的观点，他们都是通过故事而成功的人士：电影编剧（scriptwriter）、出版商、演员、小说家、喜剧作家、电视编剧、剧作家（playwright）——你也看到了，我很幸运地获得了所需的回应，简直是难以置信。

我不会为本书中部分内容跟访谈重复而道歉。来自深居简出的这些专家的相关信息是非常重要的，标出这些观点来自他们也是很重要的，因此当你看到本书正文中也出现过的内容时，要记住这一定很重要！在他们的个人访谈和我写的内容中，有些观点还会有细微差别，因此对于看起来重复的内容这些差别也是值得注意的。

因此，首先，我必须衷心感谢鲍勃·盖尔（Bob Gale）、马克·威廉姆斯（Mark Williams）、威利·罗素（Willy Russell）、李·查德（Lee Child）、约翰·苏利文（John Sullivan）和斯图尔特·费里斯（Stewart Ferris），感谢他们抽出宝贵的时间、付出耐心和专业知识。下面是我对这些可爱的绅士们的访谈总结，这些绅士有个共同点：他们都以故事为生。

那么首先，从电影编剧的角度，是好莱坞传奇人物鲍勃·盖尔。

15.1　与鲍勃·盖尔对话

鲍勃·盖尔在南加州大学电影学院学习，然后成为好莱坞电影制片公司令人印象深刻的电影编剧、制片人、导演全才，当然还包括《回到未来》三部曲的合作编剧（跟罗伯特·泽米基斯合作）和执行制片人。《回到未来》利用了好故事背后的大多数原则，也许比"我最喜爱的影片"更高的荣誉是一直都在最佳影片排名前100名之内［根据因特网电影数据库（IMDB）和其他正式举行的投票统计］。

近年来，鲍勃已经成为令人尊敬的故事理论专家，作为鉴定专家受聘于好莱坞大电影公司，在涉及剽窃控告的诉讼案件中承担故事分析的任务，把他的一些时间花在证明超出合理怀疑的这类事情上。访谈中他谈了对"什么驱使故事运转"的想法。

你对如何写作的理论怎么想？

首先最重要的是——别让任何人告诉你他们有一种让故事成功的方法。没有任何人有这种方法，如果有人说他们有，那他们就是在撒谎。不存在魔法公式，幸运的是以后也绝不会有。如果有这么一种方法，那么世界上就没有烂故事了，我不觉得现在没有烂故事，不是吗？你作为作者能做的就是用你自己的方法写自己的故事。当然，你要通过读故事、通过从其他编剧的创作体会以及老师教的故事原理来提升自己的技巧。通过这些方法你能得到的信息是很有意思的，会增加你的个人能力，但你必须承认所有这些观点都只是他们能够帮助你建立一套自己的、行之有效的方法。

记住，即使有一套公式或规则手册看起来很有说服力或者在全世界被广为接受，一切也只是某人给出他们的观点而已；通常那个某人自己也没有成功的作品。别忘了，曾有几千年时间，每个人都接受宇宙围绕着地球转的理论。月亮、星星——都围绕着我们转甚至还有科学证据证明事实确是如此！然后哥白尼（Copernicus）来了，突然所有的理论都变得毫无价值，所有那些专家都被证明是错的。创意领域的正规学习只有在能够帮你找到自己的声音、建立自己的方法时才有用。

你在剧本写作过程中会考虑故事结构的问题吗？

有时候会考虑。所有的"如何写作"的方法中，我特别不赞同那种所谓的"幕结构"的方法。故事围绕人物和他们的行为、学习和成长而发展。当然，结构不存在，在你写场景时，你的故事会在表面之下形成结构，但那不是剧本写作的起点。

例如，人们讨论幕的问题，讨论他们必须在三幕或五幕中实现故事，但"一幕"实际上是舞台戏剧的实际结构，是为换服装和场景切换提供一种方法——但"幕"不应该成为规定如何创作小说或电影故事的基准。在剧本完成后你当然可以去界定这一幕从哪里开始在哪里结束（我不知道你为什么要去界定，但是你能够界定），但不论如何，按幕（甚至考虑到幕）来写故事都是没有意义的——除非真的会有帘幕升起或者落下，或者现代版——电视故事中的广告插入。对于长篇小说和电影剧本来讲——别理会幕。我不知道《回到未来》中幕的划分，我不在意，因为幕不重要。

你如何发展你自己的故事？

所有编剧都面临相同的起点。我们首先有一个故事创意，然后下面的挑战是从这个创意得出发展得很漂亮的故事，且忠于那个原始的创意。我们必须通过人物和情节完成那个创意——我实现这个目的以及同时保持那个信念的方法是：提出并回答由创意自然而然激发的问题。让我告诉你《回到未来》是怎么做的。像任何其他编剧一样，罗伯特·泽米基斯和我从一个创意开始，我们的创意是这样的。

小伙回到过去，见到年轻时的父母，但母亲爱上了他。

就是这样。这就是《回到未来》中的创意。从这个创意我们可以合理地推断出故事会有三个人物——一个儿子以及他的父母。对于这些人物我们可以合理地知道些什么信息呢？嗯，如果他的母亲会爱上儿子而不是父亲的话，这个小伙子必定会有不同于他父亲的特质。因此我们假设，如果他的父亲没有成为他的父亲并教他言行举止的话，事情会怎样发展呢？别忘了，在1955年，他的父亲自己也还只是一个孩子，因此为什么要像个父亲？1985年的马蒂可以在街头上混得开，是强者，而他的父亲可能是没有自信的，要从儿子身上学习。正是他们之间的这个差异让马蒂而不是父亲吸引了母亲。很棒！因此乔治·麦克弗莱的性格开始成形，马蒂和罗琳的人物性格也显现了出来，接着故事通过人物性格的信息往下发展。

如果他回到过去，他怎么再次通过时间旅行回到现在？我们认为应该通过时间机器，因此我们必须要提出更多的问题：时间机器来自哪里？谁造的？看起来是什么样子？可能是公司造的，也可能是被盗的政府资产，还可能是疯狂发明家的发明。成了！我们知道后者是正确的答案，布朗博士因此诞生了——这是我们的第四个人物。

怎样、什么、在哪里、为什么……我们提出跟故事概要相关的问题，我们给出的每一个答案，都有一套建构故事的逻辑蕴涵在里面。因此，举个例子，我们问自己：如果马蒂回到了过去，他会做什么呢？当把我们自己代入到马蒂的位置时，我们都想当然地认为我们会发明一些未来时代人人皆知的、会让我们出名的东西，不是吗？因此，我们想，如果他发明摇滚好不好？这对故事来讲意味着什么？嗯，这会设定时间表——意味着他要回到1955年左右。这也意味着在铺垫中的某个地方，马蒂要秀一下他能玩音乐的特点，因此他在1985年的乐队以及他演奏吉他的才能和音乐梦想就在铺垫部分找到了位置，也在他这个人物中找到了位置。

同样地，我们想：如果马蒂发明滑板好不好呢？同样的方法——我们觉得如果马蒂要在1955年发明滑板，那么在铺垫部分同样也要表现出他是个滑板爱好者。从这两个小例子中你能够马上看出马蒂的人物（性格），并且会自己浮现出来——*人物动作导致行为*——他将成为乐队里的吉他手，他还将成为滑板爱好者；这也因而影响了情节——他参加了音乐比赛，他在镇上用滑板作为交通工具。情节由与人物性格一致的人物反应驱动。

仅从这几个问题和答案就引发更多的问题和答案，让我们有了为了原始创意服务的、驱动故事的人物和行为。我们知道布朗博士是个疯狂的科学家，他发明了时间机器。我们知道马蒂是有街头生存能力的、酷酷的小伙子，他会滑滑板，在乐队当吉他手，并且回到了过去。我们知道马蒂的母亲罗琳在1955年时是个很浪漫多情的人。她在找男朋友，并且时时刻刻都幻想着爱情。我们知道马蒂的父亲乔治在1955年时严重缺乏自信，是个自卑的人，这就是为什么相遇时罗琳喜欢马蒂而不是乔治。看看吧！一切都直接从原始创意推导出来了，这意味着人物和行为是合情合理的，其结果是故事具有凝聚力和完整性。

听起来很好。接下来怎么办呢？

在我们喜欢从提问过程中得到的东西时，我们要把所导致的故事事件写在索引卡上，将其作为一个必须在那里的场景或段落。索引卡上可以写"马蒂发明摇滚"，而这又会要求在这张之前有另一张索引卡。如果马蒂要在1955年上舞台并发明摇滚，我们最好交代出他能够演奏乐器，因此我们在另一张索引卡上写着"交代马蒂能够玩爵士乐"，我们按时间顺序把这张索引卡放在"马蒂发明摇滚"索引卡的左边。

随着时间的推移，提问和回答的过程中产生了越来越多的索引卡，故事也就在你眼前出现了。我会推荐你也离开电脑，采用这种方法。弄一堆空白的索引卡，在每一张索引卡上写下场景目标，进而用更多的索引卡交代需要用什么来促进场景的发生。当你把索引卡放在地板上时，你就能看到整个故事，这比在电脑屏幕上看要好得多。你还可以凭直觉改变索引卡的位置，然后看看什么东西去了哪里。

这些提问和回答有关联吗？

起先是随机的——我们只是让我们的想象力天马行空，提问和答案会带着我们到处游走，但索引卡间会有很直观的、自然的逻辑。很多事件在事物的排序中会找到自己天然的位置，整个故事呈现出自己的样貌。

也就是说，我们很早就对结尾有了深入的思考。如果你不知道故事的发展方向，你就无法朝着目标前进，因此我们要重点关注结尾。最初我们知道关于结尾的两件事：首先，我们想让马蒂成功回到1985年，其次，我们希望他回到1985年后过得比起初离开时要好。大多数时间旅行的故事结尾都是如果你扭曲时间会导致整个世界乱套的有益故事。我们希望我们的故事是正面的、与众不同的，因此我们让马蒂发现回到1955年时很不高兴——他从没想过进行时间旅行——他的基本目标是回到1985年的女朋友身边及原来的生活中。我们也让他意外地把事情搞得一团糟（通过干扰他父母的会面），然后发现自己在回家之前必须先补救这个意外事件。这给我们带来很好的从属关系——主要情节要在次要情节解决之后才能得到解决，同时时间在滴答滴答地溜走。我们也只是以让他回到1985年作为尾声这么简单。他必须为了某个戏剧性目的回到1985年，这就是我们想出布朗博士被枪杀的原因，很明显布朗博士在1985年被杀死了。马蒂必须回到稍早于离开的时间，这样才能救博士，突然故事就超越了回到原来的生活这个简单的命题。

随着故事的发展，你如何写个人的场景？

在写场景时，主要问题是要问问这个动作是否完成了在传达整部电影过程中的任务。不是所有场景都要承载冲突、对抗以及"转折"之类的功能。如果整个故事中所有场景都承载那么多力量，我觉得看起来会很累。马蒂"发明摇滚"这个场景没有承载任何故事规则手册作者告诉你场景中必须有的东西。比如，没有反面角色。这个场景甚至没有对主要情节或次要情节有贡献，但这个场景有用吗？根据人们的反馈，这是

《回到未来》里面令人印象最深刻的场景。有时你必须有创造性，并且不做作，因此如果根据自己的感觉来写一个场景，并且所写的场景完成了索引卡上要求的任务，那很可能就是对的。

我愿意精心打磨台词。很多作者都竭尽全力写出现实主义的台词。这是有些人具备鉴赏力而另一些人不具备的东西之一。在写台词时，有时我会用一个认识的演员或某人在脑海里替代这个人物，这样可以赋予人物与众不同的说话方式。检查台词时我会看着纸面上的文字并对自己说："在不知道谁说这句台词的情况下，我能否从他们所说的内容中分辨出是谁说的话？"

对白很关键，需要深思熟虑。有时问题就在于人物不必要的台词。尤为重要的是，你不能让两个人物相互交谈净说些观众已经知道的东西，还有，更糟糕的是，两个人物说着连他们自己都已经完全知道的东西。对白是公认的难题，如果你处理不好的话，会毁掉故事的真实感。你会发现自己也会面对这种难题，你必须找到聪明的解决方法。别放任自流。

在《回到未来》中，在故事正式展开前我们有大量观众需要知道的铺垫说明，我们必须找到恰当的呈现方法，而不是只是在那里说来说去或让故事拖拖拉拉。例如，我们需要观众提前知道乔治和罗琳最初是如何产生感情的，因此我们让1985年的罗琳反思她的过去。她告诉孩子们怎样遇见他们父亲的故事。现在，孩子们全都已经知道了，因此我们让她的女儿琳达打断她，说："是的，是的，妈妈，我们知道——你已经跟我们说了无数遍了！外公开车撞到了爸爸。你觉得对不起他，因此你决定跟他去参加'魅力一夏'舞会。"

这是很自然的对话。父母亲总会重复唠叨自己的陈年旧事，孩子们总会翻白眼，因为他们已经听了无数遍了，因此我们就通过这种方式进行展示。不要仅仅满足于你的第一个创意并认为"这样就行了"，要质疑一切并找到有创意的方法来呈现你的故事。

对于新作者你有什么建议？

有不少对所有编剧都适用的至理名言。大卫·马麦特（David Mamet）认为："问问谁想从谁那里得到什么？如果他们得不到会怎么样？为什么？"对我来讲，这比谈论幕、激励事件、上升动作等更让我感兴趣，因为这会让你把焦点放在人物、行为和戏剧性上，而不是技术细节上。

环球公司刚着手做《回到未来》时，他们做了估算，然后告诉我们预算必须减掉100万美元。电影可以拍，但必须在某个价位以内拍摄，现在已经超了100万美元。我们的故事已经完成了。我们不想做很大的变动，但又没有商量的余地。鲍勃·泽米基斯和我在环球公司的外景场地徘徊，我们意识到关键是高潮。那时我们的高潮是马蒂和布朗博士利用沙漠中的核设施获得能源。拍这个外景场地的话要100万美元。我们可以通过改变这个结尾、不用外景场地拍摄来省下100万美元——要改成可以在电影公司的场地里拍摄。但是……改变结尾？这是很大的挑战。如果这个变化不会影响整个故事，我们必须呈现相同的结尾，但是方法不同（场景目标保持不变，但实现的方法变化了）。

我们努力地想，最后想出用闪电的方法，事实证明这个新的结尾比原来的那个效果还好。电影公司的限制已经摆在了我们面前，迫使我们进一步深入思考，结果反而我们拿出了更好的故事。这也很常见，关键是：对编剧施加的限制导致了新颖的设计。《异形》中的怪物在四分之三的故事中都被巧妙地隐藏起来了。怪物不出现的原因是他们无法做出廉价且令人信服、足够害怕的怪物，因此他们转而通过暗示来表现。这个限制使其成为最棒的怪物，因为我们在脑海中创造的怪物深入观众的心中。《大白鲨》中的鲨鱼也是如此。这部影片确实是很伟大的片子，但只是在你真的看见鲨鱼之前它才可怕。现在来看，看到那种塑料鲨鱼就像笑话一样，但没见到鲨鱼之前确实很有震撼力。因此接受限制吧，试试强迫自己做得比原始创意更好些。

也就是说，在创作故事时你不要考虑预算。别的先不提，你的故事碰到的第一件事是要有人读它。他们需要把阅读故事当作一种享受。稍后，很可能因为预算或其他实际原因需要进行修改，但是你绝不要让这些因素影响你以及你的创造力。

如果你在写电影剧本，我主要想说的是原创剧本很难卖给制片人或电影公司，因为他们冒的资金风险是如此巨大。这些家伙更有可能选择那些其他人已经表现出信任的作品，因此如果你能让一本书出版或者排成戏剧或者拍成短片或者做成广播剧或者通过其他任何媒体展现出来，让它有一定的口碑，电影行业选中它的可能性比冷冰冰地把它放在那里大得多。

除此之外，像我在开头说的，没人知道怎么写出好故事的秘密——因为这秘诀不可能存在。最好的建议是忠实于自己、以自己的方式写自己的故事。

15.2 与李·查德对话

李·查德是全球最成功的小说家之一，他的《侠探杰克》（*Jack Reacher*）系列小说曾经在全世界卖了几千万册，然而他却没有经过创意写作或故事理论方面的正规训练。

他在英国独立电视台（ITV network）时掌握了这门工作的技术。在那里他参与了《故园风雨后》（*Brideshead Revisited*）、《皇冠上的宝石》（*The Jewel in the Crown*，电视剧）、《头号嫌疑犯》（*Prime Suspect*）、《解密高手》（*Cracker*）等电视节目。他参与了超过4万小时节目的播出，写了成千上万部广告、新故事、宣传片的文案。在英国独立电视台改制中他被解雇了，这时他才正式开始写小说。

你没有参加正规训练。你对正规训练的看法是什么？

我觉得正规训练对于不同的人来讲意义是不一样的，只要去参加了，我们所有人都会对训练过程感兴趣，但我相信有一点是绝对正确的：写作唯一必需的训练是看书。如果你要开始写作，而之前没有看过1000本书，那你还没有做好准备。要成为作者，你首先要成为读者，然后写作就只是个人信心的问题了。

电视有没有教你写作的知识？

我从电视节目制作中学到了很多东西，但在1980～1990年由于很特殊的原因（一个让我好奇的原因）电视发展不平衡——一切都归因于电视观众手中的遥控器。在1980年，晚上人们坐在椅子上只看一个频道，因为他们不愿意站起来去换台。到了1990年，他们不需要站起来就可以换台了，他们可以坐在椅子上换台。遥控换台技术被发明出来，突然间这个世界变了。我们必须要给人们一个不换台的理由。其中的一个方法真的深深地吸引了我。在足球比赛插入广告之前，我们会问一个细节问题，发现观众性格中的一些基本点，如有些人就是要知道这个问题的答案，即使是很乏味的问题都没有关系——比如谁赢得了1895年的足总杯？没有人知道，没有人关心，然而在我们的性格中有些共同点——

总想提出问题，最重要的是——找到问题的答案。我相信这是作者必须明白的东西。我们提出并回答问题。大问题跨越了整个故事范围，小问题涵盖一个句子或段落，中问题则涵盖一章。

因此故事其实关键在于问题？

首先，回顾我们发展出语言的原因是很有意思的，这大概发生在10万年以前。你可以想象一下那个时候生活是什么样的，当时人们所有的时间都被生存的需求占用。仅此而已。活过今天，还要努力确保能够活过明天。语言发展出来，因为语言能够帮助我们生存。为什么？因为语言能够帮助原始人相互合作。通过语言，一二十个人一起合作，能比地球上其他所有生物都强大。因此语言的根源是基本的生存需求。故事的根源也同样重要——故事的产生是生存需求的延伸。

那个时候故事不是虚构的。讲故事可以使原始人的生存状态相互传达，并让接受教育者取得生存的优势。我们不知道虚构什么时候成为这种景象的一部分，但你可以很明显地看到它是如何自然发展的。用三个男人如何打败一只剑齿虎的故事教育大家，对于听众来说，如果老虎被抓住、杀死并带回来做晚餐，故事会变得更有吸引力，更令人鼓舞。英雄诞生了！故事还会引起我们内心的共鸣。我们本能地把自己投入故事中，寻找并接受故事中的情感利益。

好故事开始时会让我们觉得焦虑和不舒适，但会在理解和希望或安慰中结束。当我的女儿还很小时，我把她抱起来装作让她滑下去，然后滑到一定程度再把她抓住。这只是个游戏，但其基本原理是一样的。她从这个游戏中学到了关于信任和安全以及父女关系的很小的、再三重复的课程。这个游戏对孩子做的也是作者应该对读者做的。

那么在你的故事创作过程中首先确定的是什么？

故事创作中居于首位的是人物。在情节和人物的讨论中，我毫不犹豫地选择人物——这实际上是个荒谬的争论，因为人物总是最重要的驱动器。看看《独行侠》（*Lone Ranger*）吧。所有人都知道《独行侠》，但没有一个人能说出《独行侠》故事中的一个事件。我们买人物，而不是作者或情节，就这么简单。没有人会到书店里找李·查德的书。他们到店里找《侠探杰克》的书。我们不会说："你有没有看过J.K.罗琳的新书？"我们会说："你看过哈利·波特的新书吗？"这是我创造了杰克·雷彻作为故事载体并且从第一天开始就没有变过的原因。我知道人们会谈论人物的成长和发展，但一旦你的人物成长、发展了，他碰到了天花板就不能再成长或发展了，你必须又重新换一个人物。我宁愿选择让杰克周围的其他人物变化、学习并成长。恶棍们会受到严重的教训。至于杰克，我就让他那样了。

因此我想让杰克在读者眼里是值得信赖且始终如一的，因为一旦某人知道他们从杰克·雷彻的故事中能够看到什么，他们对另一个人物的投入就更有信心了。我指的不是经济上的——我们站在书架前不知道为什么花这么长时间对买哪本书犹豫不决，那只要很少的钱——我指的是我们真正同意投入进去的更有价值的东西：我们的时间。一本书会化掉我们大量的时间，因此如果我们知道一本书中有什么值得期待的内容时，我们可以在知道这个投入有何回报的情况下进行投入，较他人的未知数而言，杰克·雷彻作为一个稳定的人物给了读者拿起我的书的信心。

为什么你觉得杰克·雷彻是很成功的?

杰克·雷彻是个坚强的人物，有很多跟我们的基本人性相关的因素。在我们的真实生活中，有很多我们想要但又没有得到满足的基本需求。工作中，我们遭受了主管这个部门的自大狂的不公正待遇。我们很想一拳打到他的脸上，但我们不能打。我们只能默默忍受。当有人偷了你的东西时，我们想要报复，但也无法实现。我们想看到那个盗贼得到惩罚，但是即使我们抓住了这个盗贼我们也不能打他。这不是文明社会运转的方式，因此即使想"伸张正义"，我们也不会屈从于我们的动物性需求——下意识的、报复性的、暴力的反应。因此杰克·雷彻在这些方面代表了我们。他能够做所有那些我们不能做的事情。他行走在法律之外。他品行端正，富有同情心——就像我们一样——但他对待坏蛋是残忍的，能够带来另一种形式的正义。我们都希望自己成为他，或者叫他出来解决我们自己生活中的需求。我觉得这是我的书热销的原因——我是在满足读者的基本需求。

在人物之后故事中的第二个关键因素是悬念。如前面我提到过的那样，提出问题是故事让观众着急的一种方法，选择如何回答这个问题以及何时回答这个问题，从而解除悬念，这就是你的故事。这也是故事创作的关键。我从一个创意开始，悬念从对这个故事概要自然而然的、符合逻辑的提问中产生。因此，举个例子，我的下一本书的故事概要是：

杰克·雷彻溜达到镇上发现一个需要保护的老太太。这是一句话概要。因此，自然而然地，第一个要问的问题很明显，不是吗？她需要保护是想免受谁的威胁？好了，因此我引入了小镇外面的神秘公司，这是问题的根源。因此问题是：这是什么公司？好了，我设定其为前军事公司，十分之九在地底下。跟地面建筑相比地下建筑非常巨大。那是用来干什么的呢？它导致了何种问题？谁在里面？他们在干什么？老太太为什么进入他们的目标范围？很明显，通过审问故事概要，我们能够看出在故事的关键时刻，当杰克·雷彻进入这个秘密公司里面时，将面临这个不受欢迎的、势不可当的、令人生畏的公司的对抗。

这个过程之外我并没有设计太多。我根据直觉写作，虽然我通常会对主要事件有个想法，但具体的故事和可能性某种程度上是创作过程中自然打开的。

对我来讲，好故事的第三个关键元素是"教育"。我觉得好故事应该让读者对生活了解得比之前更多。

对于新作者你有什么建议？

当大家谈及必须要有规律并且询问该如何"抽出时间"写作，并且想找到一个写作的方法时，我不太理解。我无法提出这类建议，因为如果在这些地方你都需要帮助的话，你可能还没有成为作者的真正动机。作家必须不顾一切地写作——被迫——饥饿——迫使他们自己放下写作去干别的事情，而不是其他方式。我在纽约的办公室里工作。我大概从中午开始写4个小时。我觉得差不多这就是我能够保持效率的时间。我不是能够在咖啡店或其他公共场所工作的人，我对那样做的人有点怀疑，因为我的看法是，那种行为再一次表明了没有真正的动机。我见过的很多人都想成为作家——这是很浪漫的画面——但把日复一日的写作看成难以置信的孤独和困难。

我并没有很多成功的秘密——我觉得没有人有——但我可以告诉你通往失败之路：坐在堆着"如何写畅销书"之类规则手册的书桌旁开始写作，这意味着你从一开始就被淹死了。忘掉它！你必须写作，因为你不得不写，在这个创作过程当中，写作应该是本能的。写作最主要的问题是信心。那些找规则书和专家的人之所以这么做，是因为他们缺乏信心，而不是因为他们需要规则。当他们选修课程完毕时，他们可能得到了信心，也可能没有得到，但他们很可能会被误导去遵循公式。只要利用课程或讲座中的知识安慰自己你走在正确的道路上，并且得到所有说故事的人都该具备的基础知识就可以了，然后把一切都忘掉，躲起来按照你自己的方式写你的故事。此外别无他法。那之后就是数字的问题了。如果你完成了一个故事并且很喜欢它，那么就会有一定比例的人也会喜欢它。如果这个比例相当大，你就可以以此为生了。如果比例不够大，你会有上百本堆放在角落，但你也同样有东西让你感到自豪，因为那是你的故事。商业方面的考量是个不同的世界——不同的观点——跟你的故事无关。开始写吧，其他的留到后面再去考虑。

商业方面的考量对于专业作家来说是很重要的。要把跟出版社或经纪人的每一次交流都看作工作面试——而不是讨论你的艺术作品。做个计划——你现在是书店里的销售人员了，不是在写故事或创作，因此要对你的职业进行设计，做一个关于写作计划的可靠的、可见的陈述，表现出你是一位有商业潜力的专业作家。出版社看了这些东西感觉会很好。我每年都写一本书——现在已经有14本书了——我下一年的书也已经完成了，他们对此感到很高兴，我现在已经开始写后年的书了。如果我五年写一本书，到现在我才有两本书，那么我不会有现在这样的商业潜力。记住：出版商是"钱人"，而不是"书人"。他们把你当作有潜力的生意伙伴，而不是富有才华的艺术家。如果他们觉得跟你合作比较困难，他们可能就会去找别人了，跟你的作品好坏没有关系。

最后，结束前我们又回到了开头：我认为写作唯一的训练是看书。看上千本书然后你就有了按照自己的方式写书的信心。如果你有了恰当的动机，那就开始写、继续写、继续写，如果有一定比例的人感兴趣，你就有成功的机会了。

15.3 与约翰·苏利文对话

约翰·苏利文在伦敦南部巴尔汉姆（Balham）地区的工人阶级家庭长大。他没有经过昂贵的故事理论培训，但他确实有与生俱来的内驱力和讲故事的能力。他从现实生活——周围的人和世界当中提取素材——借此他学习并完善了他的写作技巧。实际上，他的写作生涯始于在学校销售谎言。需要令人信服的托词的孩子们来找穿着带领汗衫的约翰，给约翰一点钱，让他编出一个让学校满意的故事。然后他就没能停下来——从那时到现在他继续编造令人信服的故事——一系列经典的电视喜剧，包括《只有傻瓜和马》（*Only Fools and Horses*）、《仅仅是好友》（*Just Good Friends*）、《分手信》（*Dear John*）以及《公民史密斯》（*Citizen Smith*）等。

下面是他对于自己的写作之路想对我说的。

当你坐下来写作时，你的起点是什么？

作为一个作家，你必须从故事入手，我的观点是，你要从现实生活中寻找故事创意。当你觉得你有一个好创意时，提一些问题看看它是否可以发展。这就是起点。如果创意确实发展了，那就有了我称之为故事核心的东西，即故事中驱使人物进入冲突、藏在其他所有事件背后的主要事件。例如，在《只有傻瓜和马》中，我有一个创意大概是这样的："罗德尼（Rodney）维护他的独立性"或"德尔伯伊（Delboy）坠入爱河"或者"罗德尼带了一个女警察回家"。所有这些都提供了一个基础——可以通过提问进行建构的基础："故事概要中会发生什么驱动这些人物的事件？这些人物会如何回应这个概要中的设定？"

假如我要开始写作，以"罗德尼维护他的独立性"为例，那么很显然故事需要一个罗德尼想维护自己独立性的理由，因此对我来说肯定一开始他被德尔伯伊欺负过。逻辑上来讲，这会让罗德尼对德尔伯伊感到很生气，同时对自己的无能也感到生气，我们立即有了冲突，我们也有了开始事件——罗德尼开始维护自己的权利。

如果我能看清楚的话，我就知道找到了有价值的东西了——即使在早期阶段——人物之间的本质关系。他们之间必须有联系，由这个核心创意驱动的冲突会检验这种联系并驱动故事。你已经可以在"罗德尼维护他的独立性"的逻辑推理中看到这是行之有效的，因为有冲突：人物的联系和忠诚度被置于压力之下，我们都想知道最后会发生什么事情。

然后就是结尾了。结尾是故事的一切，我必须在其余部分确定走向之前在脑子里想好结尾。因此我有基本的指路牌。罗德尼被欺负了。他想改变这种状态，因而他们发生了冲突。罗德尼维护自己的独立性。结尾是罗德尼维护自己权利的结果。我能够看到罗德尼在错误的时间维护自己并毁了德尔伯伊在次要情节中努力争取到百万英镑生意的可能性。德尔伯伊开始时欺负了罗德尼，并在高潮处罗德尼维护自己的权利时付出了代价。由于"百万英镑"这个次要情节，现在我有了更多的故事事件，这是创造结尾所必需的，故事也有了另外一条发展线索。

因此我们有了故事的核心，接下来怎么办？

我说得好像我的方法很科学似的，但实际上并不一定。我不会想得像表面上看起来的那么多——我只是写——接下来还是写。我有了基本的指路牌，因此我写什么不那么重要，我就是写啊写的。很多人花了好几个星期甚至好几个月来思考，这个时候最好的方法就是赶紧开始写。即使你最后扔掉十分之九也没有关系，只要赶紧去写就行。在我写作的过程中，大量的素材、更多的创意就这么出现了。我以写得太多闻名于世。我以前常常写30分钟的东西，结果写得实在太多，最后把《只有傻瓜和马》写成了50分钟。对我来说这是更为自然的长度。但我宁愿选择写太多然后删减，而不是硬生生在那里凑。我不能够忍受生搬硬凑。你知道如果你在那里生搬硬凑的话，你就会成为失败者。就是要写，让才思如泉涌，然后再写更多。

写喜剧故事有何不同？

写喜剧跟写正剧没有太多差别。如果你有一个好故事，那么同一个故事完全可以写成喜剧或者严肃的正剧——没有什么差别。故事仍然存在并承载着能量。当你去看莎士比亚戏剧时，门口的家伙必定会告诉你某人死去时你会笑还是哭，因为这无关故事，而是跟你给观众设定的基调有关。喜剧并不一定是充满笑声的，同样正剧也不一定是严肃的。实际上，正剧中的幽默常常非常搞笑，因为很自然，并在意料之外，有些最佳喜剧的后面隐藏的悲剧——在我们最喜爱的喜剧演员的生活中——是众所周知的。

例如，在我们做关于德尔伯伊童年时期90分钟的特别节目时，其中一个核心主题是小德尔很机灵、很有街头生存力，成为养家者；他爸爸对儿子的神通广大以及让自己相形见绌感到妒忌。德尔想要帮忙，但不知不觉地在父母亲的关系间设了一道障碍。同时，德尔希望得到母亲的爱——他渴望给她留下深刻的印象，尽管他同时损害了父亲的利益。他是个孩子，那他为什么不能那样做？就像我们之前谈到过的：现实世界，人们的关系和忠诚受到了考验——这可以是严肃的生活正剧，也可以很轻松地成为喜剧。看看哈里·恩菲尔德（Harry Enfield）的《韦恩和韦恩塔》（*Wayne and Waynetta*）。里面有滑稽的人物，但如果你在社会福利机构工作，你看着他们会觉得这是个纪录片——现实中人们穿成那样，做着可怕的、悲哀的、错误的事情，一点都不好笑。我们觉得有趣是因为我们通过这些人物认识现实世界。

很多作家很努力地写故事。你怎么安排自己的写作时间？

我发现我受到的压力越大，效率就越高。写作真的是很艰难的工作，很多次我在完成一个作品后放下笔并对自己说"再也不这么干了……"但真的要用那种压力让作家的才华得到充分发挥。如果我时间很充裕，没有截止期限，我的作品可能不到压力之下的一半，并且我的作品会缺乏那种冒着冷汗写作带来的紧迫感和尖锐性。

给观众写故事时会有一种特殊的压力。有观众时你必须让没有笑声的时间尽量少，喜剧片创作中没什么比观众沉默、骚动更糟糕的了。在拍摄喜剧片时，在笑声的间歇里你有更多的时间考虑，但我不确定那种奢侈是不是好事。

如果没有观众，我通常会创造一个角色来代表观众。因此如果情节通过德尔伯伊和罗德尼在酒吧中的互动往前推进，那么可能会有个博尔希（Boycey）在那里问观众想问、感到疑惑和需要启发的问题，这些问题跟观众的视角一致。你谈到了影片《回到未来》——没有更好的例子了：代表着你我的主角带领我们经历发生在他人身上的故事。

有什么招数或秘诀吗？

在我的故事中，我喜欢利用观众的先入之见。观众对一切事物都会有预期，因此你可以利用这点。例如，如果你让人物对他的白衬衫感到很得意，那么就展示一个马路上的水坑，观众就会开始添油加醋……然后，你当然要让他成功地绕过水坑，不让他的衣服弄得脏兮兮的。然后这个人物感到很开心，对自己很满意……不料却撞到了别人，咖啡泼到了他的前胸。要让观众一直猜。人们持续地想抢先一步，你可以利用这一点。

再强调一下，这个技巧不仅可以用于喜剧。观众的先入之见在任何类型片中都有。阿尔弗雷德·希区柯克说："怪物的可怕程度比不上制造怪物过程的一半。"一个女孩孤独地走在黑暗的老房子里。女孩看向左边时摄影机推到特写，然后希区柯克会故意让她稍稍偏离中心，让画面右侧的空间大些，因此我们马上下意识地想到从她脑袋的右边会伸进来一只手并从后面抓住她。就在这个时候，她突然转向右边然后尖叫起来……然后我们也跟着尖叫……然后，什么都没有。女孩舒了一口气。

我们也跟着舒了一口气……然后从画面左边伸进来一只手抓住了她。巧妙地利用观众的先入之见，让他们误入歧途，然后把他们吓得七魂出窍。

我还用另外一个技巧——作家通常会让两个人物在那儿交流，但我通常喜欢有第三个人物。当你在交流中有第三个视角时，会产生更多的机会。我还会让其中两个联合对付另一个，然后把其中一人转投第三人作为一个很好的情节转折点。

在你写作时，要质疑脑海里出现的东西。罗尼·巴克跟我说"要从独特的角度来考虑"。太多的作家采用最明显的东西，机械地重复我们已经看过一千遍的标准素材。要再想想，从另外一个角度来看，写出与众不同的故事。

你觉得什么因素可以确保写出好故事？

嗯，冲突通常是在最前线的——没有冲突你无法走远——是的，我还考虑人物发展。当然，在情景剧的一集中人物不太可能成长太多，但即使在这个类型中，我也会努力让人物在整个系列中往前发展。当然很难，因为如果他们成长太多，那么他们就变化了，这会使你失去了在后面系列中的最基本的起点，因此最好是那种不会根本改变一个人物的成长形式。例如，在"罗德尼维护自己的权利"故事的结尾，罗德尼会从被欺负变为能够保护自己。这是一个完全建立在人物成长基础上的故事。但因为过度自信导致他坏了德尔的事，结束时他们都回到了起点。德尔没有赚到一百万。罗德尼确实维护了自己的权利——但是方法不正确，因此不会让我没法从相同人物起点写下周的下一集。

对于有志于从事写作的人你有什么建议？

如果今天我从零开始，我会尽我所能写出最好的作品然后寄出去。接着我写更多最好的作品然后再寄出去。这并不复杂！你要做的只是坚持写作、改进，然后寄出去。如果你的写作水平足够好，最终你会成功的。

15.4 与马克·威廉姆斯对话

演员马克·威廉姆斯因作为广受欢迎的BBC喜剧小品节目《快速秀》（*The Fast Show*）的明星之一而闻名，他还饰演了《哈利·波特》电影中的亚瑟·韦斯利（Arthur Weasley）和《恋爱中的莎士比亚》

（*Shakespeare in Love*）、《借东西的小人》（*The Borrowers*）、
《101斑点狗》（*101 Dalmatians*）及其他影视节目中的角色。我还要提
一下，别被他演的角色所塑造的形象及他变为日常用语的口头禅（其中最
受欢迎的有"我要穿上大衣……""这个星期我基本上都在吃……""随
你的便，先生"）所欺骗，马克是牛津大学布拉森诺斯学院英语专业研究
生，并且拥有表演专业的丰富知识。他还有一些令人着迷的深刻见解，因
此我的第一个问题是……

演员一般需要学习故事理论吗？

演员在理论知识和正式学习上千差万别。有些人深入研究表演，利
用他们的表演知识来表演；其他人则顺其自然，选取适合他们的方法，
在表演时从自己的经验及跟别人的合作中学习。作为演员最起码要知道
的是，表演的一切都是关于人物的。当然，我们被聘用的目的是要让人
物服务于人物的故事。

如果你仔细考虑过，就会明白故事不能在没有演员的情况下发生。
演员是观众和故事之间的对话者，人物是连接这两者的媒介。这意味
着，作为演员，忠实于人物是我们对故事的责任。如果我们没有忠实于
人物，我们就不能够传达编剧想要的故事。我们必须接受并理解人物。我
们不能嘲弄人物或脱离人物，因为一旦你这么做了，你就伤害了故事。

那么你了解故事的方法是什么？你追求什么？

当我评估一个故事时，我做的实际上是解释我的人物。为了实现这
个目的，我会在以下三个层面上询问我的角色。

首先，我跟谁对话？我的意思是，通过这个问题你必须领会故事
的文化背景。什么政治活动在接受审查？我在找故事的起源及你想引发
共鸣的观众的目标部位。故事会传达一个信息——可能是道德或教
训——我必须理解传达那个至关重要信息中的我的角色。

其次，我想为这个人物说什么？不是人物嘴里说出来的话语，而是人
物传达的故事难题。这在不同层面上有不同的含义。比如，人物的历程可
能会对文化角度的信息有强烈的影响，如前所述，但更有可能这是关于人
物在故事中的位置，以及在传达故事中人物承担的具体功能。不要改变人
物的本来面貌，这非常重要，因此如果你是服务于国王的仆人，你不能觉
得"这不够好，我要当国王"，然后由于自我的原因开始改变应该传达的

角色。我必须根据人物在故事中的位置用人物的声音说话。这是关于人物在故事中的位置。

再次，我会深入钻研人物。作为演员我能给故事增添什么光彩？我能为我的这个角色带来什么？当角色选定了演员这就是不可避免的——实际上完全不可避免——演员会给角色带来一些编剧意料不到的东西。如果演员很优秀，正确地完成了前面的第一点和第二点，这通常是件好事，演员可以借此以恰当的灵魂赋予人物生命——这是作者想要的，也是故事的要求。我觉得如果我完成了我的第一步和第二步的功课，我就可能根据自己的想象增添光彩，把这个角色演到最好。

举个例子，当我们刚开始参与《哈利·波特》时，我演的是亚瑟·韦斯利——罗恩·韦斯利（Ron Weasley）的父亲，茱莉·沃尔特斯演我的妻子莫莉·韦斯利（Molly Weasley）。茱莉和我一起花时间讨论：我们的人物如何相遇？在哪里相遇？为什么我们会有七个孩子？我们在一起多长时间了？我们的关系建立在什么共同爱好和共同价值观之上？我们明确我们是在大学里相遇的，之后就一直在一起了，因此我给他们一种学生气的态度及"快乐的曲棍球棒"特征，因为他们在一起的时间很长。很明显，J.K.罗琳在书中没有写到这一点，但是有了这个前史和理解帮助我"成为"这个人物，帮助茱莉和我传达出韦斯利家庭作为一个整体让人感觉很真实的东西。

还有，从演员的角度来看，什么东西会让你对一个故事不感兴趣？

当我看剧本时，对我来说最糟糕的事情就是——那些会让我推掉这个角色的东西——首先是陈词滥调。编剧要努力工作，做出原创的东西，避免陈词滥调。其次是同义反复。重复会在打个响指的工夫就失去观众，如果两个人物要彼此告诉对方观众已经知道的事情，那就完蛋了。算了吧。编辑要聪明点，找到其他传达那个信息且不占用时间的方法。我也讨厌有很长时间停顿的作品。编剧喜欢告诉他们的演员"看起来要有思想"或者说台词之前要"忧郁"，这很不自然。结果让你站在那里不知双手该放在哪里，这绝不是真实的生活。人们不会那么干——反过来做会更加真实，他们断定自己知道另一人要说的内容，因此抢在另一人说完之前就打断了他的话，但信息仍然能够得到传达，这样会更符合现实——这是现实世界中人们说话、交流和相互理解的方式。

编剧在写作时该如何考虑演员的因素？

编剧必须有很大的灵活性。电影是合作的结果；在作品的拍摄制作过程中有一大帮人参与进去，他们大部分都是充满活力、有想法、有经验、有想象力的聪明人，当故事有吸收这些人带到"聚会"中建议的弹性时，最优秀的作品就诞生了。很多编剧会告诉你银幕上最终的故事跟原始创意看起来、感觉上都相当不一样，介于相当不同和不可辨认之间，但我的猜测是大部分编剧对于作品最终还是满意的。如果他们觉得不高兴，可能是因为剧本卖得便宜了，如果他们有经验知道自己在签什么的话，这应该是在他们签合同时就可以避免的。另外，如果你找的是坚持立场的人，坚持保护自己的创意，你最后会想：这是因为他们拥有的创意是唯一的。他们的坚守立场会压制故事的可能性。

这听起来很可怕！编剧必须决定故事？

对于编剧来讲，听起来好像是负面的，但在这个过程中很少会改变故事"跳动的心脏"。当然，在故事的中心，基础故事在开拍前就已经设定好了。你不可能在开拍之后才开始改故事情节，因此——假定故事很棒——那么我谈到的弹性就只是在场景的传达中。场景的目标没有改变，因此故事没有改变，但场景语境下的弹性对于赋予故事生命依旧至关重要。从编剧的角度看，我们确实做了不少修改，在排练中甚至在拍摄现场通常都会有很多关于如何使这个场景得到最佳表现的建议、修改和想象，但这更多纯粹是表演技巧——你知道——我会说："看看，在我听到这句台词时，我要崩溃，然后把房间砸得乱七八糟，接着用长柄汤勺打比利，但我的人物不会这么做。他是紧张型精神分裂症患者——在恐惧中瘫痪了——还记得他之前是怎么样的吗？——他不会把这个地方砸烂。"这改变了周围其他人物的反应。还是同样的故事，但表现的方式不同。

或者这种改变更为实际：化妆师可能会说："看，如果你要用长柄汤勺打他，我们会在摄影机中看到实时动作吧？会不会有血？"因为这样难度会大得多——也会贵得多——如果真要拍的话。突然间我们需要特技化妆，可能还要专业的慢动作摄影机及其他任何更好表现汤勺击打所需的东西。因此导演就会检查自己口袋里的现金，看看金钱和时间够不够，如果影片的类型或气氛确实需要，他可能会说"等等——这个长柄汤勺——我们会采用紧张型精神分裂症患者这种"。这样故事情节得以完整地表达了——但价格只有另一种方式的十分之一。或者他会说："哦，是的，就要这样，亲爱的。低照度，亲爱的DP先生（摄影指导），前五分钟残忍的汤勺谋杀是一个标志性的世界。"

当一个故事开始往成片的方向前进时，这是一个难以想象的强力合作，是最激动人心、最令人难忘的事情之一。这个链条上有很多环，每个环都有可能出错，但也会有神奇的魔力使其恢复正常。要随时随地做很多决定。不是所有事情都能够事先确定好，因此会很紧张、很伤脑筋并且很精彩。当压力上来时，就是创造佳作的时刻。

你会给编剧什么建议？

如果你不想你的故事从其他各种途径"受益"，不想在电影拍摄过程中故事被改好或改坏，你必须在把故事给他人看之前确保故事全部完成，这样你才能保住每一句台词，因为每一句台词都和其他事物相关联。一个真正伟大的故事不需要修改，因为修改没有意义。还有，如果你是在写书，以书本的形式保持故事的完整性相对比较容易，因为出版商不会像电影人那样进行修改。在这个链条上涉及的人越少，投资风险也越小。想想《哈利·波特》，电影人不能改变基础故事层面的任何东西，因为不论他们怎么改，第四部必须与第五部、第六部、第七部书中的设定相一致，因此这个故事没有多少修改的空间。因此要确保了解自己的作品，直到你把作品完善到每件事情都已经达到板上钉钉的程度，并为作品的样貌和形式负责。然后你就能够坚定地提出保证故事原貌的理由。

想想你的人物。故事讲的就是人物和人物做的事。这就是故事的一切。你必须让你的人物真实起来，并且把他们区分开来，然后保证他们有存在的理由。像我之前所说的，演员想要锁定的主要事情是人物的目的——这是故事的责任——我们的工作是为故事实现那份责任。在场景层面我们要表现人物的性格，在故事层面我们要传达人物的信息。

然而我的建议主要是不要失去魔力。故事是有魔力的，演员是让魔力实现的关键。当某人说"坐下听我说，从前……"，魔力就产生了。从编剧开始，所有相关人员的工作就是抓住那种魔力，让其活在观众的脑海中。

15.5　与威利·罗素对话

可以毫不夸张地说，威利·罗素是20世纪戏剧领域最有影响力的人物之一。他也出过书，同时是个很成功的音乐家。但他最为人们熟知的身份是剧作家，剧院上演他的戏剧，他的戏剧还被拍成电影，包括很热门的片子，如《教导丽塔》（*Educating Rita*）、《第二春》（*Shirley Valentine*）、《亲兄弟》以及音乐剧《披头士》（*John, Paul, George, Ringo and Bert*）。

威利的出身背景是工薪阶级，他原先没有受过正规的故事理论教育。我给他的第一个问题是他认为故事是如何运转的，第一句话他就让我迷糊了，因此在你继续往下看之前，为了从访谈中拯救你——亲爱的读者，我不得不查了辞典，我查了"atavistic"这个词——它的意思是"跟深层本能相关的、源于祖先基因的行为"。

你觉得为什么故事会存在？故事是如何运转的呢？

福斯特（EM Forster）在《小说面面观》（*Aspects of the Novel*）中谈到了"遗传基因"——我们人类与生俱来的需求——要知道接下来发生什么。我们的大脑受本能驱使去寻找答案并理解可能影响我们的所有事情。作为作家，我们必须利用那种与生俱来的内驱力来吸引观众，我们必须知道它的工作原理。

当有人激动地过来抓住你的胳膊说"嗨！听听这件事……"，这就按下了我们体内与生俱来的那个按钮，有些原始的开关被打开，我们不知怎的被预先设定去接受故事。在这一点上，故事讲述者和他的听众在原始层面上达成了非书面协议。观众相信故事讲述者会传达一个语境及必需的背景故事，以及会改变或提升我们对这个世界的理解力的事件。

"嗨咿！听听！你记得两个月前桑德拉（Sandra）的第十五个生日吗？你记得他跟那个老家伙离开了吗？知道——原来他是她在大学里的老师——你猜怎么着？她怀孕了。是的！怀孕了。不管怎样，他们一起私奔了，你永远猜不到她妈妈会怎么办……"

嗯？你想知道，不是吗？这是遗传基因使然。人类与生俱来地需要知道接下来发生什么事，需要从人们的反应中了解生活。如果你学会利用这种与生俱来的需求，你就不会错得太离谱。但观众只会信任你一小会儿。如果你不能够快速设定一个情境或者你的背景故事不能够赋予故事合理的、有潜力的方向，你就会打破那种信任，魔力也就烟消云散，你作为故事讲述者也就失败了。

我们原始反应的基础是人物的需求，这种需求必须是我们能够关联的——再次强调要在原始的层面上——为了吸引和理解。我从不喜欢抽象得太远离人们的真实生活及真实人物的生活。一旦你的故事变得卖弄知识、文采优雅、专注"热点"，你就失去了我——还有其他所有人。要让故事真实——真实的人物、真实的行为。

你怎么创作一个故事？

嗯，当然，我的故事都从一个创意开始。比如《亲兄弟》，刚开始我只有一个创意，这个创意我考虑了很多年。这个创意是这样的：

"一个生了很多孩子的女人把刚生下来的孪生兄弟送了人。他们在不同的环境下长大，其中一人导致另一人的死亡。"

很多年来我脑海里都在琢磨这个创意。然后我读了易卜生（Ibsen）的《玩偶之家》（*The Doll's House*），这给了我真正着手创作《亲兄弟》这部作品的关键启示。两个女人达成了协议——一个秘密的协议。母亲把一个孩子给了另外一个女人，她们约定不告诉任何人。从那个时候起，你作为观众，就成为那个协议的参与方，其他人物都不知道这个真相——连这对双胞胎自己都不知道。从那个时刻直到结尾，你有强烈的、本能的欲望，想知道最后别人发现真相后会怎么样，尤其是当这对双胞胎发现彼此的关系时。

这很吸引人——并且支持了我的潜台词理论。

但等一下，我也会在一开始故意告诉观众结尾大体上会发生什么。我知道这听起来有点奇怪，但知道我们前进的灯塔在哪里不但对编剧明确情节的发展方向至关重要，而且还提升了每一个场景中的张力，因为这种情况下观众理解的含义要远超我保持所有秘密直到结尾才揭示的情况。事实上，朝着不可避免的结果前进所累积的情感力量远超其他方式。观众不应该老是问："故事将把我带到哪里？"而应该问："我知道故事会把我带到哪里——那究竟怎么把我带到那里呢？"

《回到未来》是一个建立在相同原理上的故事实例。马蒂在每条情节主线的铺垫部分都做了明确的计划，因此每个场景都承载了额外的维度，因为我们都知道他的确切目标。

因此你知道故事创意和结尾了。接下来怎么办？

除了建立故事走向的基本信息之外，我也知道前方有些我不想处理的事情。例如，我知道不想要类似于"网球比赛"这类场景，先表现孪生兄弟之一在贫穷世界的生活，然后跟随着必需的场景——我们看到另一个孩子在高层社会处理相同的事情，然后再回到贫穷的孩子，诸如此类。因此我知道他们一定会见面、交流，但不知道彼此的真实身份，这立即让我想到——他们将爱上同一个女孩。他们当然会。因此出现了琳达，现在我们有了五个主要角色。双胞胎、两位母亲，还有琳达。我也知道我必须坚决避免同卵双胞胎的老套路。我立即知道我一定要远离同卵双胞胎在他们之间造成辨识困惑或者某种神秘的生物学联系驱使行为等场面。如果他们在不同的环境下长大，他们会穿着不同的衣服，发型、声音和态度也不一样，你不一定能够知道他们是双胞胎，因此我想我会尝试原创性的东西，把重点更多地放在差异上。就是这样，同卵双胞胎，生活在同一个地方，没有人知道。

故事基础不断地给我创意，我会采用好的。老套的或者糟糕的创意也对前进方向有帮助，知道哪里不能去几乎跟知道想去哪里一样有帮助。

一旦我知道了故事的主要节拍，到故事被分解成一系列易于处理的小块，故事创作的难度就降低了很多。我高效地把庞大的《亲兄弟》的故事分解成一系列的概述。在此基础上，我只要利用遗传基因让它每分钟都引人入胜即可。如果你能够让观众每分钟都被吸引住，你最终肯定会成功，对吧？不可能是其他方式，因此我只是钻研故事，努力在寻找创作故事的原始方法中保持创造力。

戏剧写作和其他媒介写作有何不同？

我知道一切都是音乐化的，但我马上意识到故事的力量要通过阶段性的表演和对白来表现。这是因为故事必须表现为喜剧，对观众来说唱出来的喜剧是困难、尴尬的节奏。喜剧需要幽默的节奏和速度，音乐则强调自己的节奏和速度，这会毁掉喜剧。因为故事最终是阴暗的、凄惨的，我知道这个喜剧必须足够强大到能引起升华，因此我知道这不是一切都以歌词来表现的歌剧风格，歌曲会点缀以大量轻快、幽默的动作场面。

作为媒介的戏剧也给我带来两件总让我觉得痛苦后来却发现是正面的事。那时演员人数限定为七人，这个限制使得上演《亲兄弟》这个故事几乎成为不可能。

因此我想出的解决方法是让解说员不断地换帽子扮演不同的角色。他会在第一场中演送奶工，然后回到他的位子继续当解说员，然后再返回舞台中间演母亲的医生。我觉得这个事情上不要对观众撒谎很重要——把他打扮起来去伪装——观众总是能够看穿这种把戏，因此我做了一个设计，让所有人都看到他换了帽子。当他作为医生出现在母亲面前时说"嗨！我还以为你是送奶的"，然后他拿着听诊器时回答"送完奶然后当医生"。这引起了观众的爆笑，我们以有趣且吸引人的方式让一个人演了三个角色。重点是这个限制逼出了提升这部喜剧的很好的幽默和创意，如果没有那些限制的话就达不到这样的效果。这种情况常常会发生。限制表面上是痛苦的，会让人很头痛，但几乎都可以转为正面因素。

创造性的限制通常可以看作正面因素？

对，痛苦但正面的因素。老实说，在没有个人压力的情况下，我从来写不出好东西。我知道这听起来有点奇怪，但即使是现在，我接了写作任务，收了钱，然后冒着冷汗坐在那里，直到最后一分钟，我都已经准备好把钱还给人家，跟人家道歉让所有人失望了的时候，灵感就来了。在火烧眉毛的时候故事倾泻而出。我知道这听起来不像个笑话，实际上也不是笑话。这很可怕，我总对自己说绝不让自己再次经历这样的情形，但这是拿出好作品的唯一方法。我的第一个剧本是赶在圣诞节写的。我同意写这个剧本，12月的截止期限是绝对不可动摇的。从那以后，就总是这样：压力和截止期限好像是促使我完成好作品的动力。

你对有抱负的作家有什么建议？

第一，记住剧本只不过是一个追求。剧本是写在纸上的，需要很多人以及他们的个人修养才能够给剧本带来生命，因此把剧本写成可以阅读的故事吧。不要做那些结构性的东西或者摄影机角度之类的东西。只要给我们一个好故事，其他东西让合适的人在合适的时间来做。你在创作一个故事，因此不要因介入导演或者摄影师的工作而让读者分心。

第二，要成为故事讲述者，实际上只有一件要学的东西，那就是看书。要看你所选范围内所有已经完成的书。这很简单——徒弟从师傅那里学习，哪个剧作家能够不看莎士比亚就自以为有本事呢？看书，看书，再看书。一切都已经看过了，因此当你来到故事中的十字路口时，如果你看过所有相关书籍，你会知道应该往哪个方向走，知道这种情形需要怎么处理。同样重要的是观察生活。故事讲的是人物和行为，因此，观察人们的生活并想想他们在做什么、为什么那么做。

第三，我想说不要因为感激而为人写作！绝不要免费写！这个世界会根据你自己的评估来接受你，因此即使报酬数目较低，也要评估你的作品并坚持获得报酬。

第四，我要说，"开始写吧"。很多人做功课，深入思考，拖拖拉拉好多年。真相是真正的作家要写东西，他甚至经常不太想写，但他必须写。写作有点像奇怪的自虐，是一件爱恨交加的事情，但不能停下来。如果这不是你，那就算了吧。外面有很多人在那里疯狂地写，如果你写作是为了"摆拍"或者是作为作家的浪漫，你绝对不可能坚持下去。写作是很辛苦的工作，成功的作家拒绝承认让他们受了这么多苦的东西不值得坚持下去。

最后，我要说自己完成！如果你想成为剧作家，不要坐在房间里写剧本，盼望着顶级制片人带着百万英镑和一队人马光临你家，就是为你来打造你的剧本。要更虚心地开始写作，完成点东西。校园剧、广播剧、社区剧……你会有一个业绩记录，你会有些联系人，你会发展你的故事情节，尤其是会从跟演员和导演以及一个看到你的能力呈指数增长的观众的合作中得到极为宝贵的经验。《我盛大的希腊婚礼》（*My Big Fat Greek Wedding*）起初是妮娅·瓦达拉斯(Nia Vardalos)写的单人（女人）舞台剧……汤姆·汉克斯的妻子坐在观众席中。电影《记忆碎片》起初是乔纳森·诺兰（Jonathan Nolan）在《时尚先生》（*Esquire*）杂志上发表的小故事。甚至《贫民窟的百万富翁》最开始也是维卡斯·史瓦卢普（Vikas Swarup）写的印度小说《问答》（*Q & A*）。如果这些作者没有谦虚的姿态，这些作品都不会成功。

15.6　与斯图尔特·费里斯对话

斯图尔特·费里斯是萨默斯戴尔出版社（Summersdale Publishers）——英国一家领先的独立出版公司的前董事总经理，是40多本书的作者，包括两本你真的应该看的书，名为《如何出书》（*How to get Published*）和《如何成为作者》（*How to be a Writer*）。在2001年，他还出色地让深受爱戴的作家大卫·巴波林获得了第一次突破……

在过去15年的时间里，斯图尔特出了大概700本书……同时拒绝了10000本！

作者联系出版社的第一条规则是什么？

作者交稿给经纪人和出版社的第一条规则或许是"不要"。有抱负的作家最常犯的第一个错误是交稿太早。他们刚写完全稿的最后一句话，为他们的成果而兴高采烈——这是很重要的成果——要把它传播到文明世界的每一个角落。在这种情况下，经过多年的写作之后，他们已经做好了所有经纪人和出版社的清单，然后他们怀着极大的热情开始在一个月的时间里每天寄出10份。

可悲的是，修改这个问题他们从来没有考虑过。他们寄出的稿子充其量只是个半成品。有这么一个说法："根本没有作者，只有修改者。"没有例外。你们的作家英雄——不管他是谁——都是强迫性的、大汗淋漓的修改者，并且他们会很高兴地承认这一点。当我写作时，我的预期是我会改十遍，还有我绝不会——永远不会——允许自己把第一稿至第五稿给任何人看。真的！

第一稿——写出整本书的大概样子。

第二稿——强化结构，填补漏洞。

第三稿——发展人物。

第四稿——改进对白。

第五稿——钻研语言和意象。

第六稿——重新调整作品的部分结构。

第七稿——增加冲突的层次。

第八稿——改进至关重要的开场页面。

第九稿——进一步钻研人物发展。

第十稿——勘误校对。

我们都高估了新稿的质量。几个星期或几个月后带着冷静的头脑再看看书稿会是一个使人清醒的经历。如果你把早于第六稿的书稿寄了出去，那你就等着拒稿信吧——收到的时候开心点。

我同意这个观点——第二条规则是什么？

交稿的第二条规则是去除体内的作家和艺术家气息，让自己的生意人躯体上长着专业销售员的头脑。变成跟这本书的创作者完全不同的动物；他明白出版社在出书时冒着实实在在的风险，收回投资的可能性是出版商做决定的主要推动力。这可能不是在理想世界中我们想要考虑的，但不得不考虑，不然我们就歇业了。因此出版社感激那些能够理解其商业需求的作者。

　　第一个商业现实是出版社愿不愿意跟你合作。如果你的陈述很粗糙而且你又是个业余作者，出版社就不会愿意跟你合作。你的书甚至还没看就被拒稿，因此故事中的才华或其他方面不是拒稿的原因。当然，我们都知道艺术与作品部拒绝了《披头士》、出版社拒绝J.K.罗琳、电影公司拒绝《回到未来》等故事，但我绝对同情这些人，因为98%的拒稿原因跟作品的质量毫无关系。我们资源有限，无法仔细查看所有稿件。事实是最初陈述的质量相当程度上可以作为故事质量的可靠指标，因此仔细检查那些成百上千的糟糕陈述以便不错过百万分之一的好故事实际上是不可行的。因此把你的第一个大作专业、优美地呈现出来是很有必要的。要有符合交稿要求的、精美而优雅的陈述。想一个好标题，想一个好的副标题，所有辅助信息都在那里了。如果你给人的第一印象是作品标题臃肿、类型不清、信息令人费解，那么你分分钟就出局了。如果第一遍我没看到这些东西，我会想："我不管这个故事怎么好，因为这些标题我卖不出去。"如果顶层的营销信息缺失的话，故事是不是黑马真的不重要。

　　看看这条。当潜在的读者决定买一本书时，他是在书本给他留有印象的基础上来做决定的。为了达到这个程度，作者（还有经纪人和出版社）首先要售卖书的基本组织形式，让其进入潜在观众的脑海里。巴波林（Baboulene）先生的第一本书《海洋大道》（*Ocean Boulevard*）没有捕捉到W・H.史密斯（WH Smith[30]）连锁店购买者的想法，因此它没有打开机场、火车站和大街上的市场，因此它没达到潜在观众将其列入购买决定的那个点上，因此它没有机会。是的，你的书非常好，但是，当然，W・H.史密斯连锁店买家不会看他们买的书。他们在将书本装备成销售工具的基础上做购买决定——他会用标题信息来卖书——他要找的不是"好书"——他要找的是大卖点；一本船夫会很喜欢其外表并愿意掏9英镑买回去的书。巴波林先生的第二本书《跳跃的船只》

---

[30] WH Smith，设立在机场和饭店的专业连锁店，主要针对旅游者销售报纸、杂志和书籍。——译者注。

（*Jumping Ships*）有那种捕捉购买者眼球的标题、设计和直观性，因此成功了——那本书的首次印刷量在十天内就卖光了。别忘了，它卖光不是因为内容的说服力——此时此刻在这出版大楼外面没有重要的人看这本书。这本书卖光是因为书店买了它——不是因为船夫们买了它。卖给书店就是将其置于公众的雷达下。突然间你卖掉了很大的量，而销量会随着读者评论和BBC公司的采访滚雪球般增长。

因此你在陈述中必须尽可能表现出专业和商业的一面，并强调作品的类型和市场潜力。当然，在你的陈述当中会有一些小错误——奇怪的排版错误和语法错误是不可避免的——但总体来说，我们会立即知道——在几秒内——如果作者为作品感到自豪，他会为终稿及其质量负责，在我们必须一起完成销售包装的长征中，他可能会很认真、提供帮助、有专业精神。如果作者连拼写检查都不耐烦，这就告诉我们这部作品肯定不适合我们。

因此，我们要过第一关。

作者是不是首先联系我们？有没有征集过意见？

如果没有，作者有没有遵守我们的投稿指南？

内容对我们的品牌和书目是否合适？

有没有能吸引眼球的标题？

作品类型是否清晰？

如果有任何一条的答案是"否"，该作品几乎不可避免地会被马上拒稿。

影响出版/经纪人决定的十六个元素

书	市场
写作质量	竞争
新创意/角度	行业趋势
书的格式	相关事件
标题和副标题	市场定位

作者	出版社
声誉	公司规模
品格	公司方向
已出书籍	公司状态
自我宣传	内部政策

还有其他导致拒稿的因素吗？

我会建议不要试图用噱头或艳俗让你的稿件与众不同。我知道让自己的稿件与众不同对你来说是种诱惑，但通常只会使我们感到担心。我曾经收到一份稿件，上面粘着几朵干花。当我把一堆稿件叠起来准备带回家时，这份稿件导致上面的其他稿件滑落到了地板上。你可以猜到我会怎么想。我只想说，我不会把它带回家——这太尴尬了。如果你把稿件做得干净、清楚、专业，你会立即清除第一道障碍。通过中规中矩使自己突出出来，按我们的要求做，让我们的生活更容易些。

什么因素有助于作品被看中？

看到有相关经验的履历或围绕主题的个人简介总会让人开心。这是能提供商业优势的线索，因此要向出版社或经纪人展示可能降低我们风险及有助于提升销售业绩的所有加分项。你以前曾经上过舞台并且市场反响不错的事实对你的书来说是个巨大的优势。

当我们遇到害羞的或者深居简出的作者时，我们知道商业活动有可能会因为他或她在广播、电视、文化节或签售会上的表现而受限。缺乏商业意识或积极进取态度的作者对出版社来说当然不是特别受欢迎，但所有这些因素要综合来看。

出版社里面会发生什么？工作流程是怎么样的？

嗯，每份稿件会指定一个读者。我觉得在这个时候真的可能要靠运气，如果稿件有明显问题的话，这些读者有权力立即自主地做出拒稿决定——按照上面提到过的路线——读者能够快速地识别出由于这种或者那种原因而没有希望的稿件，这是大多数稿件的命运。

他们会以我提到过的高标准来看，但更习惯于这样判断稿件。

- 这本书有好的标题吗？
- 写得怎么样？
- 这个作者适合我们的书单和目标吗？
- 类型是否明确？
- 出版这本书成本会高吗？例如，如果这本书有一百万字和很多彩图，或者要求权利保障，可能会由于出版成本的原因而降低这本书的吸引力。

初读者对于喜欢的稿件会怎样做呢?

初读者会把所有他们觉得值得考虑的稿件带到每周编辑碰头会上。这个时候,我可以说大概是每100份投稿中有5~10份。大多数稿件会被拒稿——最终每100份稿件里大概会出版1本。

在编辑碰头会上,稿件会以总结形式被传阅、讨论。会上的任何人都可以自愿在那份总结的基础上审读新稿件,因此在这里很重要的是要有一个相当强大的标题和有竞争力的头条信息。概念形式的故事对于通过这个测试非常重要。标题由觉得它们有吸引力的志愿者选出,并放到下一次碰头会的议程上,于是这些稿件进入了下一轮。在这个基础上,你可以看到运作方式。好书开始在公司内部有了"粉丝"。你的书在萨默斯戴尔出版社内部有了真正的、忠诚的粉丝——那些觉得你的书让人情不自禁的人。他们会谈论你的书,你的书成为话题中心,引人注目。在这个时候,书的生存或死亡是依赖于它的真正价值的。别忘了商业考量是其中的一部分。所有读者都在商业出版领域工作,都伸长了脖子期待商业上的成功,而不是期待他们喜爱的艺术作品。

你对拒稿敏感吗?

我们努力吧,但是首先要记住的是,拒稿基本上都不是你或者你的能力的反映,所以没有必要让自己受伤。记住,98%的稿件都是在没有考虑其文学价值的情况下被拒稿的。听起来有点令人沮丧,但这是谨慎的优势。你可以通过避免前面列出的常见拒稿原因来避免拒稿——稿件投给了错误的出版社;书单满了(提前打征稿热线电话可以避免这种情况);缺乏投入这本书的资源;该类型的市场状态不佳;出版社已经有了类似题材的书籍正在操作;跟成本相关的技术原因……所有这些事情都不是在作者的掌控中,也全都不是作品质量的反映。因此,首先,在寄出去书稿前先修改十稿;其次,提前联系目标经纪人或出版社,确保他们在征求你这样的稿子并且会接受你的投稿;再次,保证你的陈述是专业的,这样你成功的可能性会大大提高。

作者应该联系拒稿的出版社吗?

一般来讲不要。如果拒稿信是针对你的初次投稿的话当然不要联系,这种情况下一般不太可能有可供你改进的有用信息。没有人会在你的作品上这么投入，甚至还能够就你的作品跟你交流。这些拒稿通常都是模板格式信件而不是个人化的，因此联系也毫无意义。

另外，如果你的作品经过了第一关，你跟出版社有过往来的话——你有名字，并且跟相关工作人员有过交流——那么你有权利知道为什么被拒稿。然而，这个谈话同样没有必要，因为拒稿信里应该已经给出了原因。你应该能够根据这个阶段拒稿信的内容对稿件被拒原因做出真正关键的评估。

作家应该有经纪人吗？

答案很简单：是的，如果可以的话。然而，常识表明，找经纪人甚至比找出版社更加困难。优秀的经纪人可能会忙于跟影视工业的交易——销售明星派生书籍或电视节目配套书籍之类的事务。他们通常不喜欢选择默默无闻的作者，因为这样需要投入大量的工作并且成功的机会很小。如果你真的找到了经纪人，那你可以相当肯定自己的作品非常有价值，经纪人有信心能够卖掉它。你可以想一想，不知名的作者可能从一本书得到出版社净利润的10%～15%，假如每本书卖30～50英镑——经纪人仅从利润中获得10%～20%，你可以看出销量要相当大才能够值回投入的时间和精力。我们假设你有一本畅销书——销量10万册，可以让你得到4万英镑税前稿酬，假如经纪人得到其中的15%。你得到4万英镑，他得到的则是6000英镑。对于真正畅销书来说钱也不是很多，况且大部分都达不到这种程度。

当然，并不总是这么悲观和阴暗，因为书籍的销量随着时间而提升。处于这个位置的作者之后至少还会卖掉另外一本销售10万册的书，经纪人会在那里卖海外版权、电影版权及其他。我的重点是，在你还是新手的情况下，你的经纪人可能花了很多时间精力，最后却获得很少的回报。

* * *

如前所述，斯图尔特·费里斯写过或编辑过大量关于如何写作的书，包括《如何出书》和《如何成为作者》。想要对这个领域有全面的了解，我推荐你访问斯图尔特的网站。

第八篇

淡黑

这不是结尾，而是开始。

——马丁·路德·金（Martin Luther King，1929—1968）

你有一个梦想……

第十六章　后记

总之，跟故事专家的对话以及整本书提出的重点是什么呢？所有好故事背后的原则是什么呢？

下面是我认为你读完这本书应该理解并能够在自己的创作中灵活运用的重点。如果你不能够透彻理解下面的所有要点，我建议你重新研读相关的章节，或者参考本章之后的"附录一　参考书"里的其他书籍。

故事含蓄地作用于我们的心理。我们意图理解发生何事的本能原动力——消除疑问、提出并回答问题、当情绪稳定性受到震动时使生活恢复平衡——是我们建设的文明以及我们个人安全感的关键。"聪明的"人采用适合他们大脑工作的故事结构。让人物的世界失衡、提出问题并引发疑惑和危险的故事会与人类的心灵产生共鸣。

当故事以潜台词传达时就会有好的效果。故事里的潜台词越多，故事质量和受欢迎程度就越高。潜台词通过"认知差异"机制传达；认知上的差异发生在故事的不同参与者之间。认知差异通过台词、动作、问题、许诺、次要情节、建议、暗示、误解、潜意识目标、托词和隐喻来传达。

故事存在于"人物动作"当中。动作和人物对动作的反应既确定了情节（动作），又确定了演员（人物）的真正性格。在优秀的故事中，这会导致情节和人物实际上合二为一。

真正的人物（性格）只有把主角置于压力之下、迫使他在压力之下通过冲突做出选择并采取动作才会浮现。

至少有一个人物会学到人生经验教训，在故事的讲述中变化并成长起来。这不意味着他们必须获胜、成功甚至生存下来，只要经验教训清晰地传达给观众即可。

故事发展过程始于一个创意，这个创意会发展出一个短小的故事概要。对于概要的"审问"驱动了"必须事件"，这个必须事件形成了故事的基础，并且从原始概要的角度来看两者隐然是紧密结合的。

结尾最好能在作者脑海里尽快确定，这样可以使所有组成事件都知道往哪里前进。

了解结构是很重要的，尤其在解决问题和故事分析中更是如此。转折点在任何故事事件中都可以识别出来，即在主角一方和对抗力量进入冲突的那个点，并且只有一方能够胜出。转折点是所创造的人物事件和潜在的结构元素之间的连接。

结构**不是**故事创作的起点——完全不是。随心创作，将结构放到一边；利用认知差异努力优化、提炼故事。

如果想成为作家，看一千本书。

如果想成为作家，每天都要写。

作家处于来自个人、实际及创造性限制的压力之下时，才会创作出最好的故事。

首先获取适度的成功——社区戏剧、广播作品、短故事——是通往成功的第一步。在写作相关行业工作、训练或者以其他方式拿到合同会大有裨益。

要对你的故事和能力有信心。没有任何人能够为你写出你的故事。按照你自己的方式写你自己的故事，让故事世界成为它应该成为的样子。

随心写作。除此之外绝对没有其他创作好故事的方法。用心改写并结构你的故事，然后利用可靠的原则进行分析和完善。

最后，在努力销售你的作品时要显得专业且非情绪化。还有绝对不要免费为别人写作，这一点也很重要。如果你对自己的作品评价为零，这个世界将会接受你的评价，什么也不给你。生意人会把时间花在投钱进去的产品上，因为那是风险存在的地方。如果你不能够为你的作品找到任何资金，就继续写下一个作品吧。当你最后写出了某个热门作品，你会惊讶于你在这个行业的生涯突然加速，因为这个行业拉着你，在这个时候，钱就绝不是目的了。

因此我们再次回到了起点：作品质量为王。创造精彩绝伦的故事，然后引人入胜地把它讲出来。那么其余事情就很简单了：根据市场规范把故事拿到市场中，你的作品会得到出版甚至拍成片子。

我在此衷心祝你的项目好运！

大卫·巴波林

2010年11月

附录一　参考书

附录二　中英文词汇对照表

请扫描二维码关注公众号，后台回复"64843"获取相关资料。

关于作者

　　大卫·巴波林是一个出版了两本幽默图书、两本儿童插画图书和三本故事理论方面学术图书的作家。他的电影故事作品在好莱坞和英国都签过拍摄协议。他现在是制片人、编剧、编剧培训和电影开发机构的故事医生。

　　大卫会举办故事理论和写作方面的讲座，包括在《写作杂志和作家新闻》（*The Writing Magazine and Writers' News*）上的每月专栏。

　　大卫和他的妻子及四个孩子居住在布莱顿。

讲座的代表评论

　　"每一期都给我提供了"灵感"；对作为作家的我来说，又是一个改进故事和寻找方向的领悟。"

　　"一个技术性知识与故事须随心写作观念相平衡的精彩组合。您的讲座给了我极大的帮助。"

　　"把极为复杂的东西漂亮地简化了。"

　　"非常令人愉快、非常鼓舞。"

　　"这些讲座好得不能再好了。我会推荐给所有人。"